霊感少女は箱の中

何処《いずこ》かより産まれし我らは、何《いず》れただ一つの箱へと往《い》ぬ。

苦界に産まれ出《い》で地を這《は》いずる我らの、怒りも、怨《うら》みも、悲しみも、罪も、そして一欠片《かけら》の
幸せも、何《いず》れただ一抱えの箱の中に。

愛《いと》しき家族も、代え難《がた》き友も、耐え難《がた》き仇《あだ》も、みな一つの箱の内。

広大無辺の苦界をただ一つの小さき箱に納め、これをこそ地獄と呼ばず何と呼ぼうか。

箱は輝かしき天国の御座《ござ》に置かれ、箱の内には煮《に》え滾《たぎ》る地獄。

人は御座《まし》の箱を仰ぎ、箱の内の我らを天国へ昇ったと思おう。


神よ。神よ。我らを憐《あわ》れみ給《たま》え。箱より救い出し給《たま》え。

或《ある》いはその総《すべ》てさえ、神の創《つく》りし箱の内なりや？

序章　箱

序章　箱

……ぎい――――い、

と蠟燭《ろうそく》の灯《とも》された燭台《しょくだい》を手にし、対《つい》の意匠《いしょう》になったゴシック調の盛装を纏《まと》った一組の男女によって、その重厚な木材で造られた両開きの扉が恭《うやうや》しく開かれると、その向こうに満ちていた冥府《めいふ》を思わせるような濃い暗闇《くらやみ》が露出して、そして同時にずしりと、扉のこちら側まで空気の重さが変わった。

圧力。

そして冷気。

扉の向こうには全くの暗闇《くらやみ》と、それから空気を重くするような異様な圧力と共に、奇妙に冷えた空気が満ちていて、それが開け放たれたドアから床を這《は》うようにして、薄暗い控えの間まで流れ出してきた。

「――――どうぞ」

「ああ」

扉を開け放ち終えた盛装の男女が、人形じみて整えられたよく似た面差《おもざ》しの美貌《びぼう》に薄い笑みを浮かべて促すと、扉の前で待っていた少年が声だけで応じ、右手に提げていたカンテラを掲げて闇《やみ》へと向けて差し出す。くすんだ真鍮《しんちゅう》のフレームに硝子《ガラス》板が嵌《は》め込《こ》まれている骨董《こっとう》品の角型カンテラの中には、奇妙なことに普通の灯《あか》りではなく、赤い光を放つ赤色電球が収められていて、嵌《は》め込《こ》まれたガラス越しに血のように真《ま》っ赤《か》な光を溢《あふ》れさせた。

周囲が赤に照らされる。照らし出されたのは、扉を開けた二人が持っていた蠟燭《ろうそく》の炎にのみ照らされていた控えの間と、部屋の一部のように立っている盛装の男女。そしてカンテラを手にした少年と、それから少年の後ろにそれぞれ立っていた、供の三人。

写真の現像が行われる暗室の中さながらに、陰鬱《いんうつ》に、赤く照らし出す。ただ――――その中でもまるで光を拒んでいるかのように、ただ黒々とした深く濃い暗闇《くらやみ》ばかりを晒《さら》している、開け放たれたドアの、その中を除いてはだ。

「……では」

同時に、扉の二人が全く同じ動作で、燭台《しょくだい》の蠟燭《ろうそく》をふっと吹き消した。

蠟燭《ろうそく》が燃焼をやめて、部屋に蠟《ろう》の燃えた煙の臭《にお》いが立ち昇った。

世界は、完全に赤と黒の暗室へと変わる。

その中で、少年は自らの手にしたカンテラの赤い灯《あか》りに照らされて、目の前の暗闇《くらやみ》をじっと見つめながら、しばらく沈黙のままに立っている。


「……」


そして――数秒の沈黙の後、まず一歩、革靴で薄い絨毯《じゅうたん》を踏む重い音をさせて、暗闇《くらやみ》の満ちる扉の向こうへと足を踏み入れた。

十代半ばの平均的な体軀《たいく》に、格子《こうし》のチェックが入ったシャツと、しっかりと仕立てられたベストと揃《そろ》いのズボンを身につけている少年。かなり癖のある頭髪は、しかしそれを引き立たせるようにセットされていて、服装も、アクセサリも、まるで手にしたカンテラとこの部屋の雰囲気とに誂《あつら》えたかのように見える。そして妙に大人《おとな》びて落ち着いた、その表情と足取りと立ち振る舞いも、またこの場に誂《あつら》えたかのようだった。

そんな少年が部屋に踏み入り、暗闇《くらやみ》を追い出すようにカンテラをかざす。

光を拒むように真っ暗だった部屋の様子が、ようやくぼんやりと、赤い光に照らし上げられた。浮かび上がったのは、ただ広いばかりの、ほとんど何もない、がらんどうの部屋だ。そして、その壁一面にびっしりと貼《は》り付けられた、無数の何か。

それは紙片。

よく見ると、バラバラにされた本のページ。

それぞれに細かい活字と、優美な挿絵《さしえ》が印刷されている。

そしてそれは、よく知る者にとっては一目でそれと知れる――しかし知らない者が見ても一目で何か宗教的なものを感じる、幾代も洗練され続けた伝統と敬虔《けいけん》とを紙面に写した、尊い印刷物だった。

聖書だ。

バラバラにされた聖書。広いばかりの虚《うつ》ろな部屋は、その壁一面、四面の全てに、分解された聖書のページが細い釘《くぎ》で幾層にも打ち付けられていて、湿った紙と鉄の匂いで、部屋の中の冷え冷えとした空気を満たしていた。

開け放たれたドアの内側にも。

びっしりと。

念入りに。

執拗《しつよう》に。

元の壁が見えないほど、鱗《うろこ》のように部屋の内側を覆った無数の聖書のページを、少年の持つカンテラの光がなぞっていくと、それらのページは奇妙なことにどれもこれもが多かれ少なかれ湿気を含んで歪《ゆが》んでいて、印刷された文字や図像が滲《にじ》み、汚れ、中には酷《ひど》い部分になると紙が黒く変色し、ぐずぐずに腐り始めているのが赤く強い陰影の中で見てとれた。

少年はその様子を、無言で点検するように眺めてゆく。

その赤い暗闇《くらやみ》の中で延々と続く、どこか近寄りがたい沈黙を、しばしの後、不意に破る者があった。

「いつ見ても不気味よね」

少年の後をついて歩いていた供のうちの、一人の少女だ。

「ねえ、守屋《もりや》。前から聞こうと思ってたんだけど、何でいつも灯《あか》りが赤なわけ？　気味わるいばっかりで見づらいと思うんだけど」

守屋《もりや》、と苗字《みょうじ》を呼ばれた少年は、カンテラで壁を照らす手を止めて、そちらへ胡乱《うろん》な目を向ける。胡乱《うろん》な、しかし赤い光の中で得体《えたい》の知れない神秘性を確かに宿している、そんな不思議な瞳《ひとみ》。その双眸《そうぼう》が、声をかけてきた少女の姿をとらえる。

「意味あるの？　まさか趣味が悪いだけじゃないんでしょう？」

声の主である、少年と同じような年頃《としごろ》のその少女は、日本の巫女《みこ》の姿をしていた。

赤色灯の下では正しい色が窺《うかが》えないが、白衣《びゃくえ》に緋袴《ひばかま》、そして千早《ちはや》と呼ばれる上着。しかし着物も髪型も確かにそれは巫女装束《みこしょうぞく》ではあったが、神社で見るような簡素で清浄さを示すものではなく、上着に装飾が施されて幾つもの呪術《じゅじゅつ》的な装身具が加わった、清浄さよりも呪術《じゅじゅつ》的な匂《にお》いを持つ装束《しょうぞく》だった。

神社巫女《みこ》ではない、まじないをする土着の巫女《みこ》。いわゆる『口寄せ巫女《みこ》』。

そんな装束《しょうぞく》に身を包んだ少女は、長く波打った鴉《からす》のような色合いの黒髪の下で、勝気そうな目を挑戦的に細めて――しかし気丈に見せているその表情の端々に隠しがたい息苦しさと緊張を宿して、腰に手を当てていた。

だが、返ってきたのは沈黙。少女は視線を外し、隣に目を向けた。

「……ねえ『悪魔憑《つ》き』。あんたはなんも思ってないの？　なんか言いなさいよ」

少年の視線と部屋の重い空気に耐えかねたかのように、巫女装束《みこしょうぞく》の少女は自分の隣に立つもう一人の少女に向けて言う。そこにはやはり同じような年頃の、しかし巫女装束《みこしょうぞく》の少女に比べてかなり背の低い少女が立っていて、話を振られたことに対してどことなく迷惑そうに、小さな声でぼそりと答えた。

「私は……べつに……」

視線を外すその少女は、巫女装束《みこしょうぞく》以上に奇妙な格好をしていた。

いわゆる『魔女』。学校の制服と思われるリボン付きシャツとスカートの上から、つばの広い黒の三角帽子と黒いマントを着込んでいる。道具立ては仮装のようだが、光沢のない厚い生地も、重たいシルエットも、仮装と呼んでしまうにはあまりにも野暮ったい。衣装の重みに押し潰《つぶ》されるようにうつむきがちのどこか虚《うつ》ろな目は、長く真《ま》っ直《す》ぐに伸びた黒髪にほとんど隠れてしまっていて、その下から病的に肌の白い顔が垣間《かいま》見え、制服の胸に五芒星《ごぼうせい》と逆さ十字架のペンダントが赤い光を鈍く返していた。

魔女の少女はそうして数秒黙っていたが、やがて小さく口を開いた。

「…………でも、確かに、意味があるなら知りたい」

「ほらみなさい。気になるんじゃない」

二人の少女から促されると、少年は鼻を鳴らすように小さく息を吐いてから、二人から視線を外して口を開いた。鋭く革靴の音を立てながら、壁に沿って歩きつつ、少年は語り始める。

低く抑えているが不思議と朗々と響く声が、この陰鬱《いんうつ》な空間に流れる。

「……十九世紀に始まった心霊主義の隆盛以来、心霊主義者たちが実行した数え切れない降霊術の実験の結果、霊は強い光を嫌うことがわかった」

それは意外にも、語ることに慣れた者の声だった。

「幽霊が姿を現すには暗闇《くらやみ》が必要だった。光の中では霊はその姿を消失させてしまう。だが繰り返された実践と実験の中で、やがて暗室の赤い光の中でも霊が姿を現すことができると判明し――――こんな風に考えられた。おそらく写真の『現像』と、心霊の『幻像』は同質のものなのだと。赤い光というのは普通の光とは違い、現出した図像を定着させる、光学的であると同時に、霊的な波長なのではないかと」

少年の手にする函《はこ》から溢《あふ》れる、赤い光が揺れる。

「以来、暗室と同様に、一部の降霊会はその内側を赤い光で満たすようになった。実態は知らないが、俺《おれ》はそれを踏襲《とうしゅう》している」

「……………理解した」

「ふぅん？」

少年の解説に、魔女装束《しょうぞく》の少女は頷《うなず》いたが、巫女装束《みこしょうぞく》の少女は懐疑的にうそぶく。

「興味深いけど、聞いたこともない。眉唾《まゆつば》じゃないの？」

「そりゃあ、電灯の強い光が出現してから必要になった研究の結果だからな」

巫女装束《みこしょうぞく》の少女の懐疑を、少年は語りのための言葉をやめ、そう一蹴《いっしゅう》する。

「人工の灯《あか》りは蠟燭《ろうそく》が精々だった時代から続いてる、口寄せ巫女《みこ》の流儀にはないだろうさ」

「……ふん」

そして壁沿いに一回り、部屋の壁を見回り終えると、少年は足を止め、それから部屋の中央に向き直った。会話によって多少緩んでいた空気が変わる。暗闇《くらやみ》の満ちる部屋の中央には、一体どういうわけだろうか、周囲のものよりもさらに濃い暗闇《くらやみ》がわだかまっているようで、それをまるで無意識が認識するのを避けていたかのように――――カンテラの灯《あか》りを向けられたことで初めて、そこに何か大きな物体が鎮座しているのが皆に改めて認識された。

正方形の、博物館で見るような大型のガラスケースが鎮座している。

部屋の中央に、胸にまでは至らないほどの高さの展示ケース。しかしそれを正面に据えて向き直ると、肌に、顔に、差し出した腕に、まるでそれが巨大な氷の塊であるかのような冷気が触れて、そして胸全体に圧迫されているかのような、得体《えたい》の知れない圧力を感じた。

部屋に満ちる異様な空気の、全ての元凶がこれである事は明らかだった。ガラスケースを載せた木製の台座には、部屋の壁と同じように念入りに聖書が打ち付けられていたが、それらは壁のものよりもはるかに酷《ひど》く腐っていて、全て文字や図像がほとんど判別できないくらいに紙面が黒く変色し、湿った黴《かび》の臭《にお》いを放っていた。

そして。

ぞ、

とカンテラの光がガラスの中を照らし、その中に納められている物を、全員が目《ま》の当たりにした瞬間、その全員の肌が一斉に鳥肌に覆われた。

緊張を孕《はら》んだ沈黙。しかし見えた中身は、何ら見た目の怖ろしいものではない。

ガラスケースの中に納められていたのは、一台のアンティーク。大人《おとな》が一抱えするほどの大きさをした、優美な彫刻がなされて、古くはなっているものの落ち着いた色のニスで仕上げられた、むしろ可愛《かわい》らしいとも言える外見の、木製の箱だった。

怖ろしい物ではなかった。

例えそれが――――棺であると知っていたとしても。

小さな棺桶《かんおけ》。子供の遺骸《いがい》を納めるために造られた棺《ひつぎ》。それはガラスケースの中で、陰鬱《いんうつ》な赤い光に照らされてなお、どこかあどけなく、静かに納まっている。

だが。

しかし、何故《なぜ》だろうか。

それを視界に収めた途端に――――肌が総毛立つ。

目に見えているのは、ただ静かに鎮座している、木製の箱。しかし視覚以外の全て、知覚として認識できる外側にある無意識的な部分の全てが、それが見た目通りの箱であるどころか、この世の枠組みの外にあるとしか思えない異常極まる恐怖の物体である事を認識して――声にはならない無形の警告の叫びを上げている。

「…………主よ」

今まで話を聞くばかりだった三人目の供の女性が、小さく呟《つぶや》いた。

「われらを、試みにあわせず、悪より救い、いだし給《たま》え……」

キリスト教徒の祈りの言葉の一節。ブラウスが豊かに押し上げられている胸元に下げた小さな十字架を握りしめて、その祈りを発したのは、この場に立っている唯一の成人だった。

年の頃《ころ》は二十代。淡い髪色をした長めのボブカットに、落ち着いたブラウスとスカートを身につけている。だがその上から、清潔だが無機質な白衣を羽織っているのが、彼女の姿を一般人のものから外している。

　女性は唯一、このガラスケースを前にして、素直に緊張を露《あら》わにしていた。本来は印象の柔らかい容貌《ようぼう》をわずかに強張《こわば》らせ、じっ、とガラスケースの中を、立ち向かうかのように真《ま》っ直《す》ぐに見つめている。

「さっきの守屋《もりや》君の言う通りなら、この《柩《ひつぎ》》こそ、強い光で照らしておくべきものだと思うけれど……」

　女性は言う。

「でも守屋《もりや》君は、わざとその灯《あか》りを使ってるのよね？　――――見たいから」

「もちろん」

　少年は、女性の問いに、ガラスケースを見つめたまま頷《うなず》く。

「だって――――みんなには、『見えて』んでしょう？」

「ええ」

「見えてる」

「……うん」

　少年が唐突に尋ね、三人がそれぞれ頷《うなず》いた。淡々と、または胸を張って、あるいは躊躇《ためら》いがちに。その答えを聞いて少年は、自分を嘲笑《あざわら》うような内向きの笑いを、ふ、と歪《ゆが》めた口から短く吐いた。

「ずるいな」

「ふん。『それ』を所有できてるあんたの方がインチキでしょうに」

「……」

小さく少年の漏らした言葉に、巫女《みこ》が言い放ち、魔女が頷《うなず》いた。

「でも、だからこそあんたは死者に縛られてる」

続く巫女《みこ》の言葉。少年はそれに対して不満と諦観《ていかん》が混ざったような、真顔で答える。

「俺《おれ》には、《これ》だけしか残ってないだけだ」

表情通りの声だった。

隠し切れない虚《うつ》ろのある、耐え、そして、諦めている人間の声だ。

「なのに俺は《ミーディアム》としては弱すぎる。俺《おれ》じゃあせいぜい《チェアマン》にしかなれない」

深い溜息《ためいき》と共にそんなことを言いながら、改めてカンテラを掲げ、少年はガラスケースに近寄る。一歩。二歩。ケースの中の棺《ひつぎ》を照らす光が強くなり、よりはっきりと、棺《ひつぎ》の姿が部屋の暗闇《くらやみ》に赤く浮かび上がる。

「《チェアマン》じゃ《あいつ》の姿を見ことも、声を聞くこともできない」

ごつ、ごつ、と。革靴の立てるくぐもった足音。

「俺《おれ》ができるのは、答えがないと知りつつ、声をかけることだけだ」

きし、きし、と。カンテラの軋《きし》む微《かす》かな音。

そして、
ごつ。

と。少年は、ケースのそばに立つ。

ガラスの中で、棺《ひつぎ》は静かに、ただ静かに、横たわっている。肌に触れるようにさえ感じる濃い闇《やみ》と赤い光の中で、無機質に。横たわる棺《ひつぎ》を真近に見下ろして、少年は数瞬の沈黙の後、口を開く。

そして――

「《キャビネット》に訊《き》く」

い、
み、し、
と瞬間、空気が、闇《やみ》が、中の人間の心を潰《つぶ》さんばかりに、密度と重さを増した。

その場にいる全員が、その場に棒立ちになったまま、声もなく体を硬直させ、自分の魂が抑え込まれるような感覚に息を呑《の》んだ。

「……っ!!」

直後、巫女《みこ》の少女が、魔女の少女が、同時に押し殺した悲鳴のような声を漏らす。巫女《みこ》の少女は首に掛けていた榊《さかき》の束を、魔女の少女は突然痛みが走った両の掌《てのひら》を、それぞれ睨《にら》むような目と茫洋《ぼうよう》とした瞳《ひとみ》で、じっと見つめる。

青々としていた榊《さかき》の葉が、

目の前で火で炙《あぶ》られているかのように、ちりちりと音を立てて萎《しお》れていった。

突然痛みが刺した両の掌《てのひら》から、

傷など見えないのに深く、肉を抉《えぐ》ったかのように、血が湧《わ》き出し流れていた。

部屋に満ちていた黴臭《かびくさ》く湿った臭《にお》いが、周囲からさらに強く漂ってきた。じわじわと小さく微《かす》かな、濡《ぬ》れた海綿《かいめん》を絞るような音が聞こえて、台座と四方の壁を隙間《すきま》なく覆っていた無数ともいえる聖書のページが、それぞれ目に見えるほどの速さで、じわじわじわじわと黒く侵された腐敗の染《し》みを急速に拡《ひろ》げていっていた。

黒く。黒く。

目に見える世界が、視界の外が、急速に侵されてゆく。

誰《だれ》もが立ち尽くしていた。息をするのも忘れ、言葉も声も出せず。

ただ一人、カンテラを手に棺《ひつぎ》のすぐそばに立っている、少年を除いては。

「────訊《き》く」

少年は、強く繰り返した。

そして続けた。

「望みは何だ？」

問いを。その問いを発した、瞬間。


ばしん!!


と突然、身が竦《すく》むほど大きく何かを激しく叩《たた》きつける音が部屋の虚空《こくう》に響き、カンテラの光がちかちかと激しく瞬《またた》いた。

「っ────!!」

残響。

緊張。

そして静寂。

　それらが吹き抜け、部屋の中の誰《だれ》もが身を硬くした中、やはりただ一人の例外である少年がじっと見下ろしている棺《ひつぎ》を納めたガラスケースには――たった今の、カンテラの明かりが瞬《またた》いて、刹那《せつな》の暗闇《くらやみ》が生まれて皆の目を隠したその一瞬に――

『死』
『死』
『死ヲ』

叩《たた》きつけられたような呪《のろ》わしい血の文字と、大小無数の恐ろしい血の手形が、ガラスケースの内側にびっしりと、いつの間にか、へばりついていた。

　つう、

　と箱の中の血文字から、血が一筋、ガラスの内側を伝った。

一章　転校生は藪の中

一章　転校生は藪の中

I

『大切な友達へ。

友情リレー。これは友情リレーです。あなたは私の大切な友達なので、このリレーが回ってきました。あなたとの友情は、ずっと続きます。おめでとう。

ただし――

†

ここ百合谷《ゆりだに》市は内陸部に位置し、人口は九万を抱える大きな都市だ。

戦前にいち早く鉄道と工業資本を受け入れ、そのまま戦中から戦後まで大型の工場を積極的に誘致することで発展。現在も名だたる大企業の近代的で大規模な工場を、複数郊外に擁《よう》していた。

明治期の貴重な煉瓦《れんが》建築がいくつも残る旧市街と、近代的な新市街、そして郊外の住宅地と工業団地、それらを繋《つな》ぐ路面電車が概《おおむ》ね百合谷《ゆりだに》市を構成している。工業都市として有名。だが教科書に載るわけではない。百合谷《ゆりだに》市とは、そのような街だ。

特産品と呼べるようなものはあまりない。強いて言うならば郊外で小規模にブランド野菜が作られていて、青果販売者なら知っている程度か。あとは――なぜか百合谷《ゆりだに》市といえば有名なのは『占い』。時々テレビのバラエティー番組などで紹介されることがある、占い師の開業数日本一の都市で、占い師のメッカのようになっているとかなんとか。

あと、それから――

「……えーと、て、転校してきた柳瞳佳《やなぎとうか》です。よろしく」

それから、高校。

私立銀鈴《ぎんれい》学院高校。その三階にある一年B組の教室で、たったいま先生の手で自分の名前が書かれた黒板を背にして、柳瞳佳《やなぎとうか》は今日《きょう》からクラスメイトになる皆へと向かって、深々とその頭を下げた。

銀鈴《ぎんれい》学院高校は、おそらく百合谷《ゆりだに》市の名前は知らなくても、この学校の名前は聞いた事がある者は多いであろう、高偏差値の進学校だ。大正二年創立。ミッション系で、パンフレットによるとプロテスタントだそうだが、瞳佳《とうか》はカトリックとどう違うのかはよく知らない。ただ学校の敷地《しきち》は広く立派で、灰白色《かいはくしょく》の校舎も設備も綺麗《きれい》で充実。また創立当時の建物も旧校舎として現役で使われているが、おそろしく立派な煉瓦《れんが》造りの文化財級校舎と礼拝堂は、古びるどころか威厳と調和をもって存在感を放っていて、瞳佳《とうか》もそれをその目で見ている。

「………」

そんな学校で。瞳佳《とうか》はお辞儀をした姿勢のまま。

教室の床と、真新しい制服を着た自分の身体《からだ》と、視界の端にかかっている肩を超えるくらいまで伸ばしている自分の髪の毛を見ながら、どうして自分がこのような立派な学校に来る事になったのか、いまだにきちんとは実感できないでいた。

今は九月の頭。いわゆる始業式の日。二学期の初日だ。

一年生の二学期。こんな妙な時期に転校してきたのは、ありがちな親の仕事の事情といった類《たぐ》いではない。あまり言いたくないが、前の学校を退学になったのだ。

瞳佳《とうか》は、一般に言われるところの素行の悪い少女ではない。

長めの髪をクリップとバレッタで留《と》め、おしゃれの趣味はやや大人《おとな》しめ。人の良《い》いお嬢さんぽいと言われる事が多い。そしてその見た目通り、異性交遊や、暴力その他の犯罪行為にも縁はなく、転校先の学校はもちろん所在地の予習もするくらい真面目《まじめ》で、性格が良《い》いかは知らないが、流されやすい性格だということは自覚していた。

にもかかわらずどうして退学になったかというと、学校でちょっとした問題というか事件が起こってしまい、それに巻き込まれた上に中心人物ということになってしまったせいだ。瞳佳《とうか》としては不可抗力のようなものだったが、せっかく入った高校を一学期も過ごすことなく退学になったのは事実。そうなると瞳佳《とうか》の扱いは退学処分を受けた問題児であり、何とか転入できる高校を探そうとしたものの、見つからない公算は高く、実際学校探しは難航した。

飛び抜けた成績でもあれば話は別かもしれないが、学力はせいぜい中の上、スポーツは下の上。難航に難航を重ねて、もう諦《あきら》めるしかないのではないかと思われたのだが——その矢先に、ぽん、とあっさり受け入れ可能という打診をしてきたのが、どういうわけか、よりにもよってこの名門校、銀鈴《ぎんれい》学院高校だったのだ。

そして、簡単ではないが飛び抜けて難しいわけでもない学力テストと、こちらは逆にとても簡単だった面接を受けて、トントン拍子に転入許可が出た。家は遠く、両親も共働きなので寮生活。さすがに狭くはあるが生徒一人一人の個室がある立派な寮で、聞けば日本中から銀鈴《ぎんれい》を受験してきた遠方出身の生徒が生活しているという。

自分で言うのもどうかという気がしないでもないが、間違ってもその一員として自分が相応《ふさわ》しいとは、瞳佳《とうか》には思えない。それでも——せっかく運良く転入できたのだから、今度はきちんと卒業まで高校生活をしたいとは、心から思っていた。

心から。有り体《てい》に言えば、瞳佳《とうか》は緊張していた。

「じゃあ、あの後ろの席にな」

「は、はいっ」

まだ若い男性の担任、河出《かわで》先生の言葉に促されるまま、クラスメイトの姿に目を向ける余裕もなく、いくぶんギクシャクと一番後ろの空いた席に歩いて行って、座った。

席から見えるのが、ミッション系と聞いて思わず連想してしまった、本で読むような厳格なお嬢様学校ではなく、普通の共学高校の風景である事に、ちょっとだけ瞳佳《とうか》は安心した。そんな瞳佳《とうか》の視線が、ふと隣の席の子と合った。髪を両側で二つ縛りにしている、いかにも社交的そうな表情が印象に残るその女子は、好奇心に輝く目で瞳佳《とうか》を見て、目が合うとにっこりと人好きのする笑顔を浮かべた。

そしてホームルームが終わると同時に、さっそくその子がやって来た。

「えっとね、わたし、学級委員の灘《なだ》みひろ。よろしく」

「あ、そうなんだ。みひろちゃんね。よろしく……」

そんな自己紹介に対する瞳佳《とうか》の応対に、みひろと名乗った女子はにんまりと笑う。

「おっ、最初から名前呼びだね。いいねー」

「あ……ごめん、なれなれしかった？」

「ううん？　大人《おとな》しすぎる子だと話しづらいかもなーと思ってて、スーパー安心したとこ」

そうみひろは妙な言い回しで言って、笑みを深くした。

「慣れるまでは色々教えたりしてやってくれ、って先生から頼まれてるから、わからないコトがあったら何でも聞いてね」

「ほんと？　ありがとう。助かるよー」

学級委員と先生のはからいに、瞳佳《とうか》は両手を胸の前で合わせて、正直に心からの感謝の言葉を伝えた。実際まだ緊張しているし、新しい学校で上手《うま》くやっていきたいという思い自体は強かったものの、どうきっかけを作ればいいか見当もついていなかった瞳佳《とうか》にとって、みひろの申し出は救い主のように有《あ》り難《がた》かったし、素直に甘えようと思った。

「困ったことなんかもあったら遠慮なく相談してね。まあ面倒そうな話だったら、わたしも先生か学年総代に伝えるだけなんだけど」

あはは、と笑うみひろ。

瞳佳《とうか》はその中に、さっそく聞き慣れない単語を聞いて、首をかしげて訊《き》いた。

「学年総代？」

「うん。えーと……何て言うかな。学年ごとの生徒会長みたいなものかな……？」

みひろも説明に困るようで、少々答えの歯切れが悪い。

「確かによそではあんまり聞かない役職かも。とりあえず一年二年三年にそれぞれ一人ずついて、相談したら生徒会とか、学年主任とかの先生と掛け合ってくれるみたい。そういや生徒会長みたく選挙とかしたわけでもないし、どうやって決まってるんだろうね？　やっぱ成績なのかな？　わたしもよく知らないや」

「へー。うん、確かに前の学校じゃ聞いたことない。教えてくれてありがとう」

さっそく学校が違うのだということを実感させる学校組織の違いに触れて、瞳佳《とうか》は自分が異《い》邦《ほう》に来たのだという思いを新たにした。

普段の、そして今までの瞳佳《とうか》なら、少しワクワクするところだった。そしてこの話を取っ掛かりにして、会話のできた最初のクラスメイトであるみひろと、もう少し話を続けようと、話題や質問を頭の中から探す。

人付き合いは好きな方だ。少々上がり症のきらいはあるが、人間関係で困ったことはあまりない。だが。このときの瞳佳《とうか》は、自分では気づいていなかったが、ちょっと普通の状態ではなかった。

自分では自覚していなかったが、瞳佳《とうか》は恐れていた。

それは、また同じになるのではないかという恐れだった。

学校から貼《は》られてしまった評価はともかく、実際の生活では非行とは縁のない生徒だった瞳《とう》佳《か》にとって、退学という重い処分を受けたという事実は自分で思っている以上にショックの大きな出来事だった。なので、過ぎたことは気にしないようにしていたつもりだが、また同じようになりたくはないという思いも、やはり瞳佳《とうか》が自分で思っているよりも、何十倍も重いものだったのだ。

その時、瞳佳《とうか》の脳裏には。

退学が決まるまでの経緯《けいい》と、処分決定までの謹慎《きんしん》期間、処分決定後に至るまでの学校や両親とのあれこれという、胃が痛くなるようないくつもの出来事が、一瞬で蘇《よみがえ》った。

自分でも気がつかないうちに、それらが軽いトラウマのようになっていたのだ。それが、今まさに、新しい学校で新しい人間関係を作るのだと自覚した途端、みるみる心の底に蘇《よみがえ》って、瞳佳《とうか》の頭の中を真っ白にしたのだった。

「あの、それでね……」

「ん？」

あれ？　と、そこまで言った時、瞳佳《とうか》は急に言葉が出なくなった。

「なに？」

「あ……えっと……」

急に頭の中が空白になって、慌てた。自分が何を言っているのか、何を言おうとしているのか、その一瞬、分からなくなっていた。

少なくとも今、ここでみひろに話すことが思いつかない。しかし同時に、ここは失敗できないという思いが異常に強く湧《わ》いて、「なんでもない」と話を打ち切る選択肢が、頭の中から消えてしまった。

だが頭の中は、真っ白のままだ。

言葉が何も浮かばない。どうしよう。何か言わなきゃ、聞かなきゃ。硬直する瞳佳《とうか》の前で、みひろは言葉を待っている。

「どうかした？」

「えっと……」

どうしよう。早く。頭の中が空転する。

何か……あっ、そうだ……！

「そ、そうだ、えっと……霊感の強い人って、いる？」

「へっ？」

尋ねて、ぽかん、としたみひろの表情を見た瞬間。

瞳佳《とうか》はようやく憑《つ》き物《もの》が落ちて、自分が恐れと緊張のあまり『やらかして』しまったことに気がついて、さーっ、と頭から血の気が引いたのだった。

Ⅱ

実のところ、瞳佳《とうか》の口にしたその質問自体は、間違いでも冗談でもなかった。

それを知る必要が瞳佳《とうか》にはあった。退学になってしまった前の学校と同じにならないようにするために、それは必要な質問だったのだ。

知るつもりだった。いずれ。できるだけ早く。

だが今である必要はない。ましてや初対面の人間に尋ねる必要もない。本当はそれとなく遠回しに調べるつもりだった当初の目論見《もくろみ》を、自分のせいで早々にぶち壊してしまった瞳佳《とうか》は、初日から変な子だと思われると青くなったのだが、しかしその質問を聞いたみひろの反応は瞳《とう》佳《か》の予想外のもので、そして別の意味で瞳佳《とうか》を青くさせるものだった。

「あー、そういうのなら、守屋《もりや》くんかな」

「えっ？」

最初は驚いた様子だったみひろは、しかしすぐに笑顔になって、「こっち」と瞳佳《とうか》の手を引いたのだ。

「ま……待って！　間違い……いや、冗談だから！」

「遠慮しなくていいよー」

慌てて質問を取り消し、言い訳する瞳佳《とうか》だったが、元々強引な性格らしいみひろはそのまま瞳佳《とうか》を引っ張って、教室の中ほどにある窓際《まどぎわ》の席まで連れて行った。

そして、

「守屋《もりや》くーん、転校生が興味あるって」

「違……」

瞳佳《とうか》は慌てる。本当に違うのだ。

逆だ。瞳佳《とうか》はそういうのとできるだけ関わらないようにしたいから、霊感があるという人がいるのかどうか、知りたかったのだ。

が、

「五千円」

「え？」

眼鏡《めがね》をかけ、口元を不機嫌そうにへの字に引き結んだその男子生徒が、席に座ったまま見上げて言った開口一番の言葉に、まず瞳佳《とうか》は言葉を失った。

みひろに引っ張って行かれたその席には、癖の強い髪をボサボサにした仏頂面《ぶっちょうづら》の眼鏡《めがね》の少年が座っていて、その席のそばに彼の友達らしき背の高い少年が立ち、自分の友人の発した言葉を聞いて苦笑いを浮かべていた。

「え……なに？」

「心霊や占い関係の話なら、相談料。五千円」

何か信じられないものを見た気分になって、瞳佳《とうか》は思わず自分をここまで連れてきたみひろを見る。そのみひろは瞳佳《とうか》の方を見もせずに仏頂面《ぶっちょうづら》の少年に向かって、口を尖《とが》らせて抗議している。

「えー、転校生が興味持ってくれてるんだよ？　サービスでいいじゃん」

「関係ない。それにもう学割は利かせてる」

「それでも高いってばー」

「高いなら冷やかしは来ないだろ。だから丁度いい」

取りつく島のない少年と、みひろはしばらく言い合いをしていたが、そのうち瞳佳《とうか》の視線に気がついて、何故《なぜ》だか胸を張って少年を紹介した。

「あ、えーとね、うちのクラスで霊感とか心霊とかいったら、この守屋《もりや》真央《まお》くん。高校生なのに現役で開業してるプロの占い師で霊能者なんだよ」

「え……あ、そうなんだ……」

「勝手に吹聴《ふいちょう》するなよ」

はあ、と少年は、心底面倒臭そうに溜息《ためいき》。瞳佳《とうか》は少しだけだが納得した。いきなりお金を要求するのも、その金額も、そもそも霊感というものでお金を取ろうということ自体が瞳佳《とうか》には信じがたいことだったが、それを仕事にしている人だというなら、ある程度彼の言動に納得しないでもなかった。

商売でやっている霊能者というものが果たして信用できるのかという問題もあるが、この際は置いておく。

「そういうわけだから。冷やかしならお断り」

真央《まお》はそう言うと頬杖《ほおづえ》をついて、前髪に隠れかけた目をそっけなく瞳佳《とうか》から外した。瞳佳《とうか》はちょっとだけムッとした。みひろが勝手に連れて来たとはいえ、声をかけたのは確かにこちらなので、瞳佳《とうか》は自分を抑える。だがそれでも、何だか腹が立ってしまうのは仕方がないだろう。

そうしていると今まで苦笑しながら様子を見ていた、席の隣に立っている友達らしき少年が口を開いた。

「あー、ごめんな。これでもこいつ、悪気があるわけじゃないんだよ」

彼は言う。長身でスマートだが、よく見れば結構がっしりとしている、ちょっと日焼けしたスポーツマン風の男子。男としてはちょっと長めの髪をしているが、それがサッカー選手のようで格好いい、言動も爽《さわ》やかな、いかにも女子に人気がありそうなタイプだ。

　そんな彼が、少しだけ申し訳なさそうに笑いながら小さく手を合わせて、態度の悪い友人の代わりに謝罪を入れる。

「こいつちょっと事情があってさ、学費とか自分で稼いでるんだけど、プロの占い師とか言うと興味本位の人がいっぱい来ちゃってさ、ちょっと神経質になってるんだよ」

「え」

「木田《きだ》も余計なこと言わなくていい」

　フォローされた当人は、迷惑そうにじろりと友人を睨《にら》む。

　瞳佳《とうか》は、

「えっと……ごめんね？」

　一応の事情を聞いて、自分の意思で来たわけではないのだが、その色々あった興味本位の人たちと一緒に見られているのを感じて、思わず謝った。少年は視線も合わせずに無視。そしてこんな状況になった直接の原因であるみひろの方は、この結果にも特に悪びれもせずに、無駄に朗らかに笑っていた。

「あはは。やー、ごめんごめん。転校生になら少しくらいサービスしてくれるんじゃないかと思ったんだけど」

「何で思っちゃったの……」

　思わずよそ行き用の自分を手放してしまいながら、瞳佳《とうか》は肩を落とした。

「でも気になってたんでしょ？　言うだけならタダだし」

「早とちりだよ……それに何か別のものを払った気がする……」

周囲から無駄に注目されているのを感じる。しかし、そんな落ち込む瞳佳《とうか》の様子を勘違いして気を遣ったのか、友人の方の彼が話しかけてくる。

「あー、もし本気で何か困ってるなら、後でオレがこっそり話を聞くよ。こう見えて別に悪い奴《やつ》じゃないから、改めて頼めばちゃんと聞いてくれる……」

「木田《きだ》」

そして黙らされる。仕方なさそうに頭を掻《か》く彼。

ちょっと苦笑い気味で困った様子の彼と、肩身を狭くしている瞳佳《とうか》の二人は、それぞれ少し気まずい感じで目線と頷《うなず》きで謝り合って、それからすっかり妙な雰囲気になってしまったその場を、そっと離れた。

離れて、ようやく状況から解放されて、瞳佳《とうか》は溜《た》めていた息を吐き出した。

「はあ……」

もう、あの彼には近寄らない。

守屋《もりや》くんだっけ。憶《おぼ》えた。そう、瞳佳《とうか》は心の中に刻みつける。

「やー、失敗した」

そして、そう言って笑うみひろを、瞳佳《とうか》は少しだけ恨みがましさを込めた目で見やった。

転校早々、いきなり人間関係に失敗するほど悲惨なことはない。確かに最初のきっかけは自分の失敗かもしれないし、あまり近寄らないようにしたいと思っていた人の存在が最初に知れたのは収穫だが、それでもこれは望まぬ試練だった。明らかに余計なトラブルで、悪目立ちだった。

「あー、いや、ごめんね？　でも大丈夫《だいじょうぶ》。大丈夫《だいじょうぶ》だって！」

「……」

瞳佳《とうか》の視線に含まれているものを察したみひろは、そう請け負う。もちろんその場しのぎの言い訳にしか聞こえなかったので、瞳佳《とうか》は疑わしげにしていたが、そうやって自分の席まで戻ると――

「ね、いまの見てたけど、占いとか好きなの？」

「よろしく柳《やなぎ》さん。残念だったねー」

「あれはみひろちゃんの作戦が悪いよー」

「あのね、守屋《もりや》くんは普段はあんな感じだけど、運が良かったら、練習でタダで占ってくれることもあるんだよ」

と、今の様子を見ていたらしいクラスの女子たちが、途端に何人も席に集まってきて、次々と瞳佳《とうか》に話しかけてきた。

「う、うん。よろしく……」

状況に驚き、戸惑いながら応対する瞳佳《とうか》。

「ほら。大丈夫《だいじょうぶ》」

とみひろが胸を張って、どうだ、と言わんばかりに笑った。

とても自信に満ちた朗らかな笑いだった。まだ出会って三十分にも満たない、ほんの短い付き合いの瞳佳《とうか》でさえその本質が理解できた気がする、全く一切の根拠がない自信に満ちた、無駄に朗らかな笑いだった。

Ⅲ

なんだかんだと慣れなくて必死な転校初日の時間割が目まぐるしく過ぎ、やっと一通りの授業が終わった頃《ころ》、瞳佳《とうか》がスマートフォンを確認してみると、前の学校の友達からメッセージが来ていた。

『橋見《はしみ》麻耶《まや》』

と名前が表示されていた。退学になったくらいなので、前の学校の友達には、もうまともに連絡をくれるような人はいない。麻耶《まや》のメッセージが表示されているグループチャットも、元は何人もが書き込んでいたのだが、今もここにメッセージを書き込むのは彼女だけで、このグループの画面はかつての友達関係の廃墟《はいきょ》のようなものだった。

麻耶《まや》は小学校の時からの友達で、その後も中学と高校まで、ずっと通して学校が一緒だった唯一の人間だ。瞳佳《とうか》の退学の原因になった事件にも巻き込んでしまった。何か償いができるなら、是非そうしたいと思っているが、どうすればいいのか判《わか》らないままでいる。

『新しい学校はどう？』

届いたメッセージには、そう書いてあった。

『瞳佳《とうか》ちゃんの新しい友達、会ってみたいな。友達はできそう？』

どうかな、と瞳佳《とうか》は思う。まだ判《わか》らない。何だか癖のある人間も多い。でも思っていたのと全然違う流れにはなってはいるけれども、今のところ上手《うま》くやれているんじゃないかな、と、今のところ思いつつある。

最初こそどうなるかと思ったが、学級委員のみひろのお陰も確かにあって、瞳佳《とうか》の転校初日は比較的順調に滑り出している気がする。雑談をしたり、一緒に写真を撮ったり。本当にどうなるかと思ったあのスタートは、瞳佳《とうか》の不安に反して、ちゃんとクラスメイトが興味を持ったり話しかけたりする切っ掛けになったようで、さらにみひろの顔が思いのほか広く、クラスの派手な女子グループとも地味な女子グループとも分け隔てなく付き合いがあったので、初めて話すクラスメイトとの間も、円滑に仲立ちしてくれたのだ。

ああ見えて結構優秀な学級委員だったのだ。みひろは。

大丈夫《だいじょうぶ》、が口癖の、面倒見のいいムードメーカー。ただし計画性がないのを勢いだけで何とかしているのが明らかなので、その点の不安にさえ目をつむれば、だが。

しかし一応順調とは言っても、やはりあのスタートだったので、積極的に瞳佳《とうか》と仲良くしたそうな子のタイプには偏りができていた。つまり『占い』や『霊感』の話が好きな子。どうやらあの守屋《もりや》という少年は、プロの占い師ということでクラスのそういった層に注目されているらしく、瞳佳《とうか》のあのデビューはその手の子たちには随分と鮮烈に見えたようで、それで瞳佳《とうか》のことを同類と思ったようなのだ。

違うのだが、しかしあの経緯《けいい》では確かにそう思われても仕方がないとは思うし、きっかけの最初の最初は瞳佳《とうか》自身の緊張が原因なので、全ての責任をみひろに押し付けてしまうのも、瞳佳《とうか》の気分として具合が悪い。

それに今さら否定して回るのも不自然だろうし、実のところ、違ってはいるのだが、遠からずといったところなのだ。

何より瞳佳《とうか》としては、右も左も分からない新天地で積極的に仲良くしてくれようという人がいるのに、文句のあろうはずがない。友達は欲しいのだ。結局この日は、クラスの女子たちが一日中入れ替わり立ち替わりして、そして授業と終業のホームルームが終わった時、瞳佳《とうか》の席の周りには、占いや霊感の話が好きな子たちが何人か集まってきていた。


「ねえ……柳《やなぎ》さん。ちょっといい？」

「うん？」


そして帰りの準備をしかけていた瞳佳《とうか》は、そう呼ばれて顔を上げた。

たしか――――小森《こもり》さんだっけ、と、瞳佳《とうか》は今日《きょう》の記憶からその子の名前を探り出す。瞳佳《とうか》に話しかけてきた占いや霊感話好きはクラスの色々な層に満遍《まんべん》なくいたが、彼女はその中では大人《おとな》しい子たちの部類だったと記憶している。見た目からして大人《おとな》しいグループだ。髪も黒くて、それほど長くもしていない。瞳佳《とうか》の方がだいぶ長い。声をかけてきた彼女の他に、三人の女子が一緒にいたが、見た目は違えどみんな似たような雰囲気の子たちで、一目で普段から一緒にいる子たちなのだろうと見て取れた。

「なに？　たしか、小森《こも》さんだったよね」

そう名乗った。

「うん。小森夕奈《こもりゆうな》」

夕奈《ゆうな》は頷《うなず》いて、胸の前でもじもじと指を組んで、照れくさそうに視線を外しながら、改めてそう名乗った。

そして、

「あのね……私たち、柳《やなぎ》さんと友達になりたいのね」

そう言った。一緒にいる三人の子たちも、瞳佳《とうか》たちの様子を見ながら頷《うなず》くなどして、それに追従する。

「あ、そうなんだ？　ありがとう」

にっこりと笑って、瞳佳《とうか》はそれに応じた。嬉《うれ》しい申し出だ。そんな瞳佳《とうか》の反応に、夕奈《ゆうな》と三人は、ほっとしたように顔を見合わせて笑い合い、それから夕奈《ゆうな》がスマートフォンを手にしながら、次に言葉を続けた。

「よかった。それでね、アドレス交換して欲しいの」

「あ、うん、いいよ」

瞳佳《とうか》は気軽に頷《うなず》く。すでにみひろや積極的な何人かとアドレスも交換していたので、今さら拒否感はない。一度バッグにしまっていたスマートフォンを出して、何だか緊張気味にしている夕奈《ゆうな》とアドレスを教え合う。互いに登録すると、夕奈《ゆうな》が自分のスマートフォンをあまり良くない手際《てぎわ》で操作しながら、瞳佳《とうか》に言った。

「じゃあ、メッセージ一つ送るから驚かないでね」

「うん」

瞳佳《とうか》が快く頷《うなず》いて、数秒後。

瞳佳《とうか》のスマートフォンが通知音を鳴らし、送られてきたメッセージを表示した。

そこには。


『大切な友達へ。

友情リレー。これは友情リレーです。あなたは私の大切な友達なので、このリレーが回ってきました。あなたとの友情は、ずっと続きます。おめでとう。

ただし、4日以内にこのリレーをずっと友達でいたい人4人に送ってください。どうでもいい人には絶対回しちゃ駄目です。もし回さないと、あなたは友達がいないとみなされて、この友情もなかったことになって、友達も恋人もみんなあなたから離れていきます』

「……」

見た瞬間、瞳佳《とうか》は固まった。

目を疑ったが、どう見たところでチェーンメールだ。

昔は『不幸の手紙』とか言われていた。拡散する悪戯《いたずら》。瞳佳《とうか》自身は今までに受け取った事はないが、無邪気《むじやき》に送った子と本気にした子とでトラブルになったという話を、前の学校の別のクラスの話として聞いたことがあった。

え？

え？

しばらく目を丸くして、瞳佳《とうか》は送られてきたそのメッセージを見ていた。

どういうことだろうか。何か知らないところで嫌われて、これは嫌がらせだろうか。

嫌がらせだとしたら、引っ越して来たばかりでまだ友達のいない転校生に、チェーンメールを送るというのはなかなかの陰湿さに思える。瞳佳《とうか》は目の前に立っている夕奈《ゆうな》を見る。まさしくこの目の前で瞳佳《とうか》にチェーンメールを送りつけてきた夕奈《ゆうな》は、しかしこうして見る限りでは悪意のようなものは見えず、最初に瞳佳《とうか》の前に立った時と変わらない表情で、スマートフォンを握りしめていた。

瞳佳《とうか》は、困惑した曖昧《あいまい》な笑いを浮かべて、メッセージを指差して尋ねた。

「…………あの……これって？」

「あ、ご、ごめんね、いきなり変なもの送って。この『友情リレー』、あの子がもらったんだけど、私たち友達少なくて、一緒にいる三人のうちの一人が足りなくて……」

夕奈《ゆうな》はそう言って、一人を振り返った。

そこには、子犬が訴えるような目で瞳佳《とうか》を見ている、見るからに大人《おとな》しそうな子がいた。背の小さな子だ。多分、このクラスで一番背が低い。髪も短くて、お洒落《しゃれ》とは言い難《がた》い眼鏡《めがね》をかけている。瞳佳《とうか》がまだ名前を聞いていない子だった。ただ夕奈《ゆうな》と話をしていた時などに、確かに見覚えはあった。

しかし、まあ、それはどうでもよかった。

「……えーと、つまり、チェーンメールの人数合わせ、ってことかな？」

なんだかちょっと情けない気分になって、瞳佳《とうか》は眉《まゆ》の下がった微妙な笑い顔になりながら言った。

瞳佳《とうか》はあまり人に対して腹を立てない質《たち》だった。理不尽《りふじん》な目にあわされても、怒るよりも困惑や情けなさが先に立つ。今がまさにそうだ。この扱いには、何だかちょっと内心で泣きたい気分になった。

「あっ、そ、そうなんだけど、そうじゃなくて……！」

夕奈《ゆうな》は、瞳佳《とうか》の表情を見て、はっ、と気づいて慌てて弁解した。

「あの、協力して欲しくて。『友情リレー』を打ち切るための、おまじないがあって……それには五人必要で……柳《やなぎ》さん、占いやおまじないが好きみたいだし、優しそうだから、協力してくれるかもって……」

「おまじない？」

聞いたことのない話が出てきて、瞳佳《とうか》はきょとんとした表情になった。

「そう。倫子《のりこ》のこと助けてくれるかも、って……」

「……」

その弁解を聞きながら瞳佳《とうか》は、夕奈《ゆうな》と、それからチェーンメールをもらった本人だと聞かされた、背の小さな子の方を見る。倫子《のりこ》というのがこの子だろう。小柄な身体《からだ》をさらに小さく縮こまらせている彼女と、その彼女を気遣わしげにしながら瞳佳《とうか》の様子を窺《うかが》っている一同の様子を見ているうちに、瞳佳《とうか》にもだんだんと事情が見えてきた。

要するに、チェーンメールを送られて本気で怖がっているこの子のために、チェーンメールの連鎖を打ち切るおまじないをしたいのだが、この大人《おとな》しい子ばかりのグループには必要な人数に足りるだけの友達がいないということか。そこにちょうど良く人の良さそうな顔をした転校生がやってきたので、意を決して声をかけてきた、というわけだ。

あー、またか。と、瞳佳《とうか》は思わず苦笑いが出た。ここでもこうなるんだな、と。

実のところ、自分では判《わか》らないが実際にそういう顔をしているのだろう。他人から「人が良さそう」と見られて色々と声をかけられたり、頼みごとをされたりするのは、瞳佳《とうか》にとって日常茶飯事《さはんじ》だ。それで妙なことに巻き込まれるのもよくあることだった。

そしてそういう頼みに、結局、ほいほい応じるのも。

「……わかった。いいよ」

瞳佳《とうか》は苦笑いのままそう答えた。夕奈《ゆうな》と、一緒にいる三人の表情が、瞳佳《とうか》の承諾の答えを聞いて、ぱっと明るくなった。

「あ、ありがとう！　ごめんね……」

「気にしないでいいよー」

なんだかんだで、実際人がいいのが瞳佳《とうか》という人間だった。それから、チェーンメールの連鎖を断ち切るおまじないとやらも気になっていた。今まで聞いたことがないが、この学校にはそういうものがあるらしい。全国で流行《はや》れば、チェーンメールを本気で怖がっているような子がいくらか救われるのではないだろうか。

「それで、わたしは何をすればいいの？」

「鏡がないとダメなの。一緒に来て」

「わかった」

瞳佳《とうか》は頷《うなず》いて、席から立ち上がった。

教室の後ろの端から廊下へと、四人の後をついて出る。

後をついて歩きながら、瞳佳《とうか》は彼女たちが本気で困っていたのだということを、改めて理解せざるを得なかった。夕奈《ゆうな》たちは、倫子《のりこ》を囲んで、まるで難病の治療法が見つかった病人の家族のように、喜び合いながら歩いていたのだ。

Ⅳ

夕奈《ゆうな》たちの先導について歩いてゆくと、終業の生徒で溢《あふ》れた廊下をどんどんと抜け、校舎を寂しい方向へ向かって行くのが判《わか》った。

渡り廊下をいくつか通ると、見たことのない教室ばかりが目に入るようになり、転校してきたばかりの瞳佳《とうか》はもう、自分がどの辺りにいるのかよく分からなくなった。やがてまた渡り廊下に出て、そこで突き当たった建物の、いかにもバネが重そうな金属製のドアを、夕奈《ゆうな》が全身で引っ張って開ける。そうして辿《たど》り着《つ》いたのはやや古びた、明らかに使われていない教室が並んでいる一角で、一見した限りでは人っ子ひとりいない、人の気配もない、空気に埃《ほこり》の臭《にお》いさえ感じる静かな廊下だった。

がちゃん、と背後で大きな重い音を立ててドアが閉まると、すでに遠くなりつつあった学校の喧騒《けんそう》が、ほとんど聞こえなくなった。そして代わりに、この建物の中に広がっている空気の涼しく冷えて停滞した静寂が、耳の中に入ってきた。

「……ここって？」

「ここのトイレの鏡を使おうと思って……あんまり人が来ないから」

見回しながら瞳佳《とうか》が尋ねると、そう、夕奈《ゆうな》から答えが返ってきた。歩き始めると、硬い床を歩く自分たちの足音が、静寂に反響しているようにさえ聞こえて、この場所が学校の中心から外れた本当に寂しい位置にあるのだということが知れた。

目的地らしいトイレは、廊下をそのまま向かいの端まで行った、奥の階段の側《そば》にある。

そこに向かいながら瞳佳《とうか》は、人のいないここならば話しやすいだろうと、例のおまじないについて夕奈《ゆうな》たちに質問した。

「……ねえ、何でこんなところまで来たの？」

「他の人に見られちゃいけないから。やるときは五人だけでするの。他の人に見られたら失敗するって」

夕奈《ゆうな》が答えた。思った以上に真剣な口調だった。

「ふーん……どんなおまじないなの？」

「『友情リレー』でリレーを回さなきゃいけない数と同じ人数の友達と一緒に、一枚の鏡に映るの」

そんな夕奈《ゆうな》の言葉に、他の三人は頷《うなず》いた。

「……それだけでいいの？」

「ううん。それで、鏡に映ったまま、人数と同じだけ、みんなでゆっくり数をかぞえるの。それからその後で、全員でスマホを出して、せーので一斉に、鏡に映ってる自分たちの写真を撮るの。そうやって、スマホの中の『友情リレー』に、リレーを回さなくても友達は続くってことを伝えるの。それで撮った写真を大事に保存しておけば、その友情は続くし、もうリレーを回さなくてもよくなるって……」

「なるほど……」

おまじないがどういうものか把握できたので、頷《うなず》く瞳佳《とうか》。そしてちょうどその辺りで、一同は目的のトイレの前に辿《たど》り着《つ》き、夕奈《ゆうな》は口をつぐんで、瞳佳《とうか》も当面必要な回答はもらったので次の質問はしなかった。

「ここだね」

瞳佳《とうか》は言った。

「さっそく始める？」

「うん……ごめんね」

できるだけ笑顔で言った瞳佳《とうか》に、夕奈《ゆうな》がここにきて、ちょっと下を向いて、申し訳なさそうに言った。その少し後ろで隠れるようにしていた倫子《のりこ》というあの背の小さな子が、小型犬のように瞳佳《とうか》を見上げて、小さく口を開く。

「あの…………………ありがとう」

「いいよ」

初めてちゃんと目が合って、小さな声だがやっと張本人の声が聞けた。結構可愛《かわい》い声。自分で思っているよりも随分と人がいい瞳佳《とうか》は、それだけでもう頼みに応じた甲斐《かい》はあったと、そんな風に思った。

「……じゃあ。いこっか」

そうして、壁に男子トイレと二つ並んだ入り口が切り取られているだけのトイレに、みんなで足を踏み入れた。入り口は、中が見えてしまわないように、入ってすぐ曲がる構造になっていて、手洗い場は曲がってすぐそこにあった。

経年で汚れた、横に広い流し場に、蛇口と鏡が並んでいる。

そこに踏み込んだ途端に空気が変わる。外の光があまり届かず、タイルに冷たく覆われた水場であるトイレは、足を踏み入れた瞬間にそれと判《わか》るほど冷えて、強力な洗剤の臭《にお》いが微《かす》かに残っている独特の薬品臭さとも相まって、いつも思っているのだが、不思議と明らかに日常とは隔絶している感覚のある空気に思えた。

「……誰《だれ》もいないね？」

「うん」

中を確認した。くすんだ白い無機質なタイルと、やはり白いのっぺらぼうの個室のドアが並んでいるトイレには、瞳佳《とうか》たち五人以外には、誰《だれ》もいなかった。入り口から外を覗《のぞ》いていた子も、みんなを見て黙って頷《うなず》く。外からも誰《だれ》も来る様子はないという意味だ。

「誰《だれ》も来てないね」

「うん」

「じゃあ……」

そうしてから、みんなで手洗い場の前に粛々《しゅくしゅく》とした様子で集まった。みんな何故《なぜ》だろうか奇妙なほどに神妙な顔と空気をしていて、瞳佳《とうか》にもそれは伝染し、自分の心臓と呼吸とにかすかな緊張を感じながらみんなに従って、一つの蛇口の前に、窮屈に集まった。

そうして、鏡を見る。

ちょっと表面のくすんだ、それほど幅の大きくない鏡は狭く、五人があふれていて、みんなは幅を詰めたり身を乗り出したり頭を下げたりしながら、体の位置を変えて、全員で鏡の中に収まる位置を試行錯誤した。

みんな不思議と、言葉を発しない。

ただ粛々《しゅくしゅく》と、緊張した呼吸の音だけを吐きながら、微《かす》かな足音と衣擦《きぬず》れの音だけを立てながら、立ち位置を詰めてゆく。

一分と経《た》たずに、全員が鏡の中に収まった。

みんな、鏡を介して目配せし合う。五人で一杯になった鏡には、もうわずかにしか、背景の部分は残っていなかった。

全ての音が遠のいている冷たい静けさの中で、少しくすんだ鏡に、五人が映っている。どこか無機質な五人。冷たい鏡の中にいる、冷たい自分たち。

「…………」

きっと、みんな緊張の表情をしているからだ。

それを見ているこちら側では、体温と、呼気が触れ合っている。

他人の体温と、呼吸の音ばかりの、潜めた沈黙。皮膚《ひふ》に伝わってくるそれらからは、しかし同時にみんなの緊張もひしひしと伝わってきて、無関係なはずの自分の心にも、緊張が蓄積されてゆくような気がした。

なんだか少し、呼吸が重かった。

ほんのわずかな息苦しさ。奇妙な緊張が生む——多分、錯覚。

ごく、と誰《だれ》かが、唾《つば》の塊を呑《の》み込《こ》み、喉《のど》を鳴らす気配がした。それはあるいは自分だったのかもしれないが、呼吸と体温と気配とが混じり合い、この場の全員が一体のものになっているような感覚が、もはや誰《だれ》のものであるか、定《さだ》かではなくしていた。

その中で、始まった。

「じゃあ…………えっと、数えるね」

まずは人数と同じ数だけ、数を数える。

そのこれから始める工程を、まるで誰《だれ》もが忘れそうになっていたかのように、一瞬の沈黙があって。それからようやく、みんなの口から声が発された。

「……い……いーち……」

それは、潜めて、押し殺し、かすかに震えた、不揃《ふぞろ》いな声だった。
ひどく不揃《ふぞろ》いな声は、無機質に冷めた空間に、不安に響いて、消えていった。

「に、にーい」

二つ目の声は、最初よりも揃《そろ》っていた。
不安に囚《とら》われつつあった五人の声が、少しだけ纏《まと》まろうとしていた。

「さーん」

三つ目の声は、揃《そろ》った。
冷たい閉鎖空間に、揃《そろ》った声が響いた。
自分たちの声が響いて知覚を一杯にする。タイルに僅《わず》かに反響する自分たちの声を耳で聞き肌に感じながら、そんな自分たちの姿が映っている鏡を、じっと見つめる。

「しーい」

四つ目。自分たちの声が、自分たちの意思が、一体になる。

並んで映っている、自分たちの姿。

そして、

「ごーお」

最後。

そこで数えていた声を、止める。

止まる。心と耳とに、名残《なごり》惜しげな余韻《よいん》を残して、自分たちの声で一杯になっていた空間から音が消え、ひし、と冷めた沈黙と空気とが、耳と心に一瞬にして流れ込んで、代わりにその空隙《くうげき》を満たす。

「…………………」

音の残滓《ざんし》が完全に流れて消《き》え失《う》せ、そこにあったはずの、みんなの世界が、止まる。

音と共に、一体だったという錯覚も幻のように消えて、停止した世界が、無機質な空気に晒《さら》されて冷めてゆく。

しん、

と急に落ちた静寂の中、鏡の中の自分たちが、こちらを見ている。

ざらついた鏡の中の、冷たい無機質な自分たち。それを見ながら、それに見られながら、何《な》故《ぜ》だかみんな、無言になる。

「…………………………」

何故《なぜ》だか、無言が続いてゆく。

鏡を見つめながら、鏡に見つめられながら、どういうわけか誰《だれ》もが声を出すことを忘れてしまい、また、いま何をしているのかさえ忘れてしまったかのように。

ただ身じろぎもせずに、息を詰めて、立ち尽くしている。

鏡の中で、棒立ちの自分たちがただ五人並んでいて、やがてその沈黙の果てに、誰《だれ》かがぽつりと、呟《つぶや》くように言う。

「写真……」

はっ、とその言葉に、一同はこれからすべきことに気がついた。

みんなが動き出す。焦《あせ》りつつ、しかしどこかぼんやりとしたままの頭で、もたもたとした動きで、みんながスマートフォンを取り出し始めた。

のろのろと。

緩慢《かんまん》と。

全員が手元にスマートフォンを取り出して、カメラを起動して構えるまでに、妙に間延びしたような、しばしの間があった。

そうして、どこか現実感のないまま、全員がようやくカメラを鏡に向けて。

全員が鏡の中からカメラのレンズを向けられて。

画面の中からもレンズを向けられて。

それから「せーの」という、また嚙《か》み合《あ》わなくなってしまった、不揃《ふぞろ》いな掛け声をみんなで口にして、同時に一斉に、シャッターのボタンを押した。

かしゃっ、

撮影の音がした。どこか虚《うつ》ろな作り物のシャッター音が無機質に響いて、カメラの映像を表示していた全員のスマートフォンの画面が一度瞬《またた》き、撮った写真が一瞬だけ止まって表示されて、保存されてから消えて元の映像に戻った。

その画面に、一同は、目を落として────

「…………………………っ!!」

ばっ!

と全員がその瞬間、ほとんど同時に、自分たちの背後を、激しく振り返った。

「…………………………!!」

全員の顔が、その瞬間、蒼白《そうはく》になって強張《こわば》っていた。目を見開いて後ろを見ていた。そこにはしかし、ただ静かで無機質な、白いタイルの床と、壁と、個室のドアが並んでいる、トイレの風景が存在しているだけだった。

「…………!!」

何もない。しかし全員、息を詰めて、目を離さなかった。

空気が張り詰めている。

鳥肌が立つ。

そして全員が水道の流しを背にしていて、もう後などないにもかかわらず、ほんの一センチでも、一ミリでも、目を向けている光景から離れようとしているかのように、流し場に身体《からだ》を押し付けて、じりじりと後ずさった。

見ている先には何もない。白いタイルとドアの景色《けしき》があるだけだ。

だが瞳佳《とうか》は、そしておそらくみんなも、それを見ていた。

自分たちの映った鏡の写真を撮った、その瞬間。

一瞬だけ見えた、撮影済みの写真に――――

鏡に映った自分たちの、

その間にできた僅《わず》かな隙間《すきま》に、

真っ黒な長い髪をした六人目の頭が、

写っているのを、見たのだった。

……長い躊躇《ちゅうちょ》の後、写真アプリを立ち上げると、

V

ぽつん、

と一つだけ、空っぽだったアルバムに、あの時の写真のサムネイルが表示された。

縮小されているが、あの時の五人の写真。それを見た途端に、また躊躇《ちゅうちょ》が湧《わ》いて、しばらくサムネイルを見つめ続けた後の覚悟を決めてそれを選択すると、気のせいかアプリの動作に普段は感じないようなわずかな引っかかりがあったような気がした後に、ぱっ、と今度は何事もなかったかのように、大きく写真が開かれた。

妙にざらついた写真だった。

砂をまぶしたように、異様に画質が悪い。

多分、あの場所の光量が足りなかったせいだ。

暗い場所で写真を撮った時によくある、特有の、しかし今はどうにも気味が悪い画像のざら

つきだとは思うのだが、それでもここまで画像が劣化してしまうほど、あの場所は暗かっただろうか？

ともかく、そんな写真の中に――

いる。

やっぱり、六人目が。

写っている。スマートフォンの画面の中で、窮屈そうに身を寄せ合いながら、緊張した面持ちで鏡に映っている自分たち五人の写真に。

画像が粗くざらついて、さらに鏡の曇りでわずかに白くかすんで写っている五人の、その右端に。明らかに自分たちのうちの誰でもない人影が写り込んでいて、かろうじて髪が長いことと下ろした腕が判《わか》る程度に、みんなの背後から少しだけはみ出しているような形で、こちらを向いて立っていた。

体半分に足りないくらい、しかし明らかに人の姿。

人影だが、どこか虚《うつ》ろで非人間的な印象に見える、不気味な人影。

しかしそれは、それ以前の問題として、写っているはずのない異常なものだ。

他に人などいなかった、人がいないことを確認までしたはずの、人などいるわけがなかった場所に、それなのに写っている、人影。

見つめる瞳佳《とうか》の肌に、

ぞわり、

と鳥肌が立つ。

それでもじっと、写真を観察する。

わずかに写り込んでいるばかりの、気味の悪い人影。

じっと見つめる。写真を見つめている瞳佳《とうか》の肌に、そして内側の肉に、説明のできない冷たく嫌な感覚が、ひしひしと染《し》み込《こ》んでくるような気がする。

…………

…………

†

目覚ましのアラームに起こされて朝起きると、今は遠い友達である麻耶《まや》から、メッセージが二通、瞳佳《とうか》のスマートフォンに届いていた。

『また変なことに巻き込まれたね』

『人がいいのが瞳佳《とうか》のいいところだと思うけど、気をつけないとまた退学とかになっちゃうよ？』

起き抜けに読んだそれらに、全く反論の余地がないことに心の痛い思いをしながら、瞳佳《とうか》は枕元に置いていたスマートフォンを手に、寮のベッドから身を起こした。

「うう、誰《だれ》のせいだと……」

思わず口から、そんな悪態が漏れそうになる。

「…………わたしか」

そう言って肩を落とす。ベッドを降りる。そしてここで生活を始めてからまだ間もない、入り口から真《ま》っ直《す》ぐの通路状のようになっている部屋に沿って、物入れ兼クローゼットと、ベッドと勉強机が一直線に並んでいるだけの、細長くてシンプルな個室で、瞳佳《とうか》はまだ慣れていない寮生としての一日を、今日《きょう》も始める。

身支度をして、点呼の後、朝食。

それから登校。『星見寮《ほしみりょう》』という名前の、女子寮を出る。

余談だが男子寮の方は『水見寮《みずみりょう》』というらしい。自宅から通っていた今までとは違い、玄関を出てから学校までは五分とかからないというのに、いざこうして生活してみると、それなりに慌ただしい。

「……」

そして慌ただしさに背中を押されるようにして登校する瞳佳《とうか》だったが——正直、二日目にしてすでに、教室に入るのが不安だった。

理由は当然、昨日《きのう》の『おまじない』だ。

そしてスマートフォンの中には、心霊写真が一枚。

瞳佳《とうか》は昨日《きのう》、寮の自室でそれを一人確認していた。そして写真をよく観察しながら、色々と考えたが、せっかく嫌な思いをして睡眠を犠牲にしたのにもかかわらず、何らヒントらしきものは見出《みいだ》せなかった。

写真に写った人影は、見覚えの有る無しを判断できるほど、大きく写っていない。

ただ、これだけは断言できる。あの時、あの場所に、自分たち以外の人間はいなかった。

間違いなく、これは心霊写真だった。こんなものが撮れてしまったのだが、自分はともかく夕奈《ゆうな》たちはどうしただろうかと、瞳佳《とうか》は思った。

特に当事者であり、気が弱そうな倫子《のりこ》は取り乱しているのではないか。

そして友達である夕奈《ゆうな》たちは、どうしているのだろうか。ちゃんと倫子《のりこ》を慰めることができているだろうか。

それとも……。

分からない。あれから瞳佳《とうか》は、夕奈《ゆうな》たちとは話もせずに別れてしまっていた。あの後、現場から逃げ出した瞳佳《とうか》たちは、すぐに通りがかった先生に見つかってしまい、友達同士のトラブルがあったと勘違いされて、お説教をされて帰されたのだ。

あのおまじないの、直後。

瞳佳《とうか》たちは、鏡の前から、目の前の光景から、そしてあそこにいる『何か』から、にじるように後ずさり、やがて激しい怖《おそ》れと緊張に引き絞られて、弾《はじ》かれたかのように、一斉に逃げ出した。

そして悲鳴を上げ、半ばパニック状態で建物の外に出た五人は、渡り廊下の途中で倫子《のりこ》が足をもつれさせて、その結果全員で、倒れこむようにしてそこに座りこんだ。倫子《のりこ》などは泣き出していた。その状況を、たまたま通りがかった先生に見つけられたのだ。

当然事情を聞かれたが、とてもではないが答えられず、結局通り一遍の的の外れた注意を受けて解散させられた。そして寮の門限も近づいていた瞳佳《とうか》は、みんなとそれ以上の話もできないまま、慌てて下校の途についた。

あの『事件《なにか》』は、瞳佳《とうか》にとって、そこで止まっている。

寮に帰ってからもずっと迷っていたが、結局、アドレスを交換した夕奈《ゆうな》へ連絡を入れることはなく、夕奈《ゆうな》からもコンタクトはなかった。そしてそのまま、どことなく冷たいモヤモヤを胸の中に抱えたまま、瞳佳《とうか》は一日を終えたのだ。

そうして今に至る。寝つけなかったので、あまりよく眠れていない。

あれからどうなったのか、気になってはいる。だが確認するのは気が重かった。

何より気が重いのは、この件で人間関係がどうなってしまうのかという点だ。変な影響がありそうで怖い。新しい学校に馴染《なじ》んで、また退学になるような事態にならないことが、今の瞳《とう》佳《か》にとっての一番の気がかりで、一番の心配事なのだ。

なのだが――

「はあ……もう、なるようにしかならないよね……」

瞳佳《とうか》は学校までやって来ると、諦《あきら》めなのか弱気なのか、それとも開き直りなのかよく判《わか》らない呟《つぶや》きを、小さく溜息《ためいき》と一緒に吐いて、自分の下駄箱《げたばこ》を開けた。

お人好《ひとよ》しで穏やかで、人の顔色を窺《うかが》いがちだが、その実、妙に豪胆《ごうたん》で行動力を見せる時があるのが、瞳佳《とうか》という人間だった。

お嬢さんぽいと言われる外見に似合わず、悩んでもどうにもならない状態になってしまった時には、思い悩むよりも諦《あきら》めて開き直って行動する傾向があって、よく友達を驚かせたりしていた。そんな自分の性格に、瞳佳《とうか》自身は幾度も救われているが、もちろん状況がさらに悪化したといったことも決して少なくはなかった。

とにかく、会って話してみるしかないよね、と。

瞳佳《とうか》が、そんな覚悟を内心決めて、下駄箱《げたばこ》で靴を内履きに履き替えて、校内に入ろうとした時だった。

「や、柳《やなぎ》さん」

「え？」

急に横合いから声をかけられて、瞳佳《とうか》は振り返った。そこには、寮生の早い登校にもかかわらず夕奈《ゆうな》たち四人――――いや、肝心の倫子《のりこ》が見当たらず三人しかいない夕奈《ゆうな》たちがいて、そして偶然会ったわけではなく待ち構えていた様子で、瞳佳《とうか》を手招きしていた。

「あ、おはよう……早いね、って……」

戸惑いつつ近づいていって挨拶《あいさつ》すると、「こっち来て」と、そのまま人目につかない校舎の物陰に引っ張り込まれた。

「ねえ、柳《やなぎ》さん。昨日の写真、見た？」

「え……う、うん」

ほとんど囲まれるようにして真剣な顔で尋ねられ、瞳佳《とうか》は若干戸惑いながら、頷《うなず》いた。

「あれ、柳《やなぎ》さんはどう思う？」

「ど、どうって……」

「あれ、心霊写真だよね？　私たち以外に、あそこには誰《だれ》もいなかったよね？」

続いた夕奈《ゆうな》のその言葉に、瞳佳《とうか》は一瞬ためらった後、首肯した。

「やっぱりそうだよね……」

「………」

そんな瞳佳《とうか》の肯定を見て、みんなが俯《うつむ》く。元より重かった空気が、さらに重く深刻になったので、瞳佳《とうか》は戸惑って、思わず尋ねた。

「どうしたの？　あの写真のこと？　あれって何なの？」

「わかんない……」

頭を振って泣きそうな声で言われた。しかし瞳佳《とうか》も質問しないわけにはいかない。さらに問いかけを続ける。

「あれは――あの『おまじない』とは、関係ないの？」

あれからずっと考えていた瞳佳《とうか》が、一応期待も込めて疑っていたのは、あの写真に写ったモノがおまじないに関係する何かなのではないかということだった。おまじないのやり方と目的だけは聞いていたが、その他の詳細を、瞳佳《とうか》は知らない。指示通りに撮った写真に得体《えたい》の知れない人影が写ったのだから、そのおまじないの中で説明されている何かなのではないかと、そう希望的に考えていたのだ。

だが夕奈《ゆうな》は、やはり首を横に振った。

「ううん……写真にあんなのが写るなんて、おまじないには、ない」

「そっか」

当てが外れた。

「じゃあ、トイレであんなのが写るような噂《うわさ》とかは？」

「ない……と思う。少なくとも、私たちは知らない」

「うーん」

考え込む、というよりも悩む瞳佳《とうか》。本音を言えば、何でもいいから写真にあんなものが写り込んだ、理由が欲しかったのだ。

「そっか……何も分からないんなら、当事者の倫子《のりこ》ちゃんは不安だよね……」

昨日《きのう》から心配はしていたが、ますます心配になった。

そして瞳佳《とうか》は、周りを見回して、尋ねた。

「それで、倫子《のりこ》ちゃんは？」

「わかんない、いの」

「え？」

間髪《かんはつ》入れずに返ってきた答えの意味が、一瞬わからなかった。

聞き返した。

「え？　なんて？」

「わかんないの、どこにいるか……！　あの子――

あのあと学校で別れてから、どこに行ったか判《わか》らなくて、家にも帰ってないのっ！」


「……⁉」

瞳佳《とうか》は絶句した。叫ぶようなその夕奈《ゆうな》の言葉を聞いて、驚きと嫌な予感に一瞬にして身体《からだ》に鳥肌が立って、心臓が跳ね上がった。

「ど、どういうこと⁉」

「わかんない。あのあと……先生に怒られて、柳《やなぎ》さんと別れたあと、倫子《のりこ》がスマホを落としてきたって言い出して……」

動揺した瞳佳《とうか》の問いに、夕奈《ゆうな》はそれ以上の動揺をあらわに、途切れ途切れに説明する。

「怖いし、嫌だったけど、みんなで探しながら戻って……でも途中の道にはどこにも落ちてなくって……あのトイレの前くらいまで行ったら……私たちの後ろにいた倫子《のりこ》が、いつの間にか、いなくなってて……」

「……！」

なんてことだ、と思った。本当に行方《ゆくえ》不明なら大変なことだ。

「そ、それ、お家《うち》や警察には？」

「倫子《のりこ》ん家《ち》は……知ってる。警察に言ったかは知らない」

答える夕奈《ゆうな》。だがそんな夕奈《ゆうな》や他の二人の態度に、瞳佳《とうか》はいなくなった友達への心配や、普通の怯《おび》えとは、何か別のものを感じて、眉《まゆ》を寄せて尋ねた。

「……ねえ、どうしたの？　みんな。様子が変だよ」

「！」

びくっ、と夕奈《ゆうな》の肩が跳ねた。そしてほとんど視線を合わせなかった夕奈《ゆうな》は、やっと瞳佳《とうか》を見て、おずおず口を開いた。

「……あのおまじない、続きがあるの」

「続き？」

「おまじないの間は、誰《だれ》にも見られちゃいけないって話は、確か……したよね？」

「うん」

瞳佳《とうか》は頷《うなず》いた。確かに聞いた覚えがある。

「でも、見られたらどうなるかって話は、してなかったよね？」

「おまじないが失敗するとは聞いたけど……」

思い出しながら答えると、夕奈《ゆうな》は沈痛な顔で目を伏せた。

「うん、失敗する。だけど、それだけじゃなくて――――」

一瞬、沈黙。そして言った。

「――もし見られたら、五人の中の誰かが死ぬ、って」

「…………！」

心の中に、ぞっ、と何か冷たいものが差し込まれた気がした。

単純でありふれた脅《おど》し文句。しかしそれが口にされ、耳に入れば嫌でも心を刺す『死ぬ』という言葉。

心が、そして肌が、冷えた。

瞳佳《とうか》たちの立っているほとんど人目につかない校舎の物陰が、さらに陰って暗さを増したような、そんな感じがした。

二章　チェーンメールは闇の中

二章　チェーンメールは闇の中

I

もしも『友情リレー』が回ってきてしまって、もうリレーを回す友達がいない時。
じつは『友情リレー』を切るためのおまじないがあります。

1、リレーを回さなければいけない数と同じ人数の友達を集めて下さい。
2、放課後の学校で、全員で一枚の鏡に映って下さい。
3、鏡に映った状態で、人数と同じ数を、ゆっくりと数えて下さい。
4、数え終わったら、みんなで鏡に映っている自分たちをスマホに撮って下さい。
5、その写真を消さないで大事にすれば、リレーを回さなくても友情はずっと続きます。

このおまじないを実行すれば、スマホの中の『リレー』に本物の友情が伝わって、リレーを回さなくても友達が離れていかなくなります。

ただし、鏡に映ってから写真を撮るまでの間は、誰《だれ》にも見られないようにして下さい。

もしもおまじないに参加する人以外の誰《だれ》かに見られてしまうと、おまじないは失敗して、友達は離れていき、それだけでなく参加した人のうち、誰かが死にます。


…………

†

瞳佳《とうか》自身は、個人的にはそういう都市伝説じみたおまじないや脅《おど》し文句を根拠もなしに片端《かたはし》から鵜呑《うの》みにするような、浮ついた性格はしていない。

しかし、現実におまじないの途中で撮った写真に存在しなかったはずの人影が写ったという事実と、当事者である倫子がいなくなったという事実は、そんな瞳佳《とうか》の慎重な態度にさえ小さな風穴を開けて、うそ寒い思いと、形のない不安のようなものを、さーっ、と心の中に吹き込ませた。

そして現実に、目の前で怯《おび》えきっているクラスメイトたちの姿も、瞳佳《とうか》の心を別の方向からうそ寒くする。例え自分自身は鵜呑《うの》みにしていなくても、少しでも関わりのあったクラスメイトがいなくなったという事実や、目の前で現実に怯《おび》えている人たちを、瞳佳《とうか》という人間は蔑《ないがし》ろにはできなかった。

目の前で、以前に別の友達から回ってきたという『友情リレーを回避するおまじない』の書かれたメッセージアプリを見せて「巻き込んでごめんね」と謝っている四人を見ながら、瞳佳《とうか》は困っていた。

小森夕奈《こもりゆうな》。
津村愛梨花《つむらありか》。
島田千璃《しまだせんり》。
それから、清水倫子《しみずのりこ》。

改めてきちんと名前を把握した四人――いや三人は、完全に怯《おび》えきっていた。

もともとこの四人は、クラスの中でも特に臆病《おくびょう》で内気で目立たない、しかし一匹狼《いっぴきおおかみ》でいることにも耐えられないタイプの四人が寄り集まってできたグループだ。そしてあの、瞳佳《とうか》にとっては散々だった初日のことをきっかけに声をかけてきたくらいなので、もともと占いやおまじないといった、オカルトっぽいものに興味があったグループだ。

元々本気で興味があったぶん、実際にそれらしいものに直面してしまうと、弱いのだ。

昨日《きのう》はそれほど気にしなかった、みんなの手首についたパワーストーンのブレスレットのお守りが、何とも危うい。

とにかくみんなを宥《なだ》めるしかない。

放っておくわけにもいかない。

一度関わってしまったのだ。

瞳佳《とうか》はそう思って、今にも泣きそうになっている夕奈《ゆうな》たちを何とか落ち着かせようと、内心必死で言葉をかけた。

「……えーとね、チェーンメールとかおまじないとか、関係ないよ」

とりあえずそう、瞳佳《とうか》は言った。

「確かに心配だけど、少なくともおまじないのせいなんかじゃないよ。チェーンメール、わたしは信じてないし。こんなことで友達はいなくなったりしないし、おまじないのせいで人が死んだりなんかしないよ。警察や大人《おとな》に任せよう？」

自分で言っていて、随分と無責任で薄っぺらい慰めだと思ったが、実際そう思っているのでそれ以外に言いようがなかった。

「だから落ち着こう？」

「……心霊写真も、関係ないと思う？」

頑張って慰める瞳佳《とうか》を見上げるようにして、目を伏せていた津村愛梨花《つむらありか》が訊《き》いた。愛梨花《ありか》は前髪で目が隠れるくらい髪を長く伸ばしていて、痩《や》せていて、この中では背の高い子だ。小学校の時、よく似た感じの子がクラスメイトにいたのを思い出した。彼女は男子に『幽霊』というあだ名で呼ばれていた。

「本当に何もないと思う？　他の誰にも見られちゃいけない『おまじない』を、いるはずのない誰かに見られてたのに？」

前髪の向こうから陰鬱《いんうつ》な目を睨《ね》めあげるように向けて、愛梨花《ありか》は言う。

「本当に違うと思う？　本当に気にしてない？」

「ち……違うと思う。気にしてないよ」

嫌な事実と言葉で念を押されたが、一度口にしたことだ。口にした以上はもう弱気なことは言えず、瞳佳《とうか》は繰り返す。

「……本当の本当に？」

「うん、気にしない。写真に何か変なものが写っちゃったのは確かだけど、こんなことで友達はいなくなったりしないよ。四人とも仲良さそうだったじゃない。チェーンメールなんか効かないよ。心配なら、わたしもこれからみんなと仲良くするって約束する。だから安心して。死んだりもしない。いなくなったのは、別の理由だよ」

すがりつくように自分を見るみんなと、必死に目を合わせて、説得する瞳佳《とうか》。

「心配だけど、怖がることなんかないよ」

「……」

瞳佳《とうか》は、一生懸命主張する。

少しだけ、場の空気が落ち着いた気がした。

「柳《やなぎ》さんは強いんだね……」

島田《しまだ》千璃《せんり》が、疲弊《ひへい》した顔で、ぽつりと言った。倫子《のりこ》の次に背が低く、赤いちょっと可愛《かわい》いフレームの眼鏡《めがね》をかけていて、ちょっと伸ばした後ろ髪をしっかり梳《と》いて黒いシュシュでまとめている、この中では一番、身の回りに気を遣っている様子が見える子だ。

「ありがとう。でもわたしは別に強くないよ」

謙遜《けんそん》ではなく、瞳佳《とうか》は言う。

「そんなことない。私は気にしないなんて、言えないもん」

千璃《せんり》が首を振った。少しだけ見せていた落ち着きは、すぐに不安と怯《おび》えに満ちた表情の中に消えてしまった。

「私、あの写真怖いもん…………怖くて見れない。あれから開いてもない」

そして言う。

「消したいけど、消すのも怖い。あの写真が入ってるスマホに触るのもほんとは怖いし、ほんとは家にも置いときたくない。けど、どうすればいいか分かんない」

また、ちょっと泣きそうな声になる。瞳佳《とうか》は内心の虚勢を全力で動員して、毅然《きぜん》と千璃《せんり》に向けて手を差し出す。

「よければ、わたしが消すよ」

「う、ううん、いいよ。消したら消したで、そのせいで何かありそうで怖いもん」

怯《おび》えたようにかぶりを振って、千璃《せんり》は少し後ずさった。

「おまじないも、写真は消しちゃ駄目って書いてるし……だからもう、どうすればいいのか、わかんないの。気にしないのも無理」

八方塞《ふさ》がりを訴える。自分が強いとは思ってもいない瞳佳《とうか》だが、確かにここまで怖がっているのなら、それに比べれば確かに瞳佳《とうか》は強く見えるだろう。

「そっか……」

「あのね、柳《やなぎ》さん」

そこで夕奈《ゆうな》が、口を開いた。

「だから、倫子《のりこ》と、あの写真のこと、相談してみようと思うの」

「相談？」

瞳佳《とうか》は、夕奈《ゆうな》を見る。

「それができるならそれがいいと思うけど……誰《だれ》に？　先生とか？」

「守屋《もりや》くん」

「……」

夕奈《ゆうな》の言ったその名前を聞いて、瞳佳《とうか》は一瞬、固まった。ここでその名前が出るのかと。できるだけ近寄らないようにしようと決めたのはつい昨日《きのう》のこと。自分の巻き込まれ体質が忍び寄ってきたのを感じて、つい口《くち》の端《はし》が引きつった。

「……………あの人、五千円払え、って言ってたよね？」

「うん。みんなで出し合う」

瞳佳《とうか》が言うと、夕奈《ゆうな》は即答した。

「あ、もちろん柳《やなぎ》さんに出してとは言わないよ。転校してきたばっかりなのに、私たちが巻き込んじゃったんだし」

「そ、そうなんだ、ありがと……」

どう言っていいのか判《わか》らず、そんなことを言うしかない瞳佳《とうか》。

決意が固そうだ。だからといってこんなことで、いまさら倫子《のりこ》とみんなを見放すわけにもいかない。内心冷や汗をかきながら、瞳佳《とうか》は悪あがきするように、考え直す余地がないか、探して夕奈《ゆうな》に尋ねる。

「でも……そんなに信用できるの？　お寺や神社の方がよくない？」

「相談して解決した人、学校に何人もいるみたい」

「そ、そう……」

「それでね、もう一つお願いしたいんだけど……」

決然と、しかし申し訳なさそうに切り出す夕奈《ゆうな》に、瞳佳《とうか》は嫌な予感がした。

「あのね、お金は私たちが出すから、守屋《もりや》くんに頼むの、柳《やなぎ》さんにお願いできない？」

「うっ……」

さっそく瞳佳《とうか》は、言葉を呑《の》み込《こ》んだ。

「私たち、一度も話したことないし、いきなり守屋《もりや》くんに話しかけるの怖いの。柳《やなぎ》さんはもう守屋《もりや》くんと話してたでしょ？　お願い！　最初だけ、最初だけでいいから守屋《もりや》くんに話しかけるの手伝って……！」

「………………」

明らかに人の目を見ることに慣れていない様子の夕奈《ゆうな》が、必死に瞳佳《とうか》の目を見て懇願《こんがん》するのを前にして、瞳佳《とうか》には頷《うなず》く以外の選択肢はなかった。

Ⅱ

守屋真央《もりやまお》は、意外にも早くから登校していて、席に座り、スマートフォンを操作して黙々とメモアプリに何か書きこんでいた。

教室に入った瞳佳《とうか》は、早速その姿を見つけると、これ以上教室に人が増えないうちにつかつかと彼の席に歩み寄り、机の上にみんなで出し合った千円札五枚を、ぴしっ、と少しだけ勢いをつけて置いた。

「友達が行方《ゆくえ》不明なの。あの子たちが相談したいって」

瞳佳《とうか》が言うと、見下ろした彼のボサボサの頭がうっそりと上がり、スマートフォンに落ちていた目が瞳佳《とうか》に向けられた。むすっとした表情と、眼鏡《めがね》の奥のどんよりとした印象の目が瞳佳《とうか》を見る。沈黙があり、その沈黙の中で隈《くま》でも浮きそうなくらい澱《よど》んだ目に見つめられて、息がつまるような思いを瞳佳《とうか》がしていると、数秒の間の後に五千円を無造作《むぞうさ》に胸ポケットに突っ込んで、真央《まお》はあっさりと承諾した。

「……わかった。放課後に空き教室が使えるように申請しておく。そこで聞く」

「う、うん……」

その答えに、ほっとすると同時に拍子抜けと、それから何か釈然としない思いが湧《わ》いた。

昨日《きのう》初めて顔を合わせた時の、あのにべもない対応。そしてそんな相手に『行方《ゆくえ》不明』などという、尋常でない相談を口にするのに、瞳佳《とうか》はかなりの勇気を必要としたこと。そんな思いをしながら瞳佳《とうか》が口にした相談をあっさり受け入れて、しかも行方《ゆくえ》不明という異常事態を聞かされながら、まるで関心がないかのように驚きも疑いも動揺もしなかったその態度。そしてクラスメイトから、あっさりと安くはないお金を取ったこと。どれもが瞳佳《とうか》にとって、釈然としないものだった。

この人は、本当に信用できるのか。

そのまとまらない思いのまま、瞳佳《とうか》はつい言ってしまった。

「……ねえ、守屋《もりや》くん」

「うん？」

一度瞳佳《とうか》から外れた視線が、訝《いぶか》しそうに戻った。

「わたしを見て、何か言うことって、ない？」

「……？」

真央《まお》の元々険しい目元が、不可解そうに寄る。

「……別に？」

「そっか」

瞳佳《とうか》はそれだけ言って、きびすを返す。

背中に視線を感じたが、すぐに消えた。瞳佳《とうか》の釈然としない思いは、消えるどころか大きくなっただけだった。

†

……その日は教室から一人分の席が空いたまま、しかしそれについて先生などから何の伝達もないまま、そしてクラスの誰《だれ》もまるで話題にしないまま、一日の授業が終わった。

そうして終業のホームルームが終わって、教室中が部活や帰りの支度を始めると、瞳佳《とうか》のところにあの「木田《きだ》」と呼ばれていた守屋《もりや》真央《まお》の友人がやってきて、特に気負いのない軽い調子で声をかけ、瞳佳《とうか》の机に折り畳んだ一枚の紙を置いた。

「やあ。あらためて。オレは木田《きだ》文鷹《ふみたか》。真央《まお》の友達」

「あ、うん…………うん？」

彼と、差し出された紙を交互に見て、瞳佳《とうか》は戸惑いの表情になる。

文鷹《ふみたか》は言う。

「真央《まお》から伝言。空き教室を取ってるから、メモに書いた教室までみんなで来てよ」

「あ、うん、わかった……」

やっと要件を呑《の》み込《こ》んだ瞳佳《とうか》は、しかし内心気が進まない思いをしながら答え、そしてちらりと教室の端へと目をやる。視線の先では真央《まお》が教室を出て行くところで、すっかり帰り支度をしていて、朝の約束も、いま受け取っている伝言も、まるで存在していないかのように、瞳《とう》佳《か》たちに目を向けることすらしなかった。

「……ああ」

そんな瞳佳《とうか》の視線に、文鷹《ふみたか》は気づく。

「あいつと一緒にぞろぞろ歩くと、余計な注目されるからね」

肩をすくめる。

「あいつがプロの占い師なのはそれなりに有名だから。何を相談したのかって他のみんなに噂《うわさ》の的になったり、興味本位の野次馬《やじうま》が教室の外に張り付いてる状態で相談したりとか、したくないだろ？」

「……それは、まあ」

なるほど。瞳佳《とうか》も渋々頷《うなず》く。

「まあ教室にはオレも行って、見張っとくから。だから相談中は安心していいよ」

そう笑顔で言う文鷹《ふみたか》。それを聞いた瞳佳《とうか》は、ふと文鷹《ふみたか》を見上げて、ちょっとだけ思ったことを質問した。

「……ねえ木田《きだ》くん。なんで守屋《もりや》くんの付き人みたいなことやってるの？」

「付き人？」

その質問に、文鷹《ふみたか》は虚をつかれたような顔になった。

「付き人。付き人か……そんなつもりはないんだけどな。友達だよ。でも確かに、ちょっと家族のことで、真央《まお》には結構大きい恩がある」

顎《あご》に手を当てて、少し考えるようにして、文鷹《ふみたか》は言った。

「……その恩って、占い関係？」

「まあ、そんな感じ」

確認として重ねた瞳佳《とうか》の問いに、文鷹《ふみたか》はそれ以上詳しく話すつもりはないという様子で、濁して笑う。

「だからまあ目的にもよるけど、あいつの能力は信用していいよ」

「そっか……」

そしてそう言った後、文鷹《ふみたか》は不意に、苦笑いの顔になる。

「それに、本物の付き人は別にいるから、オレが付き人なんて名乗ったら怒られちまう。ただでさえ睨《にら》まれてるのに」

「えっ？」

「いや、大したことじゃないよ。気にしないで」

文鷹《ふみたか》は笑った。

「じゃあ先に行くから、また後で」

そうして文鷹《ふみたか》は軽く片手を上げて、瞳佳《とうか》の席の前から去って行った。瞳佳《とうか》はそれを見送ってから、「むう」と一度口を歪《ゆが》め、それから仕方なく自分のバッグを持って、机の上のメモを摑《つか》んで立ち上がり、夕奈《ゆうな》たちを呼びに向かった。

そして——

「えーと、ここでいいの?」
「う、うん……」

腰が引けている夕奈《ゆうな》たちを引き連れて校内を歩き、やがて不案内な瞳佳《とうか》がみんなに確認して見上げた教室の戸は、経年で日焼けしたとても古い造りの戸で、その上部に掲げられている学年とクラスが書かれているはずのプレートには何も書かれていなかった。

ここは旧校舎。学校の創立当初に礼拝堂と共に建てられた、二階建て煉瓦《れんが》造りの校舎だ。

今は一階の職員室と事務室関係以外は臨時にしか使われていない、そんな校舎の二階。板張りの廊下に並んでいる空き教室の一室として、指定の部屋はあった。

生徒個人で教室を借りられるというのが不思議だったが、学校の方針としてサークルをはじめとした課外活動の奨励があるのだという。元々大規模な私立として建てられた上に拡張を重ねた後の少子化である現在、使われていない空き教室の数がそれなりにあり、申請さえすれば比較的簡単に借りられるらしい。

ただ、

「『ロザリア・サークル』……？」

教室が使用中であることを示すらしい、入り口の戸の横に取り付けられた状差しのようなものに使用申請書類が差し込んであって、それに書いてある使用者名を見て、瞳佳《とうか》は思わず独り言のように読み上げた。

真央《まお》が教室を借りる申請に使ったサークル名のようだ。学校公認のサークルだったのだろうかと一瞬だけ思ったが、ここに来た用件からしても、それからこの名前からしても、そんなはずはない気がしたので、何かの符牒《ふちょう》か名目なのだろうかと考えた。それでも全く意味が分からないが。

「……ねえ」

そんな風に考えた瞳佳《とうか》は、ふと夕奈《ゆうな》たちを振り向いて、声を潜めて尋ねた。

「『占い』って、どんなことするの？」

「えっ」

あの真央《まお》が占い師だということは良しとする。だがどんな占いをするのか、これからどんなことをするのか、させられるのか、それが全く事前に分からないのが気になって、瞳佳《とうか》は戸を開ける前に確認したい気分になったのだ。

だが、

「え……」

「さあ……？」

「……」

夕奈《ゆうな》も、愛梨花《ありか》も、千璃《せんり》も、ちょっと困惑したように顔を見合わせた。

「え……知らないの？」

その反応に瞳佳《とうか》も困惑した。まさかお金を払って依頼までしておいて、内容を知らないということがあるとは思っていなかったのだ。

瞳佳《とうか》は言う。

「あの……あるでしょ？　タロットカードとか……水晶玉とか……なんかお箸立《はした》てみたいなのに入った棒をじゃかじゃかするやつとか」

「う、うん……」

だが夕奈《ゆうな》は眉《まゆ》を下げる。

「でも、占ってもらった人って、練習でやってもらった人の話しか、聞いたことなくて……本番でどんなことするかは、考えてみたらよく知らない……」

「練習？」

瞳佳《とうか》は首をかしげる。確かに、どこかでそんな話を聞いた気がした。

「時々、練習でタダで占ってくれるのは、守屋《もりや》くん、色々やるの。練習だからって。タロットとか、星占いとか、ルーンとか、誰《だれ》も見たことのない中国のやつとか……」

「ふうん？」

「でも、お金払って占ってもらった人は、いるはずなんだけど、どんな占いだったか全然人に言わないみたいで……」

「……」

「だから、普段の守屋《もりや》くんがどんな占い師で、どんな占いをしてるのか、知ってる人って、ほとんどいないと思う……」

「……そっか」

不安要素しかない。

ともかく、

「えーと……おじゃまします……？」

色々と疑問は置いておいて、ここまで来てしまったので仕方なく覚悟を決め、何と言って入ればいいのか判《わか》らないので、そう言って戸に手をかけると、いきなり中から開けられた。

「わっ」

「何か話してたね。もういいの？　それじゃあ入って」

開けたのは先に来ていた文鷹《ふみたか》だった。そして驚く瞳佳《とうか》たちを、さっさと手際《てぎわ》よく、教室の中へと招き入れた。

「じゃあ、真央《まお》。オレはここで人が来ないか見張っとく」

「頼んだ」

「ああ」

そして文鷹《ふみたか》は戸を閉める。文鷹《ふみたか》が戸の内側に番人のように立ち、瞳佳《とうか》と夕奈《ゆうな》たちは、教室の中で真央《まお》と向き合う。


「…………」

机などは何もない空っぽの教室の中で、真央《まお》は古いデザインの大窓を背に立っていた。

鈍い逆光。真央《まお》は瞳佳《とうか》たちが入ってきたのを認めると、かけていた眼鏡《めがね》を外し、胸ポケットに押し込んで、思いのほか鋭い目を向けてうっそりと口を開いた。

「……さて」

「……」

だが瞳佳《とうか》たちは、戸惑い、立ち尽くしていた。がらんと広い教室には、真央《まお》と、それから思ってもみなかったことに、真央《まお》以外にもう二人の人がいたのだ。

二人とも少女だった。この学校の制服を着ているので、生徒であることは間違いない。胸ポケットの校章を見る限りでは同じ学年。ただ、その二人が二人とも、明らかに目を引く容姿をしている。

波打つような長い黒髪を腰の辺りまで長く伸ばして、それほど背は高くないもののスタイルがいい、勝ち気そうな目をした少女。

そしてそんな彼女と並べても一回りは背が低く、どことなく病的に思えるほど華奢《きゃしゃ》で、こちらは真《ま》っ直《す》ぐな黒髪をやはり長く伸ばしている、どこか茫洋《ぼうよう》とした焦点の合わない目をしている少女。

どちらも、タイプはやや違うが、整った容姿をしている。そんな二人が、真央《まお》の左右に少し下がって立ち、じっ、と静かに窓からの光の中でこちらを見ていて、真央《まお》以外の人間を想定していなかった瞳佳《とうか》も夕奈《ゆうな》たちも、戸惑う。

「え……っと？」

瞳佳《とうか》は、何とか口を開く。

「あの、聞いてないんだけど……後ろの二人は？」

「アシスタント」

真央《まお》はひどく雑な説明で片づける。

「あたしは鹿島芙美《かしまふみ》。初めまして、になる？」

波打つような髪の少女が、そう落ち着いた声で自己紹介した。綺麗《きれい》でよく通る存在感のある声だ。そしてもう一人の少女にも自己紹介するよう視線で促したが、彼女の方は気づいていないのか、それとも無視しているのかぼんやりと黙ったままで、それを見た芙美《ふみ》は形の良《い》い眉《まゆ》を不機嫌に寄せる。

「あんたも自己紹介しなさいよ」

「…………霧江那琴《きりえなこと》」

言葉で促されて、もう一人の少女はようやく、細い声で名前を口にした。芙美《ふみ》と名乗った彼女から感じる、強そうな意思や存在感とは逆に、この那琴《なこと》という少女から感じるのは、意思や自我の希薄さだった。

「あ、えーっと…………わたしは柳 瞳佳《やなぎとうか》……」

一瞬茫然《ぼうぜん》としたが、瞳佳《とうか》は自分も、二人に対して名乗る。そして、はっ、とようやくそこで我に返った夕奈《ゆうな》たちが、次々と名前を名乗る。

「そう、よろしく」

芙美《ふみ》は、にこ、と笑って言った。

「あたしと、それからコレは、この『サークル』の手伝いみたいなものだと思って」

「…………」

芙美《ふみ》に『コレ』呼ばわりされた那琴《なこと》は、興味がないかのように何も言わなかった。それらの一連の流れを、真央《まお》は大窓の壁に寄りかかって、どことなく面倒くさそうに待っていた。そして自己紹介が途切れたのを見計らって、

「それじゃ、君らの相談を聞かせてくれ」

と、改めて、わずかな嘆息と共に話を促した。

Ⅲ

あの日。倫子《のりこ》が落としたというスマートフォンを探して、探し歩いた夕奈《ゆうな》たち。

おまじないの後で逃げ出した道筋を探しても、どこにも落ちているのを見つけられなかった夕奈《ゆうな》たちは、とうとうあのトイレのある北棟という校舎まで戻ってきて、そして全員怯《おび》えと緊張に引きつった顔で、

ぎーぃ、

と再びバネの重い金属のドアを開けて、校舎の中を、覗《のぞ》き込《こ》んだ。

途端に皆は息を呑《の》む。覗《のぞ》き込《こ》んだ途端に襲われた怯《おび》えで、呼吸が重い。時間が経《た》ってすっかり日が傾き、すでに黒々と影が落ちている廊下は、すでに白黒写真に似た異界のような光景になっていて、そして逃げ出した時とは比べものにならないくらいの、異様なまでの静けさが満ちていた。

入り口に重なるようにして中を覗《のぞ》き込《こ》んでいる、互いの、そして自分の呼吸の音と、心臓の音が、ひどく大きく聞こえた。

それ以外に音がなかった。そしてそんな無音を満たして広がっている、暗く虚《うつ》ろな、停止した学校の景色《けしき》は、見ているだけで脳に直接なにかを刷り込んでくるような、得体《えたい》の知れない根源的な怖《おそ》れを含んでいる気がした。

誰《だれ》も、中に足を踏み出さない。踏み出す勇気はない。

しん、と延びている廊下を見つめる。だが、諦《あきら》め悪く、こうして暗い廊下を見つめ続けていても、入り口から見える廊下の途中のどこにも、倫子《のりこ》のスマートフォンが落ちているようには見えなかった。

視線の終着は、トイレの入り口。

暗い廊下の奥に、おまじないをしたトイレの入り口が、四角く、黒々と、沈黙に沈むようにして、口を開けていた。

ず、

と、静かに、暗く、重く。

中から闇《やみ》が廊下に漏れ出しているような、そんな錯覚さえ感じて、とてもではないが行きたくない。だがここまで来てしまった以上、探し始めて最初に想像した最悪のケースであることは、きっと、おそらく、間違いなかった。

きっと、逃げ出したあの時に、落としたのだ。

おそらく、あの中に、洗面台の所に。倫子《のりこ》のスマホはあるのだ。

あの、何か、が写ってしまった、あの場所に。写ってしまった何か、がいる、あの中に、倫子《のりこ》の落し物はある。

誰《だれ》も、行きたくなかった。本当に、行きたくない。

もう諦《あきら》めよう。また後にしよう。そんな思いを込めて、一番後ろに隠れるようにしている倫《のり》子《こ》をみんなが見た。

「……」

倫子《のりこ》は、見捨てられかけの子犬のような顔をしていた。

その顔をされて、倫子《のりこ》を見捨てられるような子は、この中にはいなかった。
仕方なかった。恐怖で顔と呼吸が引きつり、胸が締め付けられるような思いと共に、みんなは悲愴《ひそう》に顔を見合わせて、それから中に踏み込んだ。

がしゃん！

と背後で鉄の重いドアが閉まる。その、今ここにおいては、心臓を握り潰《つぶ》すような大きく凶暴な音が、誰《だれ》かに押し殺した悲鳴を上げさせて、全員の動悸《どうき》を速め、そして響いて廊下を反響していき、やがて消えていった。
誰《だれ》もが無言で、そして張り詰めた呼吸をしながら、足を踏み出した。
みんな、互いにすがりつくようにして、ひとかたまりになって、無音の満ちた暗い廊下を進んでいった。

こつ……こつ……

と。
互いの足音を聞きながら。そして互いの呼吸と、衣擦《きぬず》れを聞きながら。

歩いてゆく。暗く冷たい廊下を。さらに暗く冷たい、真っ黒に口を開けている入り口を目指して、絶望的な道行きを、歩いてゆく。

こつ……こつ……

進む。ゆっくりと。

誰《だれ》もが言葉を呑《の》み込《こ》んで。固まっているかのような、動きの重い足を動かして。

ひどく長く、遠く感じる廊下。しかし徐々に、徐々に、目的地は近づいて、そして来た入り口は遠くなって、自分たちは深みへと入ってゆく。

こつ……こつ……

と入り口が近づいてくる。

ゆっくりと近づいて、近づくにつれて暗闇《くらやみ》が口を開けているような入り口が、見えてくる。

暗い入り口の中の様子が、だんだんと垣間《かいま》見えてくる。見たくなどないのに。中を見るのは怖いのに。中に何かがいそうな暗い空間。見ていると恐怖にかられるけれども、視線が固定されたように、そこから目を離すことはできない。

目を離すのが、怖いのだ。

中の様子を見据えながら、進むしかないのだ。

もう入り口は、目と鼻の先。

そのとき――


「あっ」


背後で突然、倫子《のりこ》の短い声が聞こえて。

「…………っ‼」

「なっ、なに⁉」

前を見たまま緊張に張り詰めていた全員が、不意を打たれて飛び上がって、一斉に倫子《のりこ》を振り返ると。

そこには。

無人の廊下しかなかった。

……………

「……友情リレー。それから、おまじない、か」

†

今日《きょう》休んでいたクラスメイトが、実は異様な経緯《けいい》で行方《ゆくえ》不明になっていたのだと夕奈《ゆうな》たちに聞かされても、真央《まお》は眉《まゆ》ひとつ動かしはしなかった。

「こんなこと、他の誰《だれ》にも相談できなくて……」

「わかった。いくつか下調べをして、それから今後の方針を決めよう」

夕奈《ゆうな》たちの、そして瞳佳《とうか》の証言を、ずっと大窓のある壁に寄りかかりながら聞いていた真央《まお》は、それを片手に持っていたノートに書き込んで記録すると、ボールペンの背で口元をつつきながら、至極《しごく》冷静に指示を口にした。

「今日《きょう》のところは話にあった、『おまじない』の現場を確認しよう。先に向かっててくれ。中に入らなくても、北棟の前まででいい」

「え、あ、うん……」

占い師に相談したというよりも、調査会社か何かに相談してしまったかのような指示に、瞳《とう》佳《か》は少し面喰《めんく》らう。そして真央《まお》を前に緊張して話していた夕奈《ゆうな》たちは、戸惑いつつ、しかしどことなくほっとしたような顔で教室を出て行き、瞳佳《とうか》もそれに続いて歩いていたが、廊下の途中で不意に一人立ち止まって、先のみんなに声をかけた。

「……ごめん、わたし、ちょっと用事が残ってた」

「え？」

ぞろぞろと北棟に向かいつつあった夕奈《ゆうな》たちが、立ち止まって振り返った。

「先に行ってて。後で追いつくから」

「え、ちょっと……」

そして瞳佳《とうか》は、そう言うと返事は聞かずに、先を行く一同に背を向けて、そのまま足早に階段を駆け上がった。ずっと、釈然としないまま考えていたのだ。やっぱりちゃんと確認しないとダメだ。瞳佳《とうか》は、急いだせいで少し上がった息をそのままに、元の教室の前に戻って、戸の前に再び立った。

中から、話し声が聞こえた。

「……『友情リレー』とか、俺《おれ》は初めて聞いたな。というかまだ『不幸の手紙』なんかやってるんだな。何十年も前の近代民俗学の本で読んだことがあるだけで、完全に絶滅した過去の遺物だと思ってた」

「たまに女子のあいだで流行《はや》るよ。オレはそれなりに女子とも話すから、時々聞くな。昔のは手紙で手書きだったんだろ？　何人に同じ文面を送らないと不幸になります、って。今は携帯メールかメッセンジャーアプリだよ。ただ『おまじない』とやらは初めて聞いたな」

真央《まお》の声だった。それに文鷹《ふみたか》の声。

瞳佳《とうか》は思わず戸を開けようとした手を止めて、聞き耳を立てた。芙美《ふみ》と那琴《なこと》も、その会話に参加していた。

「……あたしはそれ、くっだらないと思うけど」

「同意」

「逆にそんなの本気で回されたら、友達やめること考えるわ」

「そもそも、友達なんかいらない」

次々と言われるボロボロの評価に、文鷹《ふみたか》が苦笑気味に言う。

「鹿島《かしま》さんや霧江《きりえ》さんみたいに考える子ばかりじゃないよ。こうして考えてみると、昔みたいに漠然と不幸になるとかいうやつより、結構えげつなく進化してると思うよ。友達関係を切実に感じる女子だっているし、切実じゃなくてもなんとなく不安で嫌な気分になって、つい……みたいな話も聞いたことがある。まあオレとしては、メールなんかで友達がみんないなくなるなんて、本気で思っちゃうのは確かに不思議だけどさ。友達とか友情って、そんなにあやふやなものじゃないだろ？」

好青年な発言の文鷹《ふみたか》。だがそれに対して、真央《まお》が言う。

「いや、友情はあやふやだ。形も証拠もないだろ」

「……そうかな？」

少し不満そうに応じる文鷹《ふみたか》。

「まあ、形も証拠もないのは確かだけどな」

「そうだよ。幽霊みたいなもんだ。そこにあっても信じなければ存在しない」

断言する真央《まお》。

「あやふやなものを、あやふやなまま信じている状態が一番強い力を持ってるってものが、世の中には存在するんだ。友情とか幽霊とかな。そういうあやふやなものを、あやふやなまま信じられずに、証拠やら証明やらを求めてしまうような人間の友情は、確かに『メールなんか』で揺らぐんだよ」

「……そういうもんか。よく分かんねえな」

そんなシニカルとも友情への信頼ともつかない結論の話をする真央《まお》と文鷹《ふみたか》。思わず納得して聞き入りそうになってしまったが、いつまでも聞いているわけにもいかないと、はっ、と気がついて、瞳佳《とうか》は意を決して戸を開ける。

「ん？」

急に瞳佳《とうか》が入って来たのを見て不審そうに会話を止めた真央《まお》たちに、瞳佳《とうか》はつかつかと無言で歩み寄った。そして、みんなの視線が集まっているのを感じながら、それを意識して無視して、詰め寄るように真央《まお》に顔を近づけてから、尋ねた。

「ねえ、わたしを見て、本当に何か言うことはない？」

「……朝にも言ってたな。それ」

朝、教室で一度した、あの問いだった。

元々不機嫌そうな真央《まお》の眉根《まゆね》が、さらに険しく寄った。

「ない。何の話だ？」

「そう。ねえ守屋《もりや》くん――


あなた、霊感ないでしょ？」


答えを聞いた瞳佳《とうか》は、半ば以上の確信をもって言った。

確認すべきこととは、これだった。根拠があった。

「だって、わたしが会ったことのある本当に霊感のある人は、みんな言ったよ、事件はわたしがいるせいだって。わたしが良くないモノを寄せてるって。霊感がある人なら、ちゃんと見たらすぐに判《わか》るって」

真央《まお》が、わずかに目を見開いた。

つまり。

「言わなかったけど、わたし、そういう体質なの」

隠していたが、瞳佳《とうか》はいわゆる『霊感少女』の類《たぐ》いだった。

「わたしがいると、心霊スポットとかで必ず幽霊とかが出るの。ちょっとだけだけど、霊感もある。だから、あなたが霊能者だって話は、悪いけど信用できない」

そして、瞳佳《とうか》は自分の責任を果たすために言った。

「嘘《うそ》じゃないよ。そのせいで前の学校、退学になったんだもの。だからお金を取ったことが信用できない。適当にあの子たちを騙《だま》そうとしてるなら、やめて。お金は返してあげて。今ならまだ間に合うから」

そこまで瞳佳《とうか》が言うと、驚いた顔で瞳佳《とうか》を見ていた真央《まお》は、ふと顔をうつむけて、その口元に乾いたような笑みを浮かべた。

好意的なものではないが、瞳佳《とうか》が初めて見る真央《まお》の笑いだった。

精一杯凄《すご》んで見せたつもりの瞳佳《とうか》は、笑われたことで、「う……」と鼻白《はなじろ》んだ。

真央《まお》は確認するように、横にいる芙美《ふみ》に目をやった。そして目を向けられた芙美《ふみ》が、少し呆《あき》れたように頷《うなず》いて肯定したのを見ると、がしがしと癖の強い髪の毛をかき回して、溜息《ためいき》と共に言った。

「そうか、《霊媒《ミーディアム》》なんだな。おまえ」

Ⅳ

瞳佳《とうか》は、死者に縛られている。

物心ついた時には霊感体質があった。ただ、幽霊を見たり感じたりするだけではない。それよりもいわゆる「寄せる」体質のようで、瞳佳《とうか》と一緒によくない場所に行くと、高確率で同行者が体調を崩したり、何かを見てしまったりするのだ。

いわば『心霊巻き込み体質』とでも言うべきその体質は、幼い頃《ころ》は時々妙なものを見たりする程度の認識だったが、小学生になって子供だけであちこちに行くようになってから、はっきりと顕在化した。子供は大人《おとな》より影響を受けやすい。大抵は「ちょっと何か変なことが起こった」程度で済むのだが、まれに十人以上が幽霊を見てパニックになるなどの結構な騒ぎになることがあり、瞳佳《とうか》はそんな自分の体質を自覚してからというもの、それをできるだけ隠しながら、そして心霊的なものもできるだけ避けながら、平穏を願って生活をしてきた。

だが、この体質は容赦《ようしゃ》なく瞳佳《とうか》を巻き込んでくるらしい。

避けても避けても巻き込まれる。どれだけ用心しても、ふとしたことで避けようのないトラブルになるのだ。

なにしろ──死人は、幽霊は、どこにでもいる。

全て予見することは不可能だ。そして始末の悪いことに、前もって充分に予見できたものであっても、瞳佳《とうか》のちょっとだけ社交的で、ちょっとだけ献身的で、ちょっとだけ正義感が強くて、それらを自分ではどうにもできないという性格が、見えているにもかかわらずトラブルを避けさせない場合も多かった。

そうして巻き込まれたトラブルには、些細《ささい》なものも重篤《じゅうとく》なものも、数限りなくある。

色々だ。中でも退学騒ぎ以前で一番大きな騒ぎになったのは、小学校の修学旅行で旅館の大部屋にいた女子全員が怪談話を始めたその最中に、誰《だれ》も触っていないのに部屋の押入れの襖《ふすま》がひとりでに開いて、それを見た全員が恐慌《きょうこう》状態になり、救急車が来るほどの騒ぎになったのが最大規模の出来事だ。

他にも怪我人《けがにん》が出たこともある。警察が来たこともある。

そういうことが何度も何度も重なって、そして問題が起こるたびに、その場には必ず瞳佳《とうか》がいるので、比較的優等生といっていい本人の性格にもかかわらず、地元学校近辺での瞳佳《とうか》の評価は『問題児』だった。

そしてそれらの負の実績は、順調に順調に積み重なっていき。

とうとう高校で今までで最大の問題を起こして、『退学』という不名誉を賜《たまわ》った。

瞳佳《とうか》は、平穏な生活を願っていた。

ただ、その平穏が――

人を避けて引きこもるような後ろ向きなものでも、
周りの人の不幸を見て見ぬ振りをして得るものでも、
自分のせいで起こるトラブルの責任を取らずに逃げることでもたらされるものでも、

そのどれでもない限りにおいてだ。

†

「ミーディアム？」
「日本語では『霊媒《れいばい》』。霊感を持ってる人間、という意味でだいたい合ってる。中間、の意味のミディアムと一緒だな。この世とあの世の中間にいて、その二つを繋《つな》ぐもの、という意味でそう呼ばれる」
瞳佳《とうか》の問いに答える真央《まお》の表情と口調は、明らかに面倒くさそう、というか鬱陶《うっとう》しそうで、お世辞にも好意的とは言い難《がた》かった。

「……態度悪いなあ」

言ってみれば詐欺《さぎ》を暴きに来たのだから当然といえば当然だが、それでもやっぱりちょっと不愉快に思う瞳佳《とうか》。なので少しだけちくりと言ってみたが、それに答えたのは、ぼーっと無表情に立っていた少女、那琴《なこと》だった。

「真央《まお》は……《ミーディアム》が嫌い。嫉妬《しっと》してる」

「うるさい。その通りだけどな」

不機嫌に言う真央《まお》。

「とりあえず、金は返す気はない。待たせてる連中がいるんだから、向かいながら話そう。それで納得してくれ」

そして真央《まお》はそう言うと、寄りかかっていた壁から背中を離して、みんなを促しつつ教室の出口に向かった。


「……見破った通り、俺《おれ》にはおまえの言うような『霊感』はない」

夕奈《ゆうな》たちが先に向かった北棟へと向けて学校の廊下を歩きながら、後をついて歩いている瞳《とう》佳《か》へと、真央《まお》は言った。

「全くないわけじゃないが、話にならないくらい弱い。ついでに言うと占い師でもない。学校の連中に占いの真似事《まねごと》をしてやってるが、ただの真似《まね》で隠《かく》れ蓑《みの》だ。そうやってたまに占い師設定を補強しつつガス抜きをしておかないと、学校外の仕事にまで首を突っ込んでこようとする面倒なのもいるんでね」

元のように眼鏡《めがね》をかけて、元のようなむっつりと感情を見えなくした態度。しかしある程度は率直に説明してくれる真央《まお》。

「ただ勘違いされると困るのは、開業してるのは本当だ。確かに占い師じゃない。納税と世間体《てい》で面倒がないから書類上は占い師の看板を出してるだけで、厳密には違う。ただ、全く違うわけでもない。依頼は受けるし仕事はする。正当な対価として金も受け取る」

真央《まお》は先に夕奈《ゆうな》たちから聞き取った話を書き込んだ、ノートを振ってみせる。

ノートは薄っぺらい新品だが、表紙に日付とおそらく通し番号である数字が素っ気なく書き込まれていて、『No．67』とあった。今まで携わった依頼の数だろうか。しかし確証もないし、この程度の小道具はどうにでもなるし、ちゃんと倫子《のりこ》を探せるのかという件は、また別の話だ。

「……それを信じるとして、霊感も占いもなしで、どうやって倫子《のりこ》ちゃんを探すの？」

瞳佳《とうか》は一応告発の矛は納めたものの、不信感を丸出しにして、真央《まお》に尋ねる。いずれにせよ真央《まお》は、占い師と霊能者というのは嘘《うそ》だと告白している。着手はするが役には立たないというのでは話にならない。

瞳佳《とうか》は倫子《のりこ》の行方《ゆくえ》不明や、夕奈《ゆうな》たちに対して、責任があると考えている。

彼が本当に役に立つのか見極めなければいけないと思っているし、役に立たない詐欺師《さぎし》だと判《わか》ったら、すぐにでも夕奈《ゆうな》たちのお金を取り戻して、最終的には自分で倫子《のりこ》を探さなければいけないとも。

そんな瞳佳《とうか》の問いに、真央《まお》の答えは簡潔だった。

「専門のやつにやらせる」

「専門?」

思わず聞き返した。こういうことに、一体何の専門があるというのか。

「鹿島《かしま》か、由加志《ゆかし》だな。神隠しの類《たぐ》いなら鹿島《かしま》が専門だ。純粋に行方《ゆくえ》不明者の所在を見つけるなら由加志《ゆかし》の方が得意だろう」

一方は知らない名前だが、鹿島《かしま》の方はここにいる芙美《ふみ》のことだ。瞳佳《とうか》は、真央《まお》の後をついて歩いている自分を、前後で挟むようにして後ろにいる、二人並んだ少女のうち片方を振り返って見る。

「……専門?」

「そうね。多分」

同じ言葉で訊《き》いた瞳佳《とうか》に、芙美《ふみ》は勝ち気そうな目を細めて笑った。

「あたしは守屋《もりや》と違って霊感あるし、修行中だけど本職だし」

「本職？」

瞳佳《とうか》は驚く。

「あたし、霊能者の修行中なの。拝みをやる『口寄せ巫女《みこ》』。代々拝みをやってる親類がここの市で開業してて、あたしは才能があったから後継者として呼ばれたわけ。ここに来る前は岩手の生まれで育ち。順調にいけば、あたしで十五代目」

どこか誇らしげに言う芙美《ふみ》。そして芙美《ふみ》は提げていたバッグから、中に入っていた紙包みを覗《のぞ》かせ、それを少しだけ開いてみせ、包みの中に入れてある鮮やかな緑色をした瑞々《みずみず》しい榊《さかき》の枝を、瞳佳《とうか》に示した。

「へ、へえ……」

「これから行く現場も、下調べは鹿島《かしま》に『視《み》』てもらう」

真央《まお》が言った。

「そうなんだ」

それが本当なら確かにそれがいい。アシスタントどころの話ではない。偽《にせ》占い師の仲間であるという致命的な不安要素さえ除けば。

「霊感は別にしても、女子トイレなら俺《おれ》は入れないしな」

「あ……そうだね」

確かにそうだ。妙に当たり前で間の抜けた、緊張感があるのだかないのだかよく分からない話になってしまって、そしてふと視線を動かした瞳佳《とうか》の目に、芙美《ふみ》の隣を歩いている、ぼんやりとした方の少女が入った。

真央《まお》のアシスタント。

霊能者の卵だという、芙美《ふみ》と並んで。

「えっと……そっちの霧江《きりえ》さん？　もアシスタントなんだよね？　やっぱり霊能者の修行とかしてたりするの？」

瞳佳《とうか》は尋ねる。

その問いに、那琴《なこと》はやはりぼんやりとした目を瞳佳《とうか》に向けると、短く答えた。

「……私は『魔女』」

「魔女⁉」

芙美《ふみ》の本職という発言を聞いた時よりも瞳佳《とうか》は驚く。そのやり取りを聞いた芙美《ふみ》が、なんとなく苦々しげな顔をして、横から口を挟んだ。

「自称魔女だから。そいつ。本当は『悪魔憑《つ》き』」

「えっ……？」

「映画とかで知らない？　その悪魔憑《つ》き。本物。子供の頃《ころ》に悪魔憑《つ》きになって、精神科とかタライ回しになって、イタリアの悪魔祓い師《エクソシスト》にもお断りされて、いっそ魔女になろうと魔女宗《しゅう》の門を叩《たた》いたけど門前払い。だから我流で魔女になるって言い出した半端者《はんぱ》。古い魔女の伝承とか調べてるみたいだけど、基本、役に立たないから放《ほ》っといていいよ」

「田舎者《いなかもの》うるさい」

ぼそっと那琴《なこと》が言うのを、芙美《ふみ》が睨《にら》む。那琴《なこと》は目を合わせない。

「じゃあ、あんた何の役に立つのよ。今日《きょう》の依頼人の前で言ってみなさい」

那琴《なこと》は少し黙る。

「……魔女避けのおまじないとかに詳しい」

「魔女はあんたでしょうが」

ぷい、と那琴《なこと》はそっぽを向いた。

そうして、微妙に雰囲気の悪い沈黙が少しあった後。

瞳佳《とうか》たち一行《いっこう》は、みんなが待っている、例の『北棟』の渡り廊下にたどり着いた。

初日はただ連れて来られたので判《わか》らなかったが、北棟は名前の通り敷地《しきち》の北の端に建っている、それほど大きくはない、平面的には正方形をした三階建てのビル状の小校舎だった。一時期の最も生徒数が多かった頃《ころ》に建てられた予備校舎で、現在は一部の高等数学など、クラス内でも人を分ける生徒数の少ない授業で、一階の小教室が使われるのみの建物だ。

さほど凝って作られたわけではないようで、シンプルで、さらにメンテナンスも放置気味らしく、他の校舎と比べると早く老朽化しているように思える。二階より上は閉鎖されていると のことで、昨日瞳佳《きのうとうか》は一階の奥に階段の入り口を見ているが、防火扉が閉められていて、上がれないようになっているらしい。

「あ、やっと来た……」

そんな北棟の見える渡り廊下に出ると、先行して待っていた夕奈《ゆうな》たちが、北棟の入り口の近くで固まっていて、振り返って言った。真央《まお》はそれには特に応《こた》えず、目線だけで芙美《ふみ》に指示を出し、早々にドアへと向かった。

「さっそく見てみよう。どうしても嫌なら構わないが、確認のためについて来てくれ。安全は最大限守る」

真央《まお》がそう言う隣で、芙美《ふみ》が渡り廊下にバッグを下ろすと、準備を始めた。

まず自分の波打つ長い髪を後ろで束ね、白い半紙のような紙で作ったこよりで縛る。そして紙包みから榊《さかき》の枝を出して一振り。枝にはやはり白い紙で作った紙垂《しで》が結わえられていて、それが神社などの儀式で使う玉串《たまぐし》というものであることが見てとれる。

芙美《ふみ》は目を閉じ、しばし口の中で何事か呟《つぶや》く。

そして、

「じゃあ、ちゃっちゃと始めようか」

と目を開けて顔を上げ、身を翻《ひるがえ》してドアに向かう。

言葉もぞんざいで、学校の制服のままだったが、しかし髪を結って玉串《たまぐし》を手にした芙美《ふみ》の後ろ姿は、それまでとは何かが違って見えた。片手に無造作《むぞうさ》に玉串《たまぐし》を揺らしながら歩く芙美《ふみ》の様子は、手折《たお》った枝で遊びながら帰る女生徒にしか見えない振る舞いだが、何かが、はっきりとは説明できないが、しかし明らかに変わっていた。

陳腐な表現にしかならないが、まとっている空気が違った。

元々持っていた存在感が、妙に研ぎ澄まされたような、そんな空気。

そうして――――


ぎい……

がしゃん！


真央《まお》がドアを開け、芙美《ふみ》を先頭にみんなが北棟に入り、背後でドアが閉じられた。ドアが開けられた時、みんな顔を見合わせるなどして一瞬の躊躇《ためら》いがあったが、しかし結局、全員がついて来た。

そして躊躇《ちゅうちょ》なく先頭を歩く芙美《ふみ》の足音と、しゃらしゃらと玉串《たまぐし》の鳴る音に、廊下を先導されてゆく一同。後を歩く夕奈《ゆうな》たち三人は不安そうに見回している。今の時間は、真央《まお》への相談をしていたぶん、昨日瞳佳《きのうとうか》がおまじないに来た時よりも遅い。あの時よりも、日はもっと傾いていて、廊下に落ちる夕刻の影は濃い。だが、芙美《ふみ》に先導された廊下は、瞳佳《とうか》が来た時とは別の廊下のように短く、あっという間に例のトイレの前までたどり着いてしまった。

「……ふーん？」

暗く口を開けている入り口の前、みんなが遠巻きにする先頭で、芙美《ふみ》はしばし様子を見て、そして疑わしそうに眉《まゆ》を寄せた。

「見た感じ、妙な感じはない。少なくとも人が一人消えちゃうような、明らかにヤバい何かがあるようには見えないかな」

「そうか……」

真央《まお》が腕組みをする。

「ここに原因があるようだったら話が早かったんだがな」

「そう上手《うま》くはいかないかもね。とりあえず入ってみる。事情が分かる人はついて来て」

そして芙美《ふみ》が、入り口に踏み込む。夕奈《ゆうな》たちは、また顔を見合わせて逡巡《しゅんじゅん》した。放っておけば誰《だれ》も入りたがらないのは明らかだった。

「じゃあ……わたしが行くね」

一番事情に疎《うと》いのは瞳佳《とうか》だったが、手を上げる。

三人の、明らかにほっとした空気。そして夕奈《ゆうな》が、おずおずと言った。

「あ、あのね、倫子《のりこ》のスマホが落ちてないか、見てきてくれない？」

「あ、うん。いいよ」

「画面の上の方が割れてるから、すぐ分かると思う……」

「わかった。見てくるね」

瞳佳《とうか》は答える。そしてとっくに入り口の中に消えてしまっている芙美《ふみ》を追って、慌てながら中へと踏み込んだ。


「……」


中では芙美《ふみ》が、冷たい暗がりの中で、洗面台を、そして鏡を見つめていた。

疑惑。警戒。そして、拍子抜け。首をかしげるようにしている芙美《ふみ》の表情からは、そんな感情が窺《うかが》える。

「ここで、おまじないをしたのよね？」

瞳佳《とうか》が中にやってきた気配に、芙美《ふみ》が鏡を見たまま尋ねた。

「うん、そう」

「それで写真に霊が写った、と。それだけなら、まあそういうこともあるんじゃない？　で終わるっていい話なんだけど、神隠しとなるとね……」

うーん、と難しそうな表情。そして大きな声を出して外に向かって呼びかける。

「守屋《もりや》！　ここで『かやせの鈴』鳴らしてみていい？」

「許可を取った方がいい！」

「まあそうよね……」

返ってきた真央《まお》からの返事に、はあ、と手元の玉串《たまぐし》をもてあそぶ芙美《ふみ》。その様子からして手がかりが見つかっていないことが窺《うかが》えた。

瞳佳《とうか》は尋ねた。

「手がかり、見つからないの？」

「ない」

鏡や洗面台を見ながら、芙美《ふみ》は実に簡潔に答える。

瞳佳《とうか》も残念に思って、少しだけ肩を落とした。

そしてもう一つ尋ねる。

「ねえ、『かやせの鈴』って？」

「……昔から、人が神隠しで消えた時には、鐘やら金物やらを鳴らしながら探すのよ。『かやせ、かやせ』────かえせ、かえせ、って呼びかけてね。それを鈴でやるのよ。とりあえず試してみたらどうかと思ったんだけど」

「そんなのがあるんだ。詳しいんだね」

「本職だって言ったでしょ」

当然のように言う芙美《ふみ》。瞳佳《とうか》自身は、自分も霊感があるので『本職』が存在するであろうことは疑っていなかったが、芙美《ふみ》が『それ』なのかという判断は保留してある。だが少しだけ判断を信じてもいい方に寄せてみてもいいかと思った。

――――神隠し。


ここでおまじないをして、そしてその後、忽然《こつぜん》と、倫子《のりこ》は消えた。

手がかりは、まだ何もない。瞳佳《とうか》はあらためて、一面に影が黒々と沈殿するように落ちている、暗がりの洗面台を見る。

「あ、そうだ……スマホ、落ちてなかった？」

「スマホ？」

瞳佳《とうか》が言うと、芙美《ふみ》が振り向いた。

そして一度、視線を走らせてから、首を振って瞳佳《とうか》に答えた。

「見てない。なかったと思うけど」

「そっか……」

瞳佳《とうか》も、洗面台の周りを見回し、見当たらないか探す。しかし床や個室の方も覗《のぞ》き込《こ》んでみるが、暗いこともあって、それらしきものは見当たらない。

「うーん」

明かりが欲しいが、芙美《ふみ》が暗いまま調べているので、電気をつけていいのか判《わか》らない。

心霊的なものを調べているのだから、明かりがあると駄目なのかもしれない。

そう思って困っていると、廊下から夕奈《ゆうな》たち三人が、びくびくとした様子で、固まって中に入ってきた。

「柳《やなぎ》さん……スマホ、あった？」

どうやら覚悟を決めて入ることにしたらしい。それを迎えた瞳佳《とうか》だったが、ふと三人を見た時に、ひらめくものがあった。

「ううん、見当たらない。それでね……お願いがあるんだけど、誰《だれ》か倫子《のりこ》ちゃんのスマホに電話かけてみてくれないかな？」

瞳佳《とうか》はその思いつきを口にする。

「えっ？」

「着信が鳴ったら、あるかどうかすぐ分かると思うから。壊れてたり、電池切れたり、してなければだけど」

「あっ……う、うん、わかった」

瞳佳《とうか》が頼むと、夕奈《ゆうな》たちが、わたわたと自分のスマホを出して、そして互いに目線で譲り合いをした後、結局夕奈《ゆうな》が電話をかけることになった。

薄暗い中に、画面の明かりが灯《とも》る。

その明かりの中で夕奈《ゆうな》の手が動き、しばしの間があった。

そして、

ピリリリリッ、

タイルに囲まれた冷たい空間に、甲高《かんだか》い着信音が響いた。

だがその音は妙にくぐもっていて小さい。どこから聞こえているのか、少し聞いても音の出所がよく判《わか》らず、瞳佳《とうか》は、それから他のみんなも、聞こえてくる着信音の場所を探して、周りを見回した。

「…………」

気がつくと、ずっと見回すばかりで、妙に時間ばかりがかかっていた。

誰《だれ》もが同じだった。いくら見回しても、耳をすませても、どの辺りから着信音が聞こえているのか、よく判《わか》らないのだ。

ピリリリリッ、

音は小さく、そして閉鎖空間でかすかに反響している。

そう広くもない空間で、五人の少女が着信音の出所を探して、うろうろと耳をすませて、周囲を見回している。

ピリリリリリッ、

音を探す。ほの暗い中。

無言で探し続ける。ひどく時間がかかっていたが、やがてみんなそれぞれ、少しずつ音を聞く要領を得て、徐々に徐々に場所を絞り込んでゆく。

ピリリリリリッ、

音だけを聞いて、みんながだんだんと、一ヶ所に集まってくる。

追うように、思案しながら、あるいは半信半疑で、みんなの目が、そこに向く。

みんなが、近づいてゆく。そこは、元の洗面台だった。誰《だれ》もが最初に探した場所。しかしそこから、確かに聞こえてくる。

ピリリリリリッ、

みんなが、洗面台の前に集まる。
くぐもった着信音が、聞こえる。
確かに此処《ここ》から。
みんな覗《のぞ》き込《こ》む。

ピリリリリッ、

聞こえていた。
漏れ聞こえていた。
倫子《のりこ》のスマートフォンの。

ピリリリリッ、、、、

古く殺風景な洗面台の、その真ん中に『ごぽり』と口を開けた、ひどく汚れのこびりついた小さな小さな排水口の穴の中から——————その奥から細く細くくぐもって、その着信音は聞こえていた。

三章　占い師は帳の中

三章　占い師は帳の中

I

「……あれっ？」


はっ、と気がつくと、瞳佳《とうか》は、見覚えのない部屋にいた。

ベッドに横になっていた。そのベッドはカーテンにぐるりと四方を囲まれていて、シーツも天井も白く、その調度の様子だけなら病院や、学校の保健室に似ている。

しかしその雰囲気には、病院のような無機質さはない。

白の色調も柔らかく、薬っぽい臭《にお》いもしない。代わりに空気はうっすらと、甘いアロマの匂《にお》いを含んでいる。

「………………え？」

内心混乱する。記憶がおかしい。

瞳佳《とうか》自身の意識としては、北棟のトイレで着信音を探して、みんなで洗面台を覗《のぞ》き込《こ》み、排水口から、着信音が漏れているのを聞いていた。

そして、それを聞いているうちに、着信音と排水口がだんだんと自分に近づいて来ているような、自分の知覚が排水口の方へ吸い寄せられ、周囲の全てが遠くなってゆくような、そんな感覚があって。着信音と排水口が、みるみる大きく近くなっていって——そこで突然映画の場面をぶっつり切り取ったかのように、ここで白い天井を見上げていた。

「え？　あれ？」

何があったのだろうか。

何が起こったのだろうか。理解できないまま周りを見回した。カーテンの向こうから複数の人の話し声が聞こえてきた。

「……わかりやすく《キャビネット》が見つかるようなら話が早かったんだけどな」

それは、真央《まお》の声だった。

それから、ぼそぼそとした那琴《なこと》の声と、はっきりと聞き取りやすい芙美《ふみ》の声。

「じゃあ今回の事件に、《キャビネット》はない……？」

「人が一人消えてるのに？　守屋《もりや》が言う《キャビネット》も出来上がってないのに、そんな大きな霊障《れいしょう》は難しいんじゃない？」

内容の意味は解《わか》らない。ただ、倫子《のりこ》の話をしているらしいことだけは判《わか》った。

「人が一人消えてるのは事実だし、あの場所に何も感じなかったのも事実。どうもちぐはぐなのよね。校内でもっとヤバい所なんかいくらでもあるし」

芙美《ふみ》が、何やら物騒なことを言っている。

「でも間違いなく、何かは『ある』。もしくは『あった』。まあ、普通に事件とか事故とか家出じゃなければだけど……」

考え込む気配の芙美《ふみ》。そして那琴《なこと》が言う。

「もう最初から真央《まお》がやればいい」

「必要ないならそうせずに済ませたいんだよ、俺《おれ》は」

「でもだいたいそうなる」

そこまで聞いたところで、瞳佳《とうか》は身を起こしてカーテンに手を伸ばし、そっと指を入れるようにして、合わせ目を開いた。

「あら、目が覚めた？　よかった」

途端、知らない女の人に声をかけられた。

カーテンの近くに置いた椅子に座っていたその女性は、落ち着いた印象のスカートルックの上から白衣を羽織っていて、淡い色合いに染めた長めのボブカットを揺らして瞳佳《とうか》の方を振り返り、それこそ聖母のように優しげに微笑《ほほえ》んだ。

「え、えっと、ここは……?」

戸惑って尋ねる瞳佳《とうか》に、真央《まお》の声がかかった。

「現場検証中に倒れたから、先生に頼んで運んでもらったんだ。その人は知らないか？　スクールカウンセラーの観音崎《かんのんざき》先生。ここは市内にある先生のクリニック。寮にも先生に連絡してもらったから、安心していい」

その声に顔を向けると、綺麗《きれい》で落ち着いた雰囲気の室内に、三人から四人くらいでお茶をするのに良さそうな丸テーブルが置かれていて、そこに真央《まお》と芙美《ふみ》と那琴《なこと》の三人が席を囲んでいて、みんな瞳佳《とうか》の方に目を向けていた。

「た、倒れたの⁉　えっと、あの、ごめんなさい、ご迷惑かけて……」

「いいのよ。ちゃんと目が覚めてよかった。そっちの方が大事だもの」

慌ててベッドから降りながら頭を下げた瞳佳《とうか》に、その先生がゆるゆると手を振って穏やかに答えた。

「私はね、いま守屋《もりや》くんが言った通り、スクールカウンセラーとして銀鈴《ぎんれい》学院高校に通ってる観音崎空子《かんのんざきそらこ》っていいます。何か相談があったら遠慮しないで言ってね。あとこれは秘密にしてるけど、私もあなたと同じ、ちょっとだけ霊感のある人だから、そういう悩みも聞いてあげられるわ。あくまで心理的な悩みに限って、だけど」

「俺《おれ》の仕事にも協力してもらってる」

そんな空子《そらこ》の自己紹介と、真央《まお》の補足を聞きながら、あわあわとベッドサイドに立ち尽くす瞳佳《とうか》に、空子《そらこ》は落ち着くように促した。

「何も心配しなくていいのよ。それよりも、どこか調子が悪かったりはしない？」

「あ、はい、大丈夫《だいじょうぶ》です……多分……」

答える瞳佳《とうか》。そして改めて室内を見る。

部屋の中は、内装の種類だけを見るなら保健室に似ていた。カーテンに仕切られたベッドが一つと、いま空子《そらこ》が着いているデスクと椅子。みんなが囲んでいるテーブル。それから本など色々なものが入った大きな戸棚。

しかし全体的な雰囲気は、保健室とは違い、モダンで落ち着いたカフェのようだ。落ち着いた色調をしていて、アロマの香り。それから壁の一角に、小さくシンプルなキリスト教の祭壇が綺麗《きれい》に造りつけられていて、瞳佳《とうか》は今まで入ったことがないのだが、カウンセリング室というのはこういうものなのだろうか、と思った。

そんな瞳佳《とうか》に、テーブル席の芙美《ふみ》が、腕組みをして言った。

「急にあたしに倒れかかってきたから、びっくりしたじゃない」

「ご、ごめんね……」

「まあ何かに憑《つ》かれて急に倒れるとか、こういう仕事してると、よくあることだけどね。一応祓《はら》ったのもあたしだから」

「そうなんだ……えっと、ありがとう」

「ちょっと当てられただけだと思うから、心配しないでいいと思う。それからあたしに負い目とか感じる必要はないから、気にしないで。普通じゃない能力がある人間には、それを人のために使う義務があるものだし」

何をどうやって祓《はら》ったのかはさっぱり分からないが、ともかく「ふふん」と芙美《ふみ》は不敵に胸を張る。負い目を感じる必要はないとは言っていたが、何だか褒《ほ》めて欲しそうな雰囲気は見え隠れしていて、瞳佳《とうか》がお礼を言った時には、何だかちょっと誇らしそうにしていた。

「……あんたさ、やっぱり霊媒《れいばい》体質があるね」

「うん……」

そして芙美《ふみ》は、あらためて言った。それは知っているし、もう聞いた。

「ミー……ディアム、だったっけ？」

「いや、守屋《もりや》の言う小難しい《ミーディアム》的なやつじゃなくてさ、巫女《みこ》的なやつ。取り憑《つ》かれたり連れてきたりするやつね」

芙美《ふみ》は答える。

「でも、あんたは『護《まも》り』になるものを何にも持ってないみたい。だから色々と寄せるんだと思う」

「え……？」

そして、分かりきった話だと思っていたところで、急に自分の核心に触れられて、瞳佳《とうか》は思わず目を瞬《まばた》かせた。

「護《まも》り？」

「そ、護《まも》り。守護霊とか、そんなやつね」

頷《うなず》く芙美《ふみ》。

「そういうのがなきゃ、危なくて『あっちの世界』とかかわったりできないでしょ。霊能力者として活動してる霊媒《れいばい》は、ほとんどみんなそういうのを持ってるよ。あたしらみたいな『口寄せ巫女《みこ》』の流儀ではそういうのを『憑《つ》き神』って言う。最低一つ持ってなきゃ巫女《みこ》として仕事にならない。だから生まれつき持ってる人は巫女《みこ》に向いてるし、そうじゃなきゃ修行で降ろしたりするわけ」

指を一本立てて、説明して言う芙美《ふみ》。それに真央《まお》が、さらに説明を被《かぶ》せる。

「西洋の降霊術では、それを《コントロール》と言うな」

「コントロール？」

「分かりやすくすると『コントロール・スピリット』。日本語では《支配霊》と訳される。霊《れい》媒《ばい》の能力、あるいは霊媒《れいばい》そのものを支配、つまりコントロールする霊のことだな。主に霊媒《れいばい》がその能力を発揮するための、霊界の案内人となる守護霊的な霊を言う。

過去、有名な霊媒《れいばい》はこの《コントロール》を持っていて、そういった霊媒《れいばい》は霊界と交信する際、この《コントロール》に問いかける形で行う。《コントロール》はこれに応《こた》えて霊媒《れいばい》の口を借りて透視や予言をしたり、霊界から死者のメッセージを伝えたり、音を立てたり物を浮かせるとかの現象を起こしたり、あるいはその姿を見せたりする。十九世紀のイギリスの霊媒《れいばい》、フローレンス・クックという少女あたりから流行して知られるようになったが、もっと旧《ふる》い宗教や呪術《じゅじゅつ》の中にも、ほぼ《コントロール》と同じものと言っていい概念が散見される。鹿島《かしま》の言う巫女《みこ》の『憑《つ》き神』もそうだ。基本的に霊媒《れいばい》が霊や神の世界と交信する際、《コントロール》を仲介させることで霊媒《れいばい》の精神を護《まも》る働きをするらしい。心霊主義者はこれを、人間を導き護《まも》る高等な霊的存在だと考えている。英国の心霊研究協会、いわゆるSPRの見解では、霊媒《れいばい》がその能力を発揮する際に精神の緩衝《かんしょう》装置として働く霊、あるいは霊媒《れいばい》自身から分離した人格とされている」

すらすらと説明の台詞《せりふ》が、真央《まお》の口から出てくる。プロだというのは伊達《だて》ではなかったのだと、瞳佳《とうか》はいくらかの呆《あき》れと共に感心するが、その真央《まお》の口ぶりは職業占い師というよりも学者か衒学《げんがく》家のように聞こえた。

少なくとも、スピリチュアルなものを信奉している人間の言葉には聞こえない。

そんな違和感のようなものが少しだけ頭をかすめたが、しかしそんなことよりも、瞳佳《とうか》としては自分の妙な『心霊巻き込み体質』の原因が、守護霊的なものを持っていないせいだと言われたことの方がはるかに重要だった。

「……わたし、そういうのって、ただ自分の『体質』だと思ってて、それ以上の原因とか考えたこともなかった」

少しだけ呆然《ぼうぜん》と言う、瞳佳《とうか》。

「ちょっと抜けてるな。おまえ」

「うっ……！」

真央《まお》の言葉が、ぐさっ、と刺さった。

「でもまあ、ある意味それが正解だったかもな」

「え、どういうこと？」

瞳佳《とうか》は顔を上げる。

「もしそういったものの原因を自分の外に求める性格だったら、将来、先祖や前世が原因だとか言われて、真《ま》に受けて霊感商法や新興宗教の餌食《えじき》になってたかもしれない」

「…………あー……って、いやいやいや」

真央《まお》の言葉になるほど、と頷《うなず》きかけて、瞳佳《とうか》は慌てて首を振った。

気づいたのだ。自分の状況に。

「それを言うなら、わたし、今まさに騙《だま》されるところかもしれないんじゃない⁉」

「ん？」

それを聞いた真央《まお》は、少しだけ目を見開くと、ふっ、と仏頂面《ぶっちょうづら》だった口《くち》の端《はし》を珍しく緩ませて、やはり少しだけ面白そうに笑った。

「……そうかもな。金も払ったし」

「そうだった、返して！」

「返金には応じてない」

そっぽを向く真央《まお》。

「ぜ、銭ゲバ！」

「世の中は金だろう。衣食住から誠意まで、大抵金で買える。今のところ俺《おれ》が考えるに、幸福とやらに一番近い」

思わず言ってしまった瞳佳《とうか》に、真央《まお》は真顔で答えた。

「金以外に何の目的があるんだ。常識的に考えろ」

「インチキ占い師そのままの台詞《せりふ》……！」

衝撃を受ける瞳佳《とうか》。

聞いていた芙美《ふみ》が、

「ちょっと。それだとあたし今まで、ずっと詐欺師《さぎし》の片棒かついで詐欺《さぎ》トークしてたみたいになるじゃない」

と口を尖《とが》らせた。

黙っていた那琴《なこと》が、隣で急にぼそりとつぶやいた。

「……似たようなもの。いまどき『口寄せ巫女《みこ》』とか、怪しいし」

きっ、と今度はそっちを振り向く芙美《ふみ》。

「怪しくない。ちゃんとした仕事だし」

「口寄せできないくせに。我が強すぎて」

「……表でなさい、『悪魔憑《つ》き』」

トラブルの火がこっちに移った。がた、と芙美《ふみ》がテーブルに手をついて立ち上がる。そして、詰め寄っても頑として目を合わせない那琴《なこと》のほっぺたを芙美《ふみ》がつまんで引っ張り始め、空子《そらこ》がのんびりと「もう、喧嘩《けんか》はダメよー」と仲裁する。

それらの騒ぎは全て無視して、真央《まお》が瞳佳《とうか》の方に向き直った。

「……で、冗談はともかく、何か気になったことや質問はあるか？」

椅子に深く腰掛けて片肘《かたひじ》をテーブルに置き、真央《まお》は言った。

「じょ、冗談なんだ……？」

瞳佳《とうか》は疑わしげに、それでも拍子抜けする。

「えーっと、後ろの喧嘩《けんか》は……」

「放《ほ》っといていい」

今も続いている芙美《ふみ》と那琴《なこと》の喧嘩《けんか》は、完全に放置する態度の真央《まお》。瞳佳《とうか》はそれらを見て、しばしのあいだ躊躇《ためら》ったが、やがて真央《まお》に視線を戻して、意を決して尋ねた。

「……《キャビネット》って、なに？」

「聞いてたのか」

そう真央《まお》が言い、瞳佳《とうか》は頷《うなず》いた。

カーテンの向こうでの会話。盗み聞きになってしまったという罪悪感のようなものがわずかに瞳佳《とうか》にはあったが、しかし真央《まお》は大して気にする風は見せず、鷹揚《おうよう》な様子で瞳佳《とうか》に頷《うなず》き返して、少し目を閉じて言葉を探してから改めて口を開いた。

「《キャビネット》というのは――――いや、待て」

だが真央《まお》は、説明しかけた言葉を途中で切る。そして、

「せっかく事件の関係者に《ミーディアム》がいるんだ。ここで口だけで説明するよりも、直接見てもらった方が都合がいいな」

真央《まお》はそう言った。瞳佳《とうか》は尋ねた。

「……その《ミーディアム》って、わたしのこと？」

「そうだ。その《ミーディアム》であるおまえに提案がある」

答えて真央《まお》は、瞳佳《とうか》を真《ま》っ直《す》ぐに見た。

「俺《おれ》のやることに協力してくれるなら、今の質問にこれ以上ないくらい解《わか》りやすく答えてやれる。説明だけでなく、現物も見せてな」

そして言う。瞳佳《とうか》は思わず、返答に詰まった。

「え、えっと……」

「霊媒《れいばい》をする役がいた方が、俺《おれ》の仕事には都合がいいんだ。もちろんこれは強制じゃない。むしろ引き受けてくれるなら色々と頼むことになる。よく考えて返答してくれ」

妙に真面目《まじめ》な態度の提案に戸惑う瞳佳《とうか》。そしてさらに、真央《まお》は続けて言った。

「それに、おまえみたいな護《まも》りがない上に自覚もない《ミーディアム》の、この先のことも少し心配だ」

「えっ」

「今回の仕事とも全くの無関係じゃないから、協力してくれるなら、おまえの霊感についても相談に乗ってやる。本当なら別料金だけど、今回はサービスだ。もちろんこれも提案だ。怪しいと思うなら断ってくれていい。嫌だというクライアントには俺《おれ》はそれ以上踏み込まない。俺《おれ》は親身なタイプじゃない」

「う、うん……」

言葉とは裏腹に妙に親身なことを急に言われて、瞳佳《とうか》は戸惑いながら半信半疑で頷《うなず》く。

どうしよう、と思った。とても怪しい。でもいなくなった倫子《のりこ》を探すのには、心から協力したいと思っているのだ。

だが本当に倫子《のりこ》を見つけられるのだろうか？　確信がない。真央《まお》が探す試みをしてくれているのは確かなようだが、これ以降もちゃんとやってくれるだろうか？　今までのが単なるポーズではないという保証は？

そうやって信用させて、もっとお金を取ろうとしたり、妙な団体に勧誘されたりは？

それこそ、たったいま真央《まお》自身が言っていたように。どうしよう。瞳佳《とうか》は思う。思って迷って揺れていた。自分の身のことは、この際どうでもいい。

だとしたら、もしこれから真央《まお》たちが悪いことを始めようとした時、それに気づいて止められる立場である方がいいのではないか？　真央《まお》たちが何をしようとしているのか、よく見える位置にいる方が都合がいいのでは？

だとしたら、真央《まお》に協力するという立場は、ありかもしれない。

もちろん信用はできない。取り込まれる危険性はある。

瞳佳《とうか》は、考える。そして瞳佳《とうか》は、やがて決心する。

「……わかった」

しばしの沈黙の後、瞳佳《とうか》は言った。

考え込むあまりに視線が下がっていた顔を『きっ』と上げて、真央《まお》を真っ直《ま》ぐ《す》に見返し、最後に一つ質問をした。

「協力する。あと、ひとつ聞いていていい？」

「もちろん」

「これから守屋《もりや》くんは何をするの？　引き受けたら、何をさせられるの？」

「ああ、それはな────」

核心の質問。この返答の如何《いかん》によっては、今の返事はなしだ。

真央《まお》は答えて、口を開く。

そして尋ねた。


「────おまえ、こっ、くりさん、とか、やったことあるか？」

「え？」

身構えて真央《まお》の答えを待っていた瞳佳《とうか》は。

思わず、間の抜けた声を出していた。

†

翌朝。目を覚ますと、枕元のスマートフォンにメッセージが来ていた。

送り主は橋見《はしみ》麻耶《まや》。いつものメッセージだ。

『モリヤマオって人は、大丈夫《だいじょうぶ》なの？』

『やっぱり、またトラブルになってるんじゃない？』

読むなり溜息《ためいき》が出た。全くもって反論の言葉もない。

当然、真央《まお》は無条件に信用できるような相手ではない。そんなことは分かっている。それに自分が不用意に首を突っ込みすぎているだろうということも、もちろん瞳佳《とうか》にだって、よく分かっていた。

だが瞳佳《とうか》は、この性格をいまさら変えることなどできなかった。

このまま夕奈《ゆうな》たちを放っておけるわけがない。だからといって、他のやり方など、瞳佳《とうか》には思いつかない。

瞳佳《とうか》は、もう決めたのだ。

瞳佳《とうか》は、ベッドから身を起こす。


…………

Ⅱ

土曜日は完全に休みだった前の公立高校とは違い、私立の進学校であるこの銀鈴《ぎんれい》高校は、午前中だけではあるが土曜日にも授業があった。

普段の授業からは内容的に独立した、しかし普段の授業を補完するもので、実質的には全員が受ける普通の授業と変わらない。ただ、一部の運動部などの部員は、そちらの活動に行くことが認められている。

それでも朝には全員が揃《そろ》ったホームルームが行われていて、始まりは平日と同じだ。ただ違うのは、土曜日の一限目は、必ず礼拝の時間になっていて、ホームルームの後に全員で礼拝堂に移動して、聖歌を歌い、聖書などの話を聞くのだ。

どちらかというと、学校としてはこちらがメインで、授業はついでという印象がある。時間割表で見てはいたし、生徒手帳に聖歌の歌詞が載っているのも知っていたが、当日になってみて、ようやくミッション系の学校に来たのだという実感が出る。

普段の瞳佳《とうか》ならば、その新しい経験に、わくわくしただろう。

瞳佳《とうか》の宗教観は、お祭りやイベント的なイメージの強い、多くの日本人が持っているようなものと大して変わりがない。しかしその瞳佳《とうか》の礼拝デビューは、残念ながら、その後にもっと気になるものを控えていたため、気もそぞろのまま終わってしまった。

と、いうのも。


……なんか、ほんとにデートにでも行くみたい。


瞳佳《とうか》は自分の格好を見て、ついついそんなことを思ってしまった。

午前中の授業が終わって、寮に帰ってから。寮の食堂での昼食を終え、その後の自由時間を一杯に使って、ただでさえ数が少ない手持ちの私服の中で悩みに悩んで一番いい服を着た瞳佳《とうか》は、時間ぎりぎりに寮を出て市内へと向かい、そして思ったよりも早く着いてしまった待ち合わせの場所で、迎えが来るのを待っていた。

完全にデートみたいだ。服に悩んだ時間も、こうして迎えを待っている緊張も。

そもそもそんなことを思ってしまった発端《ほったん》は、出かける瞳佳《とうか》の格好を見た同級の寮生が「そんなおしゃれしてデートにでも行くの？」と聞いたことだったが、不覚だったのは、寮生は手持ちの服が少ない上に色々と面倒なので、外出する時は制服で出る人が大半なのだと知ったのが、まさにその時であったことだった。

何だか、空回りしている感覚があった。

昨晩も結局、またその日にあった色々なことをぐるぐると考えてしまって、あまりよく眠れていない。こうして市内で立っている自分も、周りから浮いているのではないかという気がしてくる。気づけば麻耶《まや》から、スマートフォンにメッセージが来ていた。

『気をつけてね』

「………」

溜息《ためいき》しか出ない。

瞳佳《とうか》はスマートフォンを仕舞って、空を見上げて息を吐く。

いま瞳佳《とうか》がいる待ち合わせ場所は、学校前から路面電車に乗って、市内中心部に向かった先の駅だった。市の中心である百合谷《ゆりだに》駅からほど近い、オフィスと商店などのビルが混交している場所。乗り場だけのシンプルで端正な路面駅。知らない町の、知らない空の下の、そんな風景に囲まれて、両手でバッグを提げた瞳佳《とうか》が立っていると、約束の時間きっかりに、真央《まお》が迎えにやって来た。

「よし、来てるな。行こうか」

そう言った真央《まお》は、学校の制服だった。

「そっちは制服なんだ……」

自分は何を着て行くべきか随分と悩んだ挙句、うっかりおしゃれをして寮で浮いてしまったというのに、その待ち合わせ相手である寮生でもない真央《まお》が学校と変わらないもっさりとした制服姿でやって来たので、瞳佳《とうか》は思わず肩が落ちた。

「ああ。簡易の正装だからな。便利なんだよ。それがどうかしたか？」

「なんでもない……」

「そうか？」

真央《まお》は少し不可解そうにしたが「じゃあ行くぞ」とさっさと歩き出す。瞳佳《とうか》は溜息《ためいき》をついてそれを追う。

「……」

ろくに振り返りもせずに先を進んでゆく真央《まお》を追って、瞳佳《とうか》は街路樹のあるビル街を、早足で歩いてゆく。というよりも歩かされている。そうしていると、真央《まお》はやがて大通りからひとつ横道に逸《そ》れて、そしてとある小さなビルの前で、不意にその足を止めた。

「ここ……？」

「ここだ」

少しだけ上がった息をしながら見上げるそれは、意外にも小型の商業ビルだった。

墓石のように黒い五階建てで、通りに面している一階には『結城《ゆうき》』と流麗《りゅうれい》でおしゃれな字体の看板を出した美容室が入っている。二階から四階は、美容室と同じ系列らしい、名前が同じ貸し衣装屋。一種のファッションビルと言えるかもしれない。ただ、真央《まお》が向かったビルの脇にある入り口に、慎《つつ》ましく取り付けられているプレートを見ると、表には看板が出ていない最上階の五階に、見覚えのある名前がそっけなく書かれていた。

『ロザリア・サークル』


またこの名前……と、瞳佳《とうか》はそのプレートを見て、思う。

学校で空き教室を借りた書類に書かれていた、サークルと思われるものの名前。

ここまで来ると、もう見えてきた。つまり——これが真央《まお》の開業しているという、占いの店の名前なのだ。

真央《まお》についてエレベーターに乗ると、真央《まお》は階数ボタンの下にあるプレートを開けて、並んでいる鍵穴の五階部分に、自分のポケットから出した鍵を差しこんで回す。そして鍵を差したまま五階のボタンを押し、エレベーターが着くと、また鍵を戻して鍵を引き抜き、さっさと五階に降りる。

瞳佳《とうか》が続いて降りると、そこは明かりが点《つ》いていない狭いエントランスだった。

真央《まお》が壁のスイッチを入れると、蛍光灯が点灯して、無機質な大理石調のエントランスに取り付けられた、重厚な木製の両開きの扉が照らされた。

「はあー……」

シンプルだが思いのほか立派だったので、瞳佳《とうか》はうっかり感心する。

真央《まお》は特に反応はせず、扉の鍵を開けると片方だけ開けて、中の明かりのスイッチを次々と入れていった。

扉の中の部屋は、殺風景な部屋だった。

窓のない、冷たい真四角の部屋は、壁に黒いカーテンがかけられていて、黒く塗られた木製の椅子が、壁沿いにいくつか置かれているばかり。

そして入った向かい側に、やはり両開きの扉。

そして右手に、片開きのドア。

真央《まお》はそこを開けると、

「ちょっと待っててくれ」

と言い残して、中に入った。特別見るつもりはなかったのだが、開いたドアから垣間《かいまみ》見えた中の様子は、机やベッドや本棚のある普通の生活スペースだったので、ここを店舗だとばかり思っていた瞳佳《とうか》は少し驚いた。

「え……ここに住んでるの？」

「ああ。そうだ」

部屋の中から、真央《まお》は答えた。

そして部屋から背の高い折りたたみ式の小振りな丸テーブルを出してきて、この殺風景な部屋の真ん中に置いた。瞳佳《とうか》は今まで忘れていた、学校初日のことを思い出していた。あのとき文鷹《ふみたか》が言っていた、「事情があって学費を自分で稼いでいる」という言葉だ。

「もしかして、一人暮らし？」

「ああ。家族はいない」

真央《まお》は答えた。

「みんな死んだ」

答えながら、小脇《こわき》に抱えていたコレクションボックスと思われる木の箱を、テーブルの上に置く。瞳佳《とうか》が衝撃を受けていると、真央《まお》はそんな瞳佳《とうか》の様子にも、自分の言ったことにもさほど関心なさそうに、淡々と箱を開けて、中身を取り出した。そして瞳佳《とうか》は、真央《まお》に箱から取り出したものを渡されて、ようやく我に返った。

「とりあえず、それを貸してやる」

「え……」

腕時計だった。赤い革のバンドがついた女性物だ。しかし本体である金属製のケース部分がやや大振りで、そして見た目以上に、ずっしりと重かった。文字盤を見ると、目盛りは縁の部分に刻まれていて、中心部では剝《む》き出《だ》しになった複雑な機械がチキチキと動作している。日付とムーンフェイズ、そして普通の時計では見たことのない模様が刻まれた金属板などの部品が歯車と連動しながら組み合わさって、奇妙な幾何学的図形を形成している。

「これ……何？」

「護符だ。魔除《まよ》け。御守《おまも》りだな」

真央《まお》は言った。

「俺《おれ》のひいじいさんがオカルト道具のコレクターで、そのコレクションの中にあった十八世紀の機械式懐中時計を、知り合いの時計屋に解析してもらって、クォーツ式の腕時計に小型化して作り直してもらった。西洋の魔術や占星術の魔除《まよ》けは、最も効果のある季節や日付、時間がそれぞれ違う。そいつは時計の機構にパズルのように分割した護符を組み込んで、自動で現在の日付と時間に適切な護符を構築する、うちの商品だ。貸すから持ってろ」

「う……うん……ありがとう」

お礼を言って、まじまじと眺める。ブランド時計のような煌《きら》びやかさはないが、今までの人生で見たことも持ったこともないくらい重厚な時計だ。つい値段が気になる。

「た、高そうだね」

「二百二十万」

「にっ……!?」

心臓に悪い数字が出てきて、瞳佳《とうか》は目を剝《む》いた。

「そそ、そんな物凄《ものすご》いもの借りられないよ！」

「月五万でリースもやってる。いいから持ってろ。俺《おれ》の仕事の最中に、防御のない《ミーディアム》に妙なことになられても困る」

慌てて返そうとしたが突っぱねられた。時計を持つ手が少し震えた。

「ひょ、ひょっとしてお金持ち……？」

「いや。普通に事業主だ。それも事業上の資産で厳密には俺《おれ》のじゃない」

「もしかして……五千円で相談受けるのって、赤字だったりする？」

「当たり前だ。一般で受けたら、相談だけでも三万は取る。今回のケースなら最低十万。場合や相手によっては軽く百万を超えるな」

少し不機嫌そうに真央《まお》は言った。口を歪《ゆが》めて肩をすくめた。

「学校で受けるのは、金銭的には完全にボランティアなんだよ。スタッフに日当も払えないから持ち出しだ。善意と言ったら信じられないだろうけどな」

言いながら、真央《まお》は自分の手首を指差す。

さっさと時計を着けろと指示されているのだと気づくのに、数秒かかった。慌てて左手首に巻きつける。やはり女物とは思えないくらい重かった。

「よし。さて……」

瞳佳《とうか》が時計を着けるのを見届けると、真央《まお》は頷《うなず》いて、それから何かを探すように、視線を部屋の隅に向けた。

「まず《キャビネット》について、説明する約束だったな」

「……うん」

そして瞳佳《とうか》にとっての本題の方を、ようやく切り出した。

瞳佳《とうか》は頷《うなず》く。瞳佳《とうか》の体質の件、真央《まお》の仕事への協力の件、それから《キャビネット》。それらの話をするために、瞳佳《とうか》はこの日、ここにこうして呼び出され、それに応じてここまでやって来たのだ。

「そうだな。まず――――『交霊会』というものがある」

殺風景な部屋の中を少し歩き、そして言葉を選ぶ様子をしながら、真央《まお》は語り始めた。

「簡単なものでは『こっくりさん』が当てはまる。似たようなものは西洋の『ウィジャ・ボード』。最近では鉛筆を使った『チャーリー』というモノもあるらしいな。『ダウジング』は超能力の類《たぐ》いとされることが多いが、心霊の働きだと主張する向きもある。実際、振り子と文字のカードを使って霊の言葉を聞こうとするやり方もある」

「……」

瞳佳《とうか》は真面目《まじめ》に聞く。そんな瞳佳《とうか》を真央《まお》は一度見て、目が合うと頷《うなず》き、先を続ける。

「伝統的なものでは『イタコ』『口寄せ』『寄坐《よりまし》』などが該当する。あるいは中国の棒占い『扶乩《ふうち》』。欧州の死霊《しりょう》占い『ネクロマンシー』。他にも数え切れないくらい該当のものは存在する。有名なものから歴史に消えてしまったようなものまで、広義に含めれば数限りなく『交霊会』

と呼べるものが存在したと言っていいだろう。

要するに――霊を呼び出してコンタクトしようという会合、全般を言う。音。言葉。文字。様々な手段をもって、心霊を始めとする見えない何かと対話しようという試みは、有史以来、様々な時代、文化に存在した。そして、その試みが爆発的に拡《ひろ》がって、文化、宗教、さらには科学とさえ結びつきかけた時代があった。十九世紀のイギリスからアメリカへ。世界大戦で沢山の死者と遺族が生まれて、世界的に『死後』への関心が加速していた時代に、何人もの有名な《ミーディアム》と、数限りない無数の小さな《サークル》が、死者の声を聞き、死者に声を届けようと新しい時代のやり方で試みた。

それが狭義《きょうぎ》で言う――俺《おれ》が言う場合の『交霊会』だ。

これらの基本的な手法はこういうものになる。明かりを落として暗くした部屋で、少人数で一つのテーブルを囲んで、霊媒《れいばい》を通じて霊へと呼びかけることで、霊の存在に触れる試み。この手法の流行によって『交霊会』が数限りなく繰り返され、研究されてゆくうちに、結果としていくつかの有効な理論と道具が作り出された。そしてその中でも極めて強力とされていた霊《れい》媒《ばい》の一部が作り上げて使っていた道具こそが、《キャビネット》だ」

そう言うと、真央《まお》は部屋の隅で立ち止まり、壁を覆っていたカーテンの一部を摑《つか》んで、手前に引っ張った。

「一番簡単な形の《キャビネット》は、こういうものになる」

カーテンは、しゃーっ、と音を立てて壁から引き出され、天井に取り付けられていたレールに沿って、部屋の一部を小さく、四角に区切った。たったそれだけだった。見た目は簡単な試着スペース。もちろん中には何もない。

「……これだけ？」

「これだけだ」

拍子抜けする瞳佳《とうか》に、真央《まお》は頷《うなず》いた。

「物理的に木箱などを使うミーディアムもいるが、簡単なものならこれだけでいい。中空の容器を用意するか、カーテンなどで空間を『区切る』ことで、内部に霊力を貯《た》めて、一種の霊力電池として働かせることで霊媒《れいばい》の能力を増強する」

真央《まお》は区切ったカーテンを少し開け、中に入ってみせる。

「正式には《スピリット・キャビネット》。発明したのはダベンポート兄弟という霊媒《れいばい》だと言われている。《キャビネット》は、こうしてミーディアム自身が中に入る場合もあるし、外にいる場合もある。そうして《キャビネット》の力を借りて霊を呼び出し、霊によって何らかの現象を起こす。この《キャビネット》は西洋で生まれて、早期に廃《すた》れた理論だから論じられることは少ないが、仏教や神道《しんとう》、あるいは祈禱師《きとうし》が儀式のために張る『結界』や『壇』といったものが《キャビネット》に該当するんじゃないかと考えている。西洋魔術師の使う、俗に言う『魔法陣』や『神殿』も。ネイティブ・アメリカンは『コンジャリング・ロッジ』、つまり招霊小屋と呼ばれるテントを張って、祖先や精霊を呼び出して儀式をしたという。おそらくそれも原理的には《キャビネット》と同じものだろう」

そしてカーテンが閉められた。

「この《キャビネット》は、特に物理的な現象を起こす『物理霊媒《れいばい》』が多く使った」

カーテンの向こうから、説明が続く。

「物理？」

「霊と意志を交わしたり、霊を自身に憑依《ひょうい》させたり、知るはずのないことを知ったりする『心理霊媒《れいばい》』に対して、音や、物体の移動といった物理現象、究極的には霊を物質として出現させるのが『物理霊媒《れいばい》』だ。具体的には、暗い部屋の中で霊媒《れいばい》が交霊を始めると、誰《だれ》もいないはずの《キャビネット》の中から声が聞こえたり、物が宙に浮いたり、カーテンや箱から霊の腕や顔が出てきたりする。あるいは霊媒《れいばい》が縛られた状態で《キャビネット》に入り、交霊を始めると、中に入れていた楽器が鳴り出したり、カーテンの中から霊が現れて部屋の中を歩き回ったり――――」

「ちょ、ちょっと待って！」

瞳佳《とうか》はそこまで聞いて、思わず言葉を挟んだ。言わずにはいられなかった。

「それって……あの、手品じゃないの？」

「……」

カーテンが開いた。

顔を見せた真央《まお》の口元が、少しだけ笑っていた。

「……察しがいいな。《キャビネット》を使う霊媒《れいばい》は大流行して、発明以後、雨後の筍《たけのこ》のようにたくさん現れた。そして失敗や調査によって、大半がトリックを暴かれて、偽霊媒《にせれいばい》の温床として信用を失い、あっという間に廃《すた》れてなくなった」

「あ、やっぱりそうなんだ……」

「でもな、詐欺《さぎ》の温床になって信用が失墜し、顧みられなくなったが、ごく少数の《キャビネット》霊媒《れいばい》はやはり本物だったし、その理論も間違ってはいなかった」

真央《まお》は口元から笑みを消して、続けた。

「実際に正しく《キャビネット》を使えば、ミーディアムの霊媒《れいばい》能力は増強される。《キャビネット》が霊力を蓄えて、本来その霊媒《れいばい》個人が持つ霊能力を超える現象を起こす。十九世紀当時は科学の時代でもあって、多くの科学者がミーディアムの能力を研究した。その中では霊媒《れいばい》抜きで同様の結果を得ようとする機械装置も製作されて、実際にある程度の成果を得た装置もあったが、その装置には大抵《キャビネット》と呼べる中空の機構があった」

自分を囲むカーテンを示す真央《まお》。

「で――――この《キャビネット》こそが」

そして一度言葉を切って、言う。

「ミーディアムとしては弱い霊感しかない俺《おれ》が、霊能力者として活動できる理由だ」

そこまで聞いた時には、瞳佳《とうか》は理解していた。

「てことは……」

「そう。俺《おれ》は特別な《キャビネット》を使って、それで霊媒《れいばい》現象を発生させている。十九世紀の《ホーム・サークル》と呼ばれていた交霊会では、トランス状態になって時には意識さえもなくすことがある霊媒《れいばい》の他に、会の司会者を置くことも多かった。もちろん司会者も霊媒《れいばい》なら最高の環境だが、必須じゃない。俺《おれ》はその司会者――《チェアマン》の専門だ。最悪霊媒《れいばい》は現地調達すればいいしな。思春期の女子はかなりの確率で、強い弱いの差はあっても、巫女《みこ》的資質を持ってる」

真央《まお》は瞳佳《とうか》を指差す。

「たとえば……」

「わたしだよね」

これも理解した。

はあ、と瞳佳《とうか》は、小さく溜息《ためいき》をついた。

「そういうこと。旧《ふる》い神道《しんとう》では、神から受け取った神託の内容を解釈する『審神者《さにわ》』という職があったらしい。民俗学的にも、神霊からの言葉を受ける巫女《みこ》と、その内容を人々に伝える司祭は別だ。科学の時代に生まれた新しい心霊へのアプローチが、結果的に古代からある宗教に似たというのは、面白いと思わないか？」

「うん……まあ……」

特に面白そうでもない表情で言う真央《まお》に、瞳佳《とうか》は渋々頷《うなず》いた。

「そういうわけで……これから臨時の巫女《みこ》をしてもらう現地調達のお前には、司祭である俺《おれ》からちょっとした試験がある」

「え」

そこでいきなり言われて、瞳佳《とうか》はぽかんとなった。

「あのドアを見て」

「え……え……？」

真央《まお》が指差す。そこにはこの部屋の、入り口の対面。奥へと向かう両開きの扉があった。瞳《とう》佳《か》は戸惑いながらそれを見た。

「ドア……でいいの？」

「それでいい。ちょっと待ってて」

真央《まお》はそのまま、カーテンを出て部屋の真ん中まで歩いてくる。真央《まお》が持って来た小型の丸テーブルと、その傍《そば》に立つ、瞳佳《とうか》の元へ。

「テーブルに手を置いてくれるか」

「ここ？」

「そこでいい。悪いけど少し手を握る。不快かもしれないが我慢してくれ」

真央《まお》はそう言うと、テーブルに置いた瞳佳《とうか》の手の上から自分の手を被《かぶ》せ、握った。

「！」

真央《まお》の掌《てのひら》の体温を手の甲に感じて、瞳佳《とうか》は少しだけ動揺する。ここに来るまでのデートの想像を思い出して、少し頬《ほお》が熱くなる。

「ドアを見ろ」

真央《まお》は重ねて言った。

瞳佳《とうか》は言われるままに、奥のドアを見た。

「ドアに集中して」

「…………」

思考を乱すデートの想像を振り払うように、集中する。

「ドアの向こうに、意識を向けて」

「…………」

ドアの向こうを透かせて見ようとするように、言われたように、意識を向ける。

だが意識を向けた、その途端だった。


——えっ？

ざりっ、と見ていた部屋の光景に、灰色のノイズがかかったような、奇妙な感覚がした。得体《えたい》の知れない、冷たく不快で不安な感覚だった。まるでこの世界そのものが、何かに侵食されて罅《ひび》が入ったような、そしてそれを知覚してしまったかのような、得体《えたい》の知れない焦燥《しょうそう》を伴った不安感だった。

ドアの向こうに、何かがある。

そう感じた、何だろう。じわり、と産毛《うぶげ》が逆立った。

何か異常なものがある。何か、とてつもなく異常なものが。だがそう知覚した瞬間、ドアの向こうにあるモノに、こちらが知覚したことを気づかれた。視線が合ったような感覚。気づかれたと、そう感じた。

と、

「!!」

瞬間。

どっ、と部屋の中に濃い血の臭《にお》いが溢《あふ》れかえって、目の前の景色《けしき》が赤黒く霞《かす》んだ。息ができなくなった。目が閉じられなくなった。そして目の前の光景に、強烈な赤い光で古い映写機の映像を投影したかのように、何かのイメージが強く重なって視《み》えた。

外国の葬式の光景だった。夕焼けのような、炎のような、血のような、真《ま》っ赤《か》な光に照らされた葬式。キリスト教の礼拝堂と思われる場所に、子供のものと思われる小さな棺《ひつぎ》が安置されていて、その棺《ひつぎ》に向かって幾人もの人間が延々と並んでいる。

一体何人いるのだろうか。老若男女《ろうにゃくなんにょ》全てがいた。特に少女の姿が多い。参列者なのだろうか、黒い服を着て、まるで蟻《あり》のように並んでいる。棺《ひつぎ》の蓋《ふた》は外されて、棺《ひつぎ》の側面に立てかけてある。しかし棺《ひつぎ》の中は強烈に差し込む赤い光の陰になって、黒く深い影にしか見えない。

行列の先頭にいる少女が、棺《ひつぎ》の安置された壇の階段を登り、棺《ひつぎ》の横に立った。うつむくようにして棺《ひつぎ》の中を見つめ、棺《ひつぎ》の縁《へり》に手をかけ、そして満たされている影の中へと、無理矢理に身を沈めた。腕が、脚が、身体《からだ》が、ばきばきと枯れ枝のように折れ、ねじ曲がり、棺《ひつぎ》の体積よりも明らかに大きな年長の少女が自らを箱の中に押し込んでゆく。そして完全に入って消えてしまうと、少女の後ろに並んでいた成人女性が、また同じように、棺《ひつぎ》の縁《へり》に手をかける。骨がへし折れ、肉が潰《つぶ》れながら、女性が棺《ひつぎ》の中に消える。次に並んでいた男性が、また棺《ひつぎ》の中に自らを押し込んで、四肢《しし》を砕きながら、棺《ひつぎ》の中に消える。次に子供が、また少女が、女性が、次に少年が。行列を作って、人間が次々と、まるで棺《ひつぎ》に喰《く》われているかのように、棺《ひつぎ》が飽食しているかのように、小さな小さな棺《ひつぎ》の中に——

ぴっ、

と突然、顔に冷たい水滴が勢いよく当たって、その瞬間、はっ、と瞳佳《とうか》は正気に返った。

夢から覚めたように目の前にあった映像が消えた。そして真《ま》っ赤《か》に染まっていた視界がその色を失って、元あった部屋の照明の色が、目に飛び込んできた。

「……⁉」

混乱していた。そんな瞳佳《とうか》の目の前に突きつけるように差し出されている物があって、瞳佳《とうか》はまず、それをまじまじと見る。榊《さかき》の枝だった。青い葉が水に濡《ぬ》れている。その先を目で追うと、そこにはいつの間にここに来たのか、緋袴《ひばかま》に千早《ちはや》を羽織った巫女《みこ》姿の芙美《ふみ》がいて、水入りの木桶《きおけ》を手に、厳しい顔をして瞳佳《とうか》へと榊《さかき》の枝を突きつけていた。

それを見て、顔に当たった水の正体が分かった。

木桶《きおけ》の清水に浸した榊《さかき》の枝を振って、瞳佳《とうか》の顔に水滴を浴びせたのだ。

芙美《ふみ》と、無言のまま、目が合う。瞳佳《とうか》は水で濡《ぬ》れた顔で、ぱちくりと瞬《まばた》きをする。

「……あれ？」

「…………」

そして瞳佳《とうか》が不思議そうに言った途端、ふーっ、と息を吐いて、芙美《ふみ》が突きつけていた榊《さかき》の枝を下に降ろした。

「よかった。戻ってきた」

「え……何があったの？　今の、何？」

芙美《ふみ》の後ろには那琴《なこと》が立っている。芙美《ふみ》もそうだが、那琴《なこと》も普通の格好ではない。どういうわけか制服の上から黒いマントと黒いつば広の三角帽子を身につけて、魔女と思われる扮装《ふんそう》をしている。

「憑依《ひょうい》されてた」

那琴《なこと》がぼそりと言う。瞳佳《とうか》はきょとんとする。

「憑依《ひょうい》？」

「取り憑《つ》かれてたんだよ。そういう時のために二人には待機してもらってた。おまえは『物理霊媒《れいばい》』だ」

すぐ近くから真央《まお》の声。気づくと瞳佳《とうか》はテーブルの上に手を乗せたままだった。その上から真央《まお》に手を握られているのもそのままだった。

「ひゃ……!!」

今かけられた言葉の意味を理解する間もなく、ぎょっ、となって、瞳佳《とうか》はテーブルから飛《と》び退《の》くように手を離した。

「ああ、悪い」

淡白に謝る真央《まお》。だが飛び退《の》いたその途端、今まで見えていなかったこの部屋の全容が、一気に目に入った。

「!!」

そしてそれを見た瞬間に、瞳佳《とうか》は悲鳴を上げかけた。

心臓を鷲掴《わしづか》みにされた。部屋の床が一面、真っ赤に血で汚れていたのだ。

「ひ……!?」

それは血だった。そして足跡だった。

恐ろしい数だった。赤黒い大小の血の足跡が、その一つ一つが潰《つぶ》れてしまうくらいのおびただしい数、べたべたと床を歩いていて、引きずるような足取りで行列を作って、部屋を横断していたのだ。無数のそれらは、部屋を囲むカーテンの向こうから、壁しかないはずの向こうに空間があるかのようにその下から現れて、部屋を横切って奥の両開きの扉へ向かっていた。部屋の真ん中に立っていた瞳佳《とうか》たちの周りを避けていて、それゆえに瞳佳《とうか》は血の足跡に、びっしりと取り囲まれていた。

そして――――奥の両開きの扉が、開いていた。

まともに開けたものではない。その表面には無数の血による手の跡がべたべたと付着していて、こじ開けたように乱雑に開け放たれ、その向こうが見えていた。扉の向こうは何もない控えの間になっていて、そしてまた両開きの扉。足跡はそこへと続き、その扉もまた開けられていて、そしてその奥にある暗い部屋が、瞳佳《とうか》のいる部屋の明かりによって薄暗く、かろうじて照らされていた。

そして。

そこに。

そ、こ、に、

棺が、あ、っ、た。

あの棺《ひつぎ》だ。白昼夢《はくちゅうむ》のような赤い光景の中で見た、あの棺《ひつぎ》。

無数の人間を喰《く》らっていたあの小さな棺《ひつぎ》が、現実のものとして台の上に鎮座し、そしてあの白昼夢《はくちゅうむ》の中で見た光景を思わせる無数の血の足跡の行列が、その棺《ひつぎ》の前へと続いて、そこで途切れて消えていた。

「…………………………!?」

理解できなかった。

混乱。

そして恐怖。

何だか判《わか》らなかった。鳥肌が立つ。出そうになる悲鳴を押し殺す。

「……これが、俺《おれ》の所有する《キャビネット》だ」

立ち尽くして固まる瞳佳《とうか》に、真央《まお》は言った。

「元は曽祖父《そうそふ》のコレクションだ。とあるイタリアの地下納骨堂に納められている、百年を経ても生きているかのように保存されている少女の死体の眠る棺《ひつぎ》にちなんで、《ロザリアの柩《ひつぎ》》と名づけられた。この『ロザリア交霊会《サークル》』の名前の元になっている。そして――――この中に、俺の家族がいる」

まず父親。

次に母親。

それから妹が。

曽祖父《そうそふ》のコレクションを保管していたという人が死んだという手紙と一緒に、これが送られてきた後、家が立て続けの不幸に襲われた。それからその後、みんなが俺《おれ》の目の前で、順番にこの《柩《ひつぎ》》の中に消えていった。この《柩《ひつぎ》》は呪《のろ》われている。そして俺《おれ》の家族の仇《かたき》だ。だけどこの中に、俺《おれ》の家族はいるんだ」

「…………………‼」

瞳佳《とうか》は、言葉もなかった。ただ震えて、自分を囲む光景さえ忘れて、その見た目だけならあどけなささえ感じる、忌《い》まわしき『箱』を見つめることしかできなかった。

ふと。

視界の端に白いものが見えた。

「！」

固まったまま視線だけを向けた。血塗《ちまみ》れになった部屋の床。そんな部屋の隅に、いつの間にか子供が立っていた。

女の子だった。

小学生くらい。

制服のような服を着ている。白いシャツにプリーツスカート。しかしそのシャツとスカートは、引き裂かれたような大きな破れ目があり、中のシャツと肌とが露出していた。

いつの間にか立っていた。

ただ、今の瞳佳《とうか》は、すぐに気づいた。

その女の子が、生きた人間ではないということに。

「…………‼」

鳥肌。

そうしていると、その生気のない女の子の姿は、瞳佳《とうか》がそれが誰《だれ》なのか理解する間もなく、瞬《まばた》きの間に、幻のように視界から消えて失《う》せた。

Ⅲ

自分の部屋で、夕奈《ゆうな》は思った。

——とんでもないことになってしまった。

その日、学校から帰宅した小森夕奈《こもりゆうな》。夕奈《ゆうな》は夕食もあまり喉《のど》を通らず、母親に顔色が悪いことを心配されながら引っ込んだ二階の自室で、布団《ふとん》に深く包《くる》まって横になり、まるで胎児のように身を縮めた格好で、ベッドの上で身じろぎもせずにいた。

完全に就寝していてもおかしくない体勢だが、部屋は煌々《こうこう》と明るい。そして横向きに枕に乗せられた頭の、すぐ横にはスマートフォンが置かれていて、時折アプリのメッセージで、友人たちとの細い繋《つな》がりを維持していた。

今の夕奈《ゆうな》は、繋《つな》がりに飢えていた。

友達とやり取りしている間だけは、余計なことを考えないでいられるからだ。

しかしただでさえ多くはない、それでもいつもは長々と他愛のないやり取りをしている友達は、今日《きょう》に限って口が重く、スマートフォンはもうずっと沈黙したままだ。まあ分からなくもない。こうしている夕奈《ゆうな》だって、何を話せばいいのか分からないのだ。昨日《きのう》の夜からずっとそうだ。

いま何か他愛のない話をしようとしても、どうしたって不自然になる。

どうしたってあの話をしないわけにはいかない。

そしてその話こそが、夕奈《ゆうな》が、いや、夕奈《ゆうな》たちが。できることなら考えないようにしていたい話題なのだ。友達との話で目をそらしていたい話題、そのものなのだ。

つまり――――排水口から聞こえた、着信音のこと。

倫子《のりこ》が消え、倫子《のりこ》がスマートフォンを落としたはずの場所で、スマートフォンを探して夕奈《ゆうな》が電話をかけると、あり得ない場所から着信音が聞こえてきた。

赤ん坊の手だって入らない、小さな穴の、深い奥から。暗い暗いはるか奥から。細く甲高《かんだか》い無機質な着信音が、漏れ出すように、あるいはぽっかりと開いた口から囁《ささや》かれるように聞こえてきたその音に、初め全員が耳を疑い――そして間違いないのだと全員が理解した瞬間、

「ひっ……！」

とそこにいたほとんどの人間が息を呑《の》んで、そして背筋から這《は》い上《あ》がるように、ぞわーっと悪寒《おかん》と鳥肌が体中に広がったのを感じた。

そして途端、

ふっ、

と、着信音は、消えた。

それまで耳をすませていた、暗くて冷たい空間から、ふっつりと音が消えて無音になった瞬間を、夕奈《ゆうな》の意識は奇妙なくらいに鮮明に憶《おぼ》えていて、いまこうしていてもはっきりと思い出せる。

ぷつっ、

とその瞬間、電話の呼び出しをしていた自分のスマートフォンが、突然異常終了して、画面が真っ暗になったのだ。と、同時に、

しいんﾞ、

と異様な静けさと暗がりが、その冷たい空間に落ちて、落ちた静寂が頭から足まで肌を撫《な》でて落ち、一瞬にして自分のいる場所が別の世界になったかのような感覚が、全身を、そして全感覚を襲ったのだ。

「…………………」

暗闇《くらやみ》と、無音の世界。

この世ではないどこか別の場所に突然閉じ込められたような、そんな感覚。

脳は、感覚は、本能は、その虚《うつ》ろな暗闇《くらやみ》と無音の中で、少なくとも自分の周囲を完全にそう認識した。冷たい空っぽの世界。声も出せない。息もできない。自分の立っている場所さえも喪《うしな》ってしまったかのような感覚。そんな強烈な不安感に襲われて、感覚的にはしばらく、おそらく実際には数秒、夕奈《ゆうな》は、そしてその場の全員は、時間が止まったように、あるいは凍った

ように、固まっていた。

そして。

次の瞬間。

突然、
瞳佳が、倒れた。

いきなりだった。何があったかは、分からない。

とにかく突然、くたっ、と操り人形の糸が切れたかのように瞳佳《とうか》が意識を失い、隣の芙美《ふみ》に倒れかかって、芙美《ふみ》が慌てて瞳佳《とうか》を支え、それから急に時間が動き出したかのように、一同大騒ぎになって瞳佳《とうか》を運び出して、それからわけの分らないまま、説明もないまま、夕奈《ゆうな》たちは学校から帰らされたのだ。

一日経《た》って、瞳佳《とうか》は普通に登校してきて、一応安心したが、詳しい話はできなかった。

瞳佳《とうか》が初めての礼拝ということで、学級委員のみひろや、他の世話や社交が好きな女子たちに囲まれていて、夕奈《ゆうな》たちは近づけなかったのだ。そのまま瞳佳《とうか》を囲む流れは土曜の授業が終わるまで続き、放課後も用事があるようですぐ下校してしまったので、ちゃんと話す機会は得られなかった。メールや電話をするのも機会を逸した気がして、不躾《ぶしつけ》な気がして、しようとしたがやめた。もちろん真央《まお》には、自分たちから話しかけるような真似《まね》はできなかった。

あの時に、何が起こったのか分からなかったし、今も分からなかった。

ただ、何か異常なことが起こったということだけ、辛《かろ》うじて理解できた。

あの時、あの場所で、あってはならないことが起こったのだということだけは、それこそ肌で理解できていた。理解せざるを得なかった。ただそれ以外は何も分からなかった。瞳佳《とうか》がどうなったのかも、倫子《のりこ》の件がどうなったのかもだ。

倫子《のりこ》のスマートフォンがどこにあるのかも。

どうして排水口から着信音が聞こえてきたのかも、何もかもだ。

もちろんひどく気にかかる。心配している。だが深く考えたくない。

目をそらしていたい。もちろん友達である倫子《のりこ》のことは心配だ。だが考えれば考えるほど、嫌な想像ばかりに襲われる。だから考えるのが、嫌だった。


もし────倫子《のりこ》が、もう生きていなかったら。


考えたくない。無事でいて欲しい。無事に決まってる。でも、それなら、どうしてあんな場所から着信音が聞こえてきたのだろう?

下水から?

地の底から？

普通に考えて、そんな場所で鳴るわけがない。あれはどう考えても、本当は聞こえてはいけない、この世のものではない着信音だったとしか思えない。

だとしたら――倫子《のりこ》は今、どうなっているのだろう？


駄目だ。

考えたくない。考えない方がいい。

だが、一度引っ張られた頭の中は、あっという間に暗闇《くらやみ》に囚《とら》われる。具体的に考えるのは必死になって止めていたが、しかしもやもやとした頭の中は、暗闇《くらやみ》の中にどんどん吸い込まれていって、心を墨で塗りつぶしたような、不安に襲われる。

千璃《せんり》は附属中学から。

愛梨花《ありか》は小学校から。

そして倫子《のりこ》は幼稚園の頃《ころ》からの、一緒の友達だ。

みんな性格が大人《おとな》しくて、内気で、社交性が欠け落ちていて、優柔不断。みんな他の子とはとてもやって行けない性格をしていた。それこそ底辺が吹き溜《ふだ》まりのように気が合って、寄り集まるようにして、ずっと友達をやっている。

みんな、他人が怖いもの同士だ。

他人が苦手。でも、どれだけ苦手でも、一匹狼《いっぴきおおかみ》では生きていけない弱い羊。

弱すぎて誰《だれ》とも仲間になれない羊が、辛《かろ》うじて集まった、小さな小さな弱い群れ。夕奈《ゆうな》がリーダーのようになっているが、他の三人に比べればわずかに社交性があるので、代表者という盾になっているだけ。そして夕奈《ゆうな》だって、自分ばかり人と話す役目をさせられているだけでなく、ちゃんと他の子からもらっているものも一応ある。

そんな群れの中から倫子《のりこ》がいなくなるなど、考えられなかった。考えたくなかった。

一番弱い群れの中で、一番弱い羊。一番内気で、一番引っ込み思案で、一番優柔不断で、一番どんくさい羊。

でも、一番仲間思いの、羊。

一番小さな、私たちの群れの仲間。


……どうして、こんなことになったんだろう。


夕奈《ゆうな》は思う。

これからどうなるんだろう。夕奈《ゆうな》はただ、ベッドの中で、不安と悔恨の輪の中を巡るように、思い続ける。

心が、どんどん不安定になってくる。

考えちゃいけない。考えないほうがいい。もう何度目か判《わか》らないくらい思った、そんな言葉で自分を抑える。抑えられるわけがない黒い想像が溢《あふ》れ出《だ》す頭に、必死に蓋《ふた》をして、思考を押さえつける。

考えちゃ、いけない。

夕奈《ゆうな》が、そう思った瞬間だった。

ふっ、

と突然、部屋の明かりが暗くなった気がした。

「⁉」

気のせいではなかった。驚いて顔を上げた。それは、まるでスマートフォン画面がスリープ状態になる寸前の時のような、劇的な光量の落ち方だった。

部屋の中が、光を失い、急に一面灰色になったような感覚。天井を慌てて見上げる。だがその瞬間、蛍光灯を確認する前に、それこそ液晶画面が消えたかのように、ふっ、と部屋の明かりが、完全に消えてなくなった。真っ暗になった。顔に暗幕を被《かぶ》せられたかのように黒い暗闇《くらやみ》が、一瞬にして部屋を、部屋にいる自分の視界をすっぽりと覆い尽くした。明るい部屋が突然の暗闇《くらやみ》に覆われて、目の前のものさえ見えなくなった。何も見えなかった。ただ黒かった。そしてその暗闇《くらやみ》は、わずかな光が手元にあれば、目の前に自分の顔が映るのではないかと、そんな気がするものだった。

「…………………」

暗闇《くらやみ》。そして突然の静寂が、耳を塞《ふさ》ぐ。
闇《やみ》とともに、夜の静寂が、

ひい、ひし、

とベッドに降りかかり、目の前を、そして耳の中までも覆い尽くした。
暗闇《くらやみ》は重い。瞬時に心を押し潰《つぶ》す。そして暗闇《くらやみ》から心臓に侵入されたかのように、激しい焦《あせ》りに、一気に内心が襲われる。

「えっ……やっ、なんで……?」

感覚を喪《うしな》ったかのような暗闇《くらやみ》と静寂が恐ろしくて、つい口から言葉を出していた。しかし暗《くら》闇《やみ》と静寂の中で発したそれは、かえって自分がこの中にたった一人であることを強く意識させて、爆発的に孤独感を強くしただけだった。

呼吸が速くなった。何も見えない。何も聞こえない。

誰《だれ》もいない。あまりにも虚《うつ》ろな暗闇《くらやみ》の中に、たった一人だけの自分がいる。

何も見えない中、それでも何かを見ようと、必死に暗闇《くらやみ》の中で目を見開いていた。ただ速い呼吸をしながら、布団《ふとん》に包《くる》まっているはずの手足に、身体《からだ》に、ぞわぞわと鳥肌が這《は》うように広がってゆくのを、ただ感じていた。


「…………………‼」


耐えられなかった。

耐えられなくなった。

必死で手を布団《ふとん》から出して、枕元を探った。するとすぐに、手が硬いものに触れた。

「‼」

急いでそれを摑《つか》んだ。スマートフォンだ。

よかった！　あった！　枕元に置いていたそれを摑《つか》むと、なかば喘《あえ》ぎながら、それを明かりにしようとして、灯火を掲げるように目の前に持ってきて、震える指で必死になってボタンを押した。

ぽっ、と画面が灯《とも》った。淡い光が。

目の前の、暗闇《くらやみ》を。

鈍く照らした。
そこに。
顔があった。

目の前の暗闇《くらやみ》が、液晶画面の明かりに照らされた途端。目の前に顔があった。空洞のような黒い目をぽっかりと見開き、洞穴のような口を半開きにして、蠟《ろう》のように表情が抜け落ちて、真っ白になった倫子の顔が――

ひっ、

と息が詰まって。直後。
自分の口から、痙攣《けいれん》するような金切り声が――

「――――っ‼」

溢《あふ》れた瞬間、

音を立てて液晶が割れた。

光と悲鳴とが、同時に消えた。

無音。

闇《やみ》。

……………………

……………………………

……………………………………………………………………………………

四章　スマートフォンは杜の中

四章　スマートフォンは杜の中

I

「……万里絵《まりえ》?」

玄関で帰宅の音がしたのに、いつもなら「ただいま」を言いに来る妹が何も言いに来ないので、真央《まお》は少し怪訝《けげん》そうに自室で顔を上げた。真央《まお》は中学生になったばかりで、妹は小学四年生。普段と違う妹の行動に敏感に反応した真央《まお》は、様子を見るために部屋を出た。

屋敷《やしき》と言っていい家だった。古い和風建築。

廊下が続いていた。万里絵《まりえ》の部屋は隣。そこに戻った様子がない部屋の前を通り過ぎて、普段出入りに使っている、勝手口の方へと向かう。

勝手口は開いていた。妹の靴がある。

だが普段生活の場にしている居間などに姿が見えない。嫌な予感がして駆け足になって、だだだ、と廊下の床板を踏む足音を立てて家の奥へと向かった。

「………」

向かう先は土蔵。守屋《もりや》家の奥には、廊下で繋《つな》がっている土蔵があった。

廊下の突き当たりに重い土蔵の扉がある。かつては耐火性のある土蔵と繋《つな》げることで火事に備えたのだという、古い古い造り。

そこに。


「万里絵《まりえ》！」

「……」


妹がいた。

一体誰《だれ》に何をされたのだろうか。大きく破れた小学校の制服を着た万里絵《まりえ》は、土蔵の中で背を向けて、その真ん中に置かれた木製の『箱』に手をかけていた。

「……おにいちゃん」

万里絵《まりえ》は少しだけ振り向いた。涙の混じった声。

「ごめんね、わたし、もう嫌だ」

何をしようとしているのか理解して、肌が粟立《あわだ》った。慌てて叫んだ。

「万里絵《まりえ》、やめろ!!」

「わたし、お父さんとお母さんのところに行く」

駄目だ！　必死で叫んで駆け寄ったが、その手が届くよりも先に、万里絵《まりえ》の手が『箱』の蓋《ふた》を開けた。どうやっても開かなかったはずの蓋《ふた》が、いとも簡単に外れて、がたん、と音を立てて、その口を開いた。

「!!」

瞬間。

ぞろ、と何十本もの血まみれの腕が箱の中から伸びて。

そして。

「ごめんね」

次の刹那《せつな》、血まみれの手の群れが妹の服を、胴を、脚を、腕を、手首を、そして顔と髪の毛を一斉につかむと――幼い身体《からだ》をほとんど身体《からだ》を折りたたむようにして、瞬《また》く間《ま》に箱の中に引きずり込んだ。

「万里絵《まりえ》ーっ!!」

ばん！

と蓋《ふた》が、音を立てて閉じた。

猛烈な血の臭《にお》いが、土蔵の中に拡《ひろ》がって――

「…………………………っ!!」

がばっ、とその瞬間、真央《まお》はベッドの上で起き上がった。

目が覚めた。夢を見ていた。びっしりと身体《からだ》に汗をかいていた。

悪夢だ。もう幾度も見ている悪夢。真央《まお》は、たった今まで止まっていたのではないかと思う息を、何度も肺に吸い込んで、荒い息をついた。

「………」

几帳面《きちょうめん》に整頓《せいとん》された部屋だった。今の真央《まお》が生活している部屋だ。

そこに、夢の中から帰ってきた。かつて生活していた、過去の家の記憶から。

そして、あの時の記憶の中から。真央《まお》は、汗で湿った癖のある髪に乱暴に指を突っ込んで撫《な》でつけ、『箱』の納められた部屋の方を壁越しに振り返って見やり、やがて何処《どこ》かに向けてつぶやいた。

「万里絵《まりえ》……」

あの『箱』に――――すなわち、《柩《ひつぎ》》に向けて。

実業家、守屋《もりや》貞次郎《ていじろう》が八十一歳で病死した時、その遺品の中には大量のコレクションが含まれていたという。

蒐集品《しゅうしゅう》は『オカルトにまつわる遺物』。学究的な性格であった貞次郎《ていじろう》は、遺物の来歴調査も蒐集《しゅうしゅう》の一環であるとして、コレクションの詳細な調査記録と目録を作成していた。しかし彼の死後に遺品の整理が行《おこ》なわれた際、目録には記載されているものの現品の行方《ゆくえ》が判《わか》らないという物が、いくつか存在した。

その欠落は遺族によって認識こそされたものの、しかしその行方《ゆくえ》が追及されることは一切なかった。理由は「金銭的な価値がなかったから」ということに尽きる。蒐集物《しゅうしゅう》の大半は同好の士にとってはともかく、少なくとも一般人にとっては不気味なガラクタに過ぎなかった。そのためコレクションは、遺族の誰《だれ》にも関心を持たれないまま、事業と一緒に長男の頼光《よりみつ》に受け継がれて、そのまま倉庫に死蔵された。

そのうちの一つが、三十年近く経《た》ってから、このような形で姿を現すなど、誰《だれ》も予想していなかった。

それはある日、運送業者によって、貞次郎宛《ていじろうあて》に送られてきた。

運送業者が二人がかりで搬入する木箱に入った、緩衝材で厳重に梱包《こんぽう》された荷物。入っていたのは古い外国の棺《ひつぎ》。子供のものと思われる大きさで、棺《ひつぎ》の蓋《ふた》は何か黒い樹脂のようなもので接着されていて開くことができなかったが、しかし大人《おとな》一人でも持ち上げることができる重さから、中には何も入っていないのではないかと考えられた。

後に目録と照会した結果、それは《ロザリアの柩《ひつぎ》》なる遺物であると判明する。

記録によると、この《ロザリアの柩《ひつぎ》》は、一八八〇年代に英国で活動したジョン・ディーを名乗る身元不明の霊媒《れいばい》が用いていた《キャビネット》で、英国で懇意《こんい》にしていたコレクターの死後に遺族より買い上げたものであると記されていた。

当該の霊媒《れいばい》はこの棺《ひつぎ》について「戦火に遭ったイタリアの旧家の屋敷《やしき》が取り壊された際、入り口が完全に埋められた地下室が見つかって、その中でミイラ化した神父の遺骸と共に発見された物を譲り受けたものである」と触れ込んでいたという。触れ込みが事実であるかは不明。霊《れい》媒《ばい》がどのような現象を起こしていたのかも伝わっていない。だが、ただその霊媒《れいばい》は、ブリストル郊外で開いた交霊会の最中に、多数の参加者と住民によって打ち殺されていた。皮肉なことに棺《ひつぎ》についてのいわれの中で、ただ一つこれだけが、間違いのない事実であるとして裏付けが取れていた。

棺《ひつぎ》と共に木箱に入れられていた手紙には、この『棺《ひつぎ》』を送ることになった経緯《けいい》が、便箋《びんせん》に几《き》帳面《ちょうめん》な字で記されていた。

この棺《ひつぎ》は自分の祖父が、貞次《ていじ》郎《ろう》氏より保管をお願いされていたものである。祖父の死後は父が引き継いでいたが、その父も死に、父より引き継いだ自分も病を得て長くなく、自分には引き継ぐ子もいないため、申し訳ないがお返しする——と。

送り主にコンタクトを試みるも、運送に当たって記載されていた連絡先は全て嘘《うそ》。

当時中学に上がったばかりだった真央《まお》は、曽祖《そうそ》父宛《ふあて》のその荷物を前に、父が困惑していたのを覚えている。

ともかく、その棺《ひつぎ》はどうするかが決まるまでの当面、家の蔵に置かれることになった。

そして父が、どうするかを決めることは、とうとうなかった。その翌日から、家には奇妙な不幸が相次いで、それからちょうど一週間後、父が真央《まお》の眼《め》の前《まえ》で、開かなかったはずの蓋《ふた》を開けて、棺《ひつぎ》の中へと消えたのだ。

ただ一言。

「呼ばれている」

とだけ、言い残して。

…………

Ⅱ

日曜日の朝。

瞳佳《とうか》はスマートフォンのメッセージで、夕奈《ゆうな》たちから呼び出しを受けた。

至急に相談したいことがあるから会いたいという。そう言われると瞳佳《とうか》には否応《いやおう》もない。何かあったのかと今度はちゃんと制服で外出し、路面電車に乗って、彼女らの家の最寄駅《もよりえき》だという待ち合わせの駅で降りて辺りを見回すと、工業団地付近の何もない殺風景な駅の近くに、私服姿の三人が固まって立っているのが見えた。

普通な夕奈《ゆうな》と、地味な愛梨花《ありか》と、やはりこの中では可愛《かわい》い服で浮いている千璃《せんり》。

すぐにお互い気づいた。瞳佳《とうか》は小走りに近づいたが、すぐに異常にも気づいた。三人は一様に不安に曇った表情をしていたのだ。

「……み、みんな、どうかしたの？」

思わず尋ねた瞳佳《とうか》。

互いに挨拶《あいさつ》はなかった。それどころではない雰囲気があった。

夕奈《ゆうな》がまず口を開いた。

「柳《やなぎ》さん、あの……昨日《きのう》、大丈夫《だいじょうぶ》だった……？」

おずおずと、瞳佳《とうか》を上目遣いに見ながら尋ねる。瞳佳《とうか》は一瞬、何のことを聞かれているのか分からなかった。

「あの……倒れたの……」

「え？　……あ、ああ、あれね！」

思い出した。あのトイレを調べに行って倒れたきり、きちんと話をしていないのだ。

忘れていた。瞳佳《とうか》は慌てて説明する。

「うん、大丈夫《だいじょうぶ》。ごめんね。実はあんまり覚えてないんだけど……」

あはは……と困ったように笑いながら、そう答える瞳佳《とうか》。

心配そう、というよりも、不安そうな三人の視線に、瞳佳《とうか》は実際、ちょっと困った。

というのも、瞳佳《とうか》という人間は、人に心配されるということが妙に苦手な質《たち》なのだ。瞳佳《とうか》は自分の霊感体質のせいで洒落《しゃれ》では済ませられないレベルのトラブルによく巻き込まれていたので、そういった時にかけられる心配の言葉に何と答えていいのか分からず、ひいては心配されることと全般に苦手意識を持っていた。

「なんか、雰囲気に当てられただけみたい。今はもう大丈夫《だいじょうぶ》」

ありがたいとは思いつつ、瞳佳《とうか》は誤魔化して言う。

「心配はいらないって。それより、みんなの方は大丈夫《だいじょうぶ》だった？」

「うん……」

「そっか」

互いに気遣ってはいるが、腫《は》れ物に触るような、微妙な空気。

自分のことは話題として避けたいと思っている瞳佳《とうか》は、話題に困って、みんなを見る。みんなの様子は暗いままで、見ているうちに瞳佳《とうか》は察して、質問の言葉を向けた。

「で、それが呼び出した用事じゃ……ないよね？」

「…………」

沈黙。だがそれは、肯定の沈黙だった。

すぐに分かった。それくらい、三人の雰囲気は本当に影が落ちているかのように、尋常ではなかった。瞳佳《とうか》の問いかけに、うつむき気味にしていた夕奈《ゆうな》たちは、一度顔を見合わせる。そしてそれから全員ためらいがちに、しかし三人ともが自分のスマートフォンをそれぞれ取り出して、瞳佳《とうか》に見えるように突き出して見せた。

「これ……」

「⁉」

瞬間、瞳佳《とうか》は絶句した。

三人のスマートフォンの画面が、全く同じように割れていた。

機種もデザインもカバーも、まちまちな三人のスマートフォン。しかしその画面を覆う硬質ガラスが、まるで罅《ひび》をコピーして貼《は》り付けでもしたかのように、左上三分の一ほど、ほぼ同じ形状と範囲で割れて、白い罅《ひび》に覆われていた。

日常的によく見る画面を、びっしりと刺々《とげとげ》しく覆った、蜘蛛《くも》の巣《す》に、あるいは黴《かび》が覆っているのにも似た白い罅割《ひびわ》れ。その、よく見知ったものが異常なものに侵されている光景は、見ているだけでも本能的な不快と不安を心の表面に這《は》わせる。

それが、一つではなく、三つ。

瞳佳《とうか》は、目を見開いてそれを見つめる。

そして、

「え……な、なにこれ……」

やがて瞳佳《とうか》は言った。隠しようもなく声が動揺していた。

それに対して夕奈《ゆうな》が、震えそうになる声を押し殺すようにして、まるで絞り出すように、必死の様子で答えた。

「倫子《のりこ》が来たの」

「えっ⁉」

思わず上ずった声が出た。


「昨日《きのう》の夜……三人とも、家に倫子の幽霊が出たの！　このスマホの画面……倫子のスマホの割れ方と一緒なの！」


泣き出さんばかりの、夕奈《ゆうな》の言葉。瞳佳《とうか》はそれを聞いて、背筋にどこかうそ寒いものを感じながら、立ち尽くすしかなかった。明らかに何かよくないことが進みつつあるのではという予感が、肌を這《は》い上《あ》がっていた。

「もしかしたら、倫子《のりこ》はもう……」

「……！」

その時だった。

瞳佳《とうか》のスマートフォンが、振動して音を鳴らした。

「っ‼」

あまりのタイミングに、思わず飛び上がる瞳佳《とうか》。心臓がひっくり返りそうな動揺と共に、慌ててスマートフォンを取り出して、画面を見ると、そこには登録したばかりの『守屋真央《もりやまお》』の名前が表示されていた。

「ご、ごめんね。ちょっと待ってて」

「う、うん……」

瞳佳《とうか》は夕奈《ゆうな》たちにそう言って、少し離れる。

そして動揺も冷めやらぬまま、電話に出る。

「も、もしもし？」

『もしもし守屋《もりや》だ。今いいか？』

こんな時に聞くには適当とは言い難《がた》い、無愛想《ぶあいそう》な真央《まお》の声。

「な、なに？」

『できるだけ予定を空けといてくれ、って昨日《きのう》言ったよな？　いきなり悪いが、今から時間を作れるか？』

口元を手で覆って、訊《き》き返す瞳佳《とうか》。それに対して返ってきた真央《まお》の言葉は、当然ながら瞳佳《とうか》を安心させるようなものではなく、それどころか瞳佳《とうか》の心の余裕の限界に挑戦するようなものだった。

『清水倫子がいるかもしれない場所に、あたりをつけた』

「え!!」

『ただ、場所からして覚悟がいるかもしれない。……来るか?』

「…………!!」

瞳佳《とうか》はその言葉を聞いて、すぐには答えられなかった。

しばらく絶句したまま、瞳佳《とうか》は少し離れた場所で、うつむき気味に固まって立ち尽くしている夕奈《ゆうな》たちを、戸惑いと共に見つめた。

Ⅲ

「——一番重要な点を話すぞ。《キャビネット》は自然発生する」

昨日《きのう》、テストと称して《ロザリアの柩《ひつぎ》》なるものと引き合わされた後。

息も絶え絶えという有様《ありさま》になった瞳佳《とうか》は、場所を変えて近所の喫茶店に連れて行かれ、そう説明の続きをされた。

「自然発生……⁉」

　霊感持ちとして、それなりに悪い霊にも遭遇してきたことのある瞳佳《とうか》でも、あんな悪霊《あくりょう》の塊のような恐ろしいモノは初めて見た。あれが自然に発生するなどと聞かされて、瞳佳《とうか》は思わず戦慄《せんりつ》した。

「あれが⁉　あんなのがそこらじゅうにあるの？」

「いや、さすがにアレほどのモノは珍しいし、アレが自然にできたのか人為的に作られたのかも分からない。ただ《キャビネット》の自然発生自体はそれなりに起こっている。というよりも幽霊現象の大半は、自然発生した《キャビネット》が原因だ」

　驚く瞳佳《とうか》に、真央《まお》は落ち着き払って言った。

　心霊現象の原因。本来なら驚いたり疑ったりすべき前提の話だったが、それよりもその時の瞳佳《とうか》には、やはりあの《柩《ひつぎ》》は特殊だったということへの安堵《あんど》の方が強くて、聞き流しかけていた。

「そ、そうなんだ。いや……そうだよね……」

「物体や場が、何らかの理由で霊的なエネルギー溜《だ》まりになることで、周囲や関連付けられた霊的な情報を励起《れいき》させる。これが心霊現象の発生だ。というよりも《キャビネット》が自然発生することで心霊現象が起きるというより、本来自然発生する霊的エネルギー溜《だ》まりを人為的に作り出したのが霊媒《れいばい》の《キャビネット》、というのが正確になる」

そう真央《まお》。そして衝撃の冷めやらない瞳佳《とうか》に、つい今しがたまで何杯もコーヒーに砂糖を入れていたスプーンを突きつけて、質問を投げかけた。

「ところで、おまえは幽霊をどんなものだと思ってる？」

「え？」

瞳佳《とうか》はスプーンの先と真央《まお》の目を見て、きょとん、と言った。

「死んだ人の魂……だよね？」

「普通はそう理解してるよな」

当然のように含みのある真央《まお》の返事。瞳佳《とうか》は少し心と呼吸を落ち着けて、聞き返す。

「そうじゃないなら、何？」

「何をもって魂と呼ぶかにもよるが、俺《おれ》は幽霊というのは人間の人格の『情報』だという考えを支持してる」

「情報？」

「そうだ。通常、生きてる間は肉体の中に収まってる人格の情報が、死ぬと同時に生命エネルギーと共に外へと蒸発して、拡散する。それが空間や物体には情報として焼きついてる。この焼きつきがエネルギーを得ると、映画や写真のフィルムのように情報を再生する。これが幽霊やその他の心霊現象という形で俺《おれ》たちの前に現れる」

真央《まお》はそう言って、軽くスプーンを回すようにして、周囲を示して見せる。

「この説では、俺《おれ》たちの住んでるこの世界は、何もないように見えて、実は何重にも死者の人格情報が焼きついてる」

「え……」

思わず瞳佳《とうか》は、周りを見回した。

「死者の『記憶』や『記録』と言ってもいいだろうな。周りの物に、場所に、空間に、それから人間に。見えないだけで、あらゆる物に、何重にも」

瞳佳《とうか》は、喫茶店の壁や、床や、テーブルの表面に幾重にも焼きついている、人影や写真のような何かを想像した。そういう世界観。実感はできないが、想像することはできたし納得できなくもない。

「それらは不可知の霊的なエネルギーを受けることで情報を再生するわけだが、焼きついた情報は様々だ。死の間際《まぎわ》の姿、光景。生前の強い思い出。死ぬまでに強く思ったこと。強烈で詳細に焼き付いた情報なら、人格まで再生するだろう。当然非業《ひごう》の死を遂げたような人間の強烈な怨《うら》みの『記憶』なんかは人間にとって害になる。いわゆる悪霊《あくりょう》だ。

で……そういったものを読み取る能力が『霊感』なんだが、これも何もかも読み取れるわけじゃない。俺《おれ》たちが感知できるのは励起《れいき》されて、再生されているものにすぎない。映画のフィルムそのものを見てもわけが分からなくて、光を当てて映像にすると初めて見えるようになるみたいな感じか？　霊視とか言われるような、もっと上等な『霊感』は、おそらく自分のエネルギーを少しだけ与えて、自分に感知できる程度の再生を引き起こして、それを読み取っているんじゃないかと思う」

瞳佳《とうか》は霊感少女として今まで見てきたものに当てはめて考える。感覚としては特に矛盾《むじゅん》はないが、納得もし難《がた》い感じ。

「もちろん読み取り以上の現象を起こすなら、当然もっと強いエネルギーが必要になる。それを補うのが霊媒《れいばい》の《キャビネット》だ。それで最初の話に戻るわけだが——《キャビネット》は自然発生する。普通、心霊現象と言われるのはこれだ。自然にできた霊的なエネルギー溜《だ》まりによって励起《れいき》された死者の『記憶』が出現、あるいはもっと別の現象が起きる。たとえば幽霊屋敷《やしき》。屋敷《やしき》内の何か、あるいは屋敷《やしき》自体が《キャビネット》化していて、そこに存在する死者の記憶が蘇《よみがえ》って、幽霊となって現れたり屋敷《やしき》内で不可解な現象を起こす。

つまり逆に言うと——心霊現象が起こった時、その場所、物、あるいは縁づきのどこかには高確率で《キャビネット》がある。人間が一人消えるようなヤバい心霊現象なら、なおさら強力な霊力溜《だ》まりが必要になる」

「……言いたいことはわかったよ」

ようやく瞳佳《とうか》は、話の本題が見えた気がした。

「もし、守屋《もりや》くんの言うことが正しいなら……」

「そうだ。《キャビネット》、つまり霊力溜まりがどこかにある。俺《おれ》は経験上、この仮説を元に霊能力者モドキとして仕事をしてる。依頼された話が心霊現象の解決なら、わざわざアレを使って危険な交霊会なんかやらなくても、《キャビネット》を探して可能なら解体すれば事が足りる場合が多い。ミーディアムで当事者でもあるおまえには、できれば気をつけて観察して疑わしいものがあれば早めに見つけて欲しいと思ってる」

「……」

「それが、当面おまえに求める協力だ」

真央《まお》は言う。そしてコーヒーにミルクを注ぐと、ようやく指示棒のように使っていたスプーンを入れて、かき混ぜた。

「でも、それ、わたしに見つけられるの？」

瞳佳《とうか》は尋ねた。

「さあな」

真央《まお》は答えた。

「でも手遅れになる前に何とかしたいなら、早い方がいい」

「…………」

瞳佳《とうか》は、口をつぐむ。

†

……昨日《きのう》、そんな説明を真央《まお》から受けて、気をつけてみようと思った矢先のことだ。

あまりにも急だった。瞳佳《とうか》はこうなってみると無駄になりそうな真央《まお》の言葉を思い出しながら、また路面電車上の人となって、ここ数日はそんなことばかりだが、また百合谷《ゆりだに》市の中の来たことのない地域に降り立った。

真央《まお》の指定した場所に近い駅は、意外にも、夕奈《ゆうな》たちとの待ち合わせ駅にほど近かった。

いや、意外でもないのかもしれない。工業団地と住宅地の境に位置していた元の駅が、夕奈《ゆうな》たちの家の最寄《もより》であったということは、そこは倫子《のりこ》の家の最寄《もより》でもあるのだ。それに近いということは、倫子《のりこ》の居場所としては決して外れてはいないと思われた。

しかし、そこへ向かう夕奈《ゆうな》たちの表情は、強張《こわば》っていた。

真央《まお》からの電話に、夕奈《ゆうな》たちと一緒にいると伝え、夕奈《ゆうな》たちに電話の内容を伝えると、両者から同行して欲しい、同行したいと、一致した希望が出たのだ。そうしてみんなでやって来たのだが、夕奈《ゆうな》たちにあるのは喜びや期待よりも不安だ。どうしてなのか疑問だったが、現場に着いてみると、瞳佳《とうか》も納得せざるを得なかった。

そこは、百合谷《ゆりだに》市の、外れも外れに位置していた。

路面電車のほぼ終着駅。無機質な工場が並んでいる広大な工業団地の、さらにその先。

工業団地が途切れた先に現れる、木々が生い茂った雑木林。瞳佳《とうか》たちがやって来たのはそこを通る車道から、さらに外れて雑木林に踏み込んでゆく、明らかに私道と思われる砂利《じゃり》混じりの小道の入り口だった。


「来たな」


そんな小道の入り口に、真央《まお》が待っていた。

制服姿の真央《まお》。そしてそこには、見たことのない少年が一人、一緒に立っていた。

おそらく瞳佳《とうか》よりも年下、中学生ではないかと思われる少年は、痩《や》せていて、髪を長く伸びるままに伸ばしていた。手入れをしている様子はなく、服装もそこらの量販物を適当に着た風で、これだけは珍しい丸いレンズの眼鏡をかけていて、良く言えば幼く貧相にした学者かミュージシャン、悪く言えば見るからにオタクの引きこもりだった。

「……」

「えーと、この子は？」

瞳佳《とうか》は初対面の人間がいるので、まず真央《まお》に聞いた。

少年は一度、ちらと瞳佳《とうか》たちの方を見たが、そのままますぐに視線を落として、それきり視線が合うことはなかった。挙動不審で、今にも帰りたそうにしている。過度の人見知り。男子では今まで見たことがなかったが、女子ではこういう子は過去に覚えがあった。

「遠藤由加志《えんどうゆかし》。まあ……親戚《しんせき》だな。俺《おれ》のひいじいさんで繋《つな》がるらしい」

真央《まお》は瞳佳《とうか》の質問に、そう彼を紹介した。

「銀鈴《ぎんれい》の中等部二年。不登校だけどな。あとダウジングをやるとかなりの精度がある『ダウザー』だ。単なる探し物なら由加志《ゆかし》がだいたい見つけてくれる。それで『サークル』に協力してもらってる。ネット関係の調べ物も得意だな」

また妙な特殊技能者が出てきた。思わずその由加志《ゆかし》を見る。

「そうなんだ……」

「……」

瞳佳《とうか》に見られた由加志《ゆかし》は、目を合わせないまま、さっ、と顔を背けた。口の中で「いや、その……」といった、聞き取れないような言葉をごにょごにょ言っている。そして、やがて控えめに瞳佳《とうか》を指差して、言った。

「……ていうか、この人、また例のあれ？」

真央《まお》に尋ねる。真央《まお》はそれに対して、肯定の言葉を返す。

「ああ。そいつも《ミーディアム》だ」

「ていうか真央《まお》にいちゃん、いつも女の子連れてくるね」

「《ミーディアム》は巫女《みこ》的性質だから、どうしたって女の割合が圧倒的に多いからな」

「しかも可愛《かわい》い子ばっかり……」

「容姿もそうだ。《ミーディアム》の資質に影響する」

「そうじゃなくてさ……いや、うん……いいや……」

何か諦《あきら》めたように、溜息《ためいき》をつく由加志《ゆかし》。

そのやり取りを聞いて、瞳佳《とうか》はその時、ちょっとだけ「あれっ？」と思った。自分の容姿を褒《ほ》められたのかな？　というのが一割。容姿が霊媒《れいばい》の資質に影響するってどういうこと？　というのが一割。そして残りの八割は、この守屋真央《もりやまお》という人物は、もしかして自分が思っていた偉そうなイカサマ師とはちょっと違う、なんと言えばいいのだろうか、異常に真面目《まじめ》な朴念仁《ぼくねんじん》の類《たぐ》いなのではないかと、そんな疑惑のようなものが頭の中に湧《わ》いたのだ。

「それより由加志《ゆかし》。おまえのダウジングの結果を説明してくれるか」

「あ、ああ……うん……」

そんな瞳佳《とうか》をよそに、真央《まお》が尋ねて、由加志《ゆかし》がうつむく。

「ていうか、おれ聞いてない……不登校の引きこもりをこんな何人もいる前に連れて来ないで欲しいし、話とかさせないで欲しい……」

「悪いな。人数が増えたのは偶然だ」

真央《まお》はにべもない。ちょっと瞳佳《とうか》は可哀相《かわいそう》になる。

「とりあえず、清水倫子《しみずのりこ》を探した由加志《ゆかし》のダウジングが、この奥を感知した」

結局、話し始めたのは真央《まお》だ。真央《まお》は鬱蒼《うっそう》とした雑木林を切り拓《ひら》いて続いてゆく、小型のトラックが何とか一台通れる程度の砂利《じゃり》と泥でできた小道の先を指差して、手に持っていた大判の紙の束を見せて、皆の前に拡《ひろ》げた。

地図だった。

方眼の書かれた地図に、何本も何本も黒と赤と青のペンで無軌道な線が引かれていて、その線の横に「南西?」「西寄り」「不明。異常な軌道」「水路?」などといった解釈と分析の言葉が、神経質なくらい細かく書き込まれていた。

ダウジングなら何とか瞳佳《とうか》でも知っている。たしか地図の上で振り子をぶら下げて、その揺れる動きなどを見て探し物などをする、占いか超能力みたいなものという認識だ。だとすると書き込まれている無数の線は、その振り子の動きの記録だろうと、瞳佳《とうか》にも見当がついた。

しかし振り子の動きを何重にも記録して、その上からさらに何重にも補助線を引いて、細かい注釈を入れているそれは、瞳佳《とうか》のイメージしていた漠然としたものとは全く違っていた。振り子を揺らせてピタリと当てるような超能力的なものではなく、極めて技術的なものに見えたのだ。

瞳佳《とうか》は精査するように真剣に、夕奈《ゆうな》たちは恐る恐る、地図を覗《のぞ》き込《こ》む。

そうしていると、真央《まお》は一番補助線が集中していて、さらに赤で丸が書かれている一ヶ所を指差した。

「ここだ。この道の先にある」

真央《まお》は言った。

「この辺りに反応したそうだ。今からここに行く」

「……」

行方《ゆくえ》不明の倫子《のりこ》の手がかり。だが待ち望んだ手がかりを聞いたのに、地図を見るみんなの表情は蒼白《そうはく》で、どんどん強張《こわば》るばかりだった。この場所は倫子《のりこ》の家からはそれなりに近いが、倫《の》子《こ》が姿を消した現場である学校からは十キロどころではなく離れている。そして普通ならば誰《だれ》も来ないような辺鄙《へんぴ》な場所だ。深くて広い、荒れ果てた雑木林。

この奥に、倫子《のりこ》が？

嫌な予感しかしない。

いや、いい。

場所からして覚悟がいるかもしれない、と電話で真央《まお》が言っていた、その意味。

押し黙るみんなに、それを口にした張本人である真央《まお》が、厳然と無慈悲《むじひ》に声をかける。

「行くぞ」

「……」

真央《まお》は地図を畳み、歩き出した。

そして言う。

「あと、今のうちに覚悟もしとけ。最悪の事態でも取り乱さないように」

「……！」

全員の雰囲気が緊張する。明らかに真央《まお》の言葉は意図とは逆の効果だったが、果たして真央《まお》は気づいているのだろうか。

ともかく、そうしてみんなは、小道を歩き出した。先導する真央《まお》に引きずられるように。ただ雑木林を切り拓《ひら》き、土と砂利《じゃり》がむき出しになっていて、車の轍《わだち》が削れて歩きづらい小道を、みんなは進んで行く。

進みながら、夕奈《ゆうな》たちがひそひそと何事か言い交わしているのが聞こえた。

小声が瞳佳《とうか》の耳に入った。「ここって……」「だよね……」と、そんな言葉。瞳佳《とうか》はみんなを振り返って尋ねた。

「もしかして、ここ、知ってるの？」

「えっ……う、うん……一応、家から近いとこだから……」

瞳佳《とうか》の問いに、夕奈《ゆうな》が必死で歩きながら、ひどく動揺しながら歯切れ悪く答えた。

「そうなんだ、この先って、何があるの？」

「工場か、ガラクタ置き場の跡みたいなの。あと汚い池。子供の頃《ころ》はみんな入り込んで遊んでたんだけど、すぐに危ないから立ち入り禁止になって、それから良くない人たちの溜《た》まり場《ば》になっちゃって、もう誰《だれ》も近寄らない……」

「そう……」

いずれにせよ、ろくな想像にはならないことは分かった。瞳佳《とうか》は表情を曇らせて、言葉少なな歩みを再開する。倫子《のりこ》が見つかるかもしれない。だが行きたくない。怯《おび》えに近い空気で、みんなはひたすら小道を進んでいたが、しかしそうして進んでいるうちに瞳佳《とうか》は、みんなとはまた別の、嫌な気配を感じ始めていた。

「…………!?」

進むごとに、空気の温度が下がってゆく感覚がしたのだ。

空気が重く、暗くなってゆく感覚。

それは他でもない、瞳佳《とうか》の『霊感』が感じる方の、嫌な感じ。腕が、顔が、首筋が、露出して空気に触れている肌の部分が、だんだんと進む先に嫌なものを予感し始めて、ぞぞ、と産毛《うぶげ》が逆立つ感覚が這《は》い上《あ》がってゆく。

「ね、ねえ……」

瞳佳《とうか》は歩きながら、前を行く真央《まお》に、話しかけた。

「これ……」

「ああ。わかってる」

毅然《きぜん》と進む真央《まお》の表情は、厳しい。

瞳佳《とうか》の目には、雑木林を行く見通しの悪い道の先が、ひどく陰って暗く見えていた。進むほどに心臓や他の内臓が、冷たく圧迫されるような気持ち悪い感覚があって、ひどく冷えた空気のようなものが肌に触れて、鳥肌が立つ。

これは良くない。

いわくつきの場所に向かう時に、時々あった感覚だ。

この先は良くない。

そう思いながら、そう感じながら、それが分かっていながら進む真央《まお》に付いて、どんどん小道を進んでゆく。

そして。

ぞ、

とそこにたどり着いた時。

とうとう瞳佳《とうか》は粟立《あわだ》つ肌を抱きしめるのを、抑えきれなくなった。

小道が途切れ、急に雑木林が拓《ひら》けた、そこ。そこは先に夕奈《ゆうな》から聞いた通り、どこかの会社の廃材置き場をさらに廃棄《はいき》したものと思われる場所で、鉄筋混じりの砕いたコンクリートなどがいくつかの山になって積まれていて、危険物を示す看板が錆《さび》に覆われている朽ちかけのトタン小屋が、錆《さび》の臭《にお》いさえ感じそうな佇《たたず》まいで建って――いや、放置されていた。

そして、そこに。

大きな、『池』があった。

灰茶色の濁った水をたたえ、その表面と水際《みずぎわ》に油膜が張った、澱《よど》んだ池。どこからか汚水が流れ込み、廃材からの雨水が混ざって、出口もないまま濃縮されて、得体《えたい》の知れない堆積物《たいせきぶつ》を縁に転がる石にこびりつかせた、汚水溜《だ》まりとしか呼びようのない汚らしい池。


「…………!!」


それが、目に入った瞬間。

瞳佳《とうか》が、みんなが、息を呑《の》んだまま固まった。

そこに、見たのだ。

腐ったような色をした、非現実的なまでに凪《な》いだ水面の真ん中に――――

画面の罅割れたスマートフォンを握った細い腕が、水の中から、奇怪な墓標のように生えているのを――――

みんな現実感のないまま。
言葉もなく見つめた。
そして。
悲鳴。
…………………………
………………………………………

Ⅳ

日曜日は、警察で終わった。
池の死体の第一発見者としてだ。正直、瞳佳《とうか》としては発見の経緯《けいい》を聞かれても、あんな経緯《けいい》をどう話していいのか分からなかったので、真面目《まじめ》に話せと怒られるかもしれないと思いつつ全て正直に話した。

ただ、説明する経緯《けいい》に自分を主体として含めなくていいというのは実は初めての経験で、変な話だが戸惑ってしまった。自分が謝らなければいけない落ち度はないだろうかと、つい考えてしまったくらいだ。

実のところ瞳佳《とうか》は多少警察慣れしている。霊感体質のせいだ。

トラブルに巻き込まれて警察沙汰《ざた》になったことが何度かあるからだ。むしろパニックを起こして泣きじゃくる夕奈《ゆうな》たちをなだめる方が大変で、担当の警官には「君は見た目に似合わず肝《きも》が太いね」などと感想をもらった。

今回の主体は、全て真央《まお》にあった。真央《まお》の呼び出しと、ダウジングと、死体発見。実のところその経緯《けいい》を話していて、これで大丈夫《だいじょうぶ》なのかと思ってしまったくらい、自分の証言した経《けい》緯《い》の中の真央《まお》は怪しかった。途中で証言をやめて、庇《かば》い立《だ》てした方がいいのではないかと、かなり本気で思ったほどだ。

明日《あした》以降、真央《まお》が学校に来なくてもおかしくないとまで思った。

実際、真央《まお》だけは別室に連れて行かれてしまっていた。しかし月曜日になってみると、真央《まお》は普通に登校して来ていて、正直胸を撫《な》で下《お》ろした。自分の証言のせいで真央《まお》が捕まったらどうしようかと、実のところ真剣に思っていたのだ。

ただ、一つ印象に残っていた。

あの時、池から警察に通報し、警官がやって来た時。

その警官のうちの偉い人と思われる人が、真央《まお》に言ったのだ。

「……またお前か」

それは、瞳佳《とうか》が転校して来る前に、何度か心霊がらみで警察沙汰《ざた》になった時、警官からかけられた言葉と同じだったからだ。

†

『また、だね』

そんな、麻耶《まや》からのメッセージで始まった月曜日。

「えー……清水倫子《しみずのりこ》の件で話がある」

やはり池の死体は倫子《のりこ》だったらしい。朝のホームルームで、朝からひどく疲れた様子の先生が清水倫子《しみずのりこ》の死を伝え、そこで瞳佳《とうか》は初めてそれを知った。

警察は何も教えてくれなかったので、瞳佳《とうか》は何も知らない。

ざわめく教室の中、瞳佳《とうか》は思わず夕奈《ゆうな》たちの方を見たが、しかし三人は驚きではなく耐えるような様子だったので、もしかすると家族同士も面識があるらしい友達である夕奈《ゆうな》たちは、先に知らせを受けていたのかもしれなかった。

朝のホームルームはざわめきのまま終わる。しかしそんなクラスメイトのざわつきは、すぐに関心と情報の不足のせいで、憶測《おくそく》の種さえも足りなくなって、ほどなく重大事件にもかかわらず、ほとんどのクラスメイトから話題にされなくなった。

それは倫子《のりこ》という人間の立ち位置を如実《にょじつ》に表していた。大人《おとな》しくて夕奈《ゆうな》たち以外の誰《だれ》とも関わりの薄い、いてもいなくても大して変わりのない人間という立ち位置だ。

「おはよう」

「おはよ……」

瞳佳《とうか》と夕奈《ゆうな》たちは、周囲の目をはばかるように、ホームルーム終了後の教室移動中に、ようやくこっそり朝の挨拶《あいさつ》を交わした。

もともと夕奈《ゆうな》たちには、その小さな仲間うち以外の人と話しているのを周りに見られたくないらしい傾向があったが、完全に人目を避けていた。

少しでも注目されたくないからだろう。まだクラスには、転校生の瞳佳《とうか》に話しかける子は多かった。そして今日《きょう》の先生からの報告。倫子《のりこ》と仲の良い《い》グループだった夕奈《ゆうな》たちは、その立ち位置ゆえにわざわざ直接話しかけてくる人こそいないものの、周りから好奇の視線で遠巻きにされていたのだ。

夕奈《ゆうな》たちは、その周囲からの好奇の視線に、すでにかなり参っていた。

そんな中で、転校生としてまだ話題性が冷めていない瞳佳《とうか》とは、衆人環視《しゅうじんかんし》の中で話したくないと彼女たちが思っていることは、態度で知れた。

瞳佳《とうか》はそれを尊重する。

だから挨拶《あいさつ》も、移動中の廊下で、クラスメイトとして不自然でない程度の距離感を保ったものにとどめた。

気落ちし、周囲の視線を恐れているような態度の、三人。

小さくなった三人。瞳佳《とうか》は何か慰めの言葉をかけたくて仕方がなかったが、それも何重もの意味ではばかられて、ずっと夕奈《ゆうな》たちの後ろを歩きながらも、いつまで経《た》っても言葉にならなかった。

だがその瞳佳《とうか》の苦心は、唐突に別の形で終わることになった。

「ねえねえ、小森《こもり》さーん？」

その時、夕奈《ゆうな》たちの前方から、別の女子の声がかかったのだ。

瞬間、びくっ、と夕奈《ゆうな》たちの空気が固まったのが、背中だけでも分かった。

「……！」

それだけ聞いたならば、ただ夕奈《ゆうな》を呼び止めただけの言葉だった。だが、かけられたその言葉の響きに含まれた強烈な『侮り《あなど》』は、自分に向けられたわけではなく間近にいただけの瞳佳《とうか》にさえ、誤解のしようもなく明確に伝わった。

「返事くらいしてくれてもいいじゃん。無視？　感じ悪くない？」

「……」

続けて向けられた嘲《あざけ》るような調子の言葉に、夕奈《ゆうな》たちの足が完全に止まる。嘲《あざけ》りと忍び笑い。そして怯《おび》え。それらを感じながら、瞳佳《とうか》はそっと振り返る。

「同じ中学の友達じゃん」

「ねー」

「そうそう」

そこには、三人の女子がいて、夕奈《ゆうな》たちを呼び止めていた。

見る限り同じ学年。瞳佳《とうか》は見覚えがなかった。おそらくは別のクラスの女子だ。普通にしていたならば、三人とも特に印象には残らないだろう女子生徒。ごく普通の平凡な容姿もそうだが、今から服装検査をしても何一つとして引っかからないであろう、何の違反も特徴もない服装も、その動作も様子も本当にごく普通だった。

ごく普通の――――笑顔をしていた。

「……‼」

瞳佳《とうか》はぎょっとなった。もしも瞳佳《とうか》が全くの通りすがりとしてこの様子を見たならば、この光景に何の疑問も抱かなかったに違いない。

笑顔は大抵のものは覆い隠すのだ。そう思った。醜悪《しゅうあく》極まる悪意でさえ。

先ほどの言葉を聞かなければ、瞳佳《とうか》も何も気づかなかったはずだ。漫画やドラマには、悪意に満ちた笑顔の描写があるが、あれは表現上の嘘《うそ》か主観の問題に過ぎないのではないかと瞳佳《とうか》は思った。それくらい、今の台詞《せりふ》を放った女の子たちの表情は、どこまでもごく普通の少女の笑顔だった。

「まさか逃げようとしたんじゃないよねー」

「ねー」

くす。

くす。

少女たちが、忍び笑って言う。

夕奈《ゆうな》たちが、だんだんと顔から表情を失《な》くしてゆく。

笑いながら近づいてくる、少女たち。瞳佳《とうか》のことは目に入っていないようだった。少し離れていたせいだろう。それはまさに、夕奈《ゆうな》たちが望んでいた通り。

「まあいいけどさあ」

「…………」

瞳佳《とうか》の見ている前で、少女のうちの先頭の一人が、うつむく夕奈《ゆうな》の顔を、嬲《なぶ》るようにして覗《のぞ》き込《こ》んだ。身動きしない夕奈《ゆうな》。少女は冗談っぽい笑顔でひとしきり続けた後、「やだ。そんな顔することないじゃん」とけらけら笑って身を離す。

「あ、そうだ、そんなことよりさ」

そして少女は、言う。

「汚水はいないの？」

「！」

部外者である瞳佳《とうか》には分からない内容の言葉。しかしそれを聞いた瞬間に、表情を殺していた夕奈《ゆうな》たちの顔が、一斉に強張《こわば》ったのが垣間《かいま》見えた。

そして少女たちも、その反応を見て、思わず、といった様子で顔を見合わせた。それから少女たちは、直後、とても楽しそうな笑顔になって、目を輝かせて夕奈《ゆうな》たちに目を戻し、はしゃぐような調子で言った。

「え、マジで？　ほんとに死んだんだ！」

瞬間、瞳佳《とうか》も思い至った。

汚水、が何を指すか。それを、清水《しみず》という倫子《のりこ》の苗字《みょうじ》と共に。

「‼」

「ほんとに？　ほんとに死んだの？　ヤバい。ウケる」

きゃあきゃあと楽しそうに騒ぐ少女たち。瞳佳《とうか》は衝撃を受けて絶句する。夕奈《ゆうな》たちはうつむいたまま何も言わない。

もうすでに、夕奈《ゆうな》たちと少女たちとの関係は部外者の瞳佳《とうか》から見ても明らかだった。

明るい笑顔が、夕奈《ゆうな》たちを無慈悲《むじひ》に押し潰《つぶ》していた。

はしゃぐ声が刺していた。

居たたまれない時間。そして瞳佳《とうか》がその衝撃から我に返って、怒りとともに何か言ってやるべきかと思って足を踏み出しかけた時、少女の一人がこんなことを言い出して、またしても瞳《とう》佳《か》は言葉を失った。

「ねえねえ。まさか汚水、ウチらが回してやった『友情リレー』とか気にして、死んだんじゃないよね？」

「!?」

それは、耳を疑うような台詞《せりふ》だった。

特に考えずに曖昧《あいまい》にしていた部分が、この瞬間、最も悪意のある形で繋《つな》がった。

友達の少ない気弱な倫子《のりこ》に、誰《だれ》が『友情リレー』を回したのか。何となく似たような立ち位置の友達から回ってきたのではないか、程度に思っていたのだが、こうして判明してみるとこれ以上なく納得だった。悪い意味で納得してしまった。

「あいつに四人も友達いないと思って、面白いからパスしてやったんだけど。もしそうだったらめっちゃ笑えるよね」

少女たちは言った。そして笑った。

「じゃあ自殺？」

「それ最高」

「友達がいなくなるんじゃなくて、自分がいなくなってんの」

「でも、それって同じことじゃね？」

「あ、そうか。あはははは。すごいウケる。あはははは」

響く笑い声。

夕奈《ゆうな》たちは何も言わず、俯《うつむ》いてただ震えていた。

瞳佳《とうか》は、その頃《ころ》にはもう完全に立ち直っていた。

そして怒りに満ちていた。最初は遠慮、そして次には衝撃で、ずっと黙って彼女たちの言うことを聞いていたが、もう限界だった。彼女たちの口にする言葉は、瞳佳《とうか》にしてみれば人間の言うこととは思えなかった。

瞳佳《とうか》は、進み出た。

つかつかと。内心とは全く別の笑顔を顔に張り付けて。

そして、

「夕奈《ゆうな》ちゃん、愛梨花《ありか》ちゃん、千璃《せんり》ちゃん、おはよっ！」

瞳佳《とうか》が選んだやり方は、こうだった。

ことさらに明るく声をかけると、瞳佳《とうか》は背後から夕奈《ゆうな》たち三人の肩を、ぽん、ぽん、ぽん、と順番に叩《たた》いた。

「⁉」

その場の一同が一瞬にして呆気《あっけ》に取られた。

目の前の少女たちも、夕奈《ゆうな》たちも。その間隙《かんげき》を襲うようにして、瞳佳《とうか》はこの場から、三人をさらう。

「なにしてるの？　早く行こうよ」

「え……柳《やなぎ》さ……」

戸惑う様子の夕奈《ゆうな》。瞳佳《とうか》はそこで、初めて少女たちの方を見る。

「あ、友達？　邪魔しちゃった？」

「え」

瞳佳《とうか》に真《ま》っ直《す》ぐに見られて、少女たちは視線を外した。

「あ、いや……」

「そう？　ごめんねー」

そう笑顔を残して、瞳佳《とうか》は三人を引っ張ってゆく。

とにかく何よりも、あの子たちの前から夕奈《ゆうな》たちを引き離すのが先決だと思ったのだ。

夕奈《ゆうな》の手を引き、つかつかと先導して、この場を離れる。離れてすぐ、瞳佳《とうか》の仮面には限界がきて、彼女らから見えなくなったかもと思う頃《ころ》には、瞳佳《とうか》の顔からは、もう作った笑顔は消えていた。

「…………」

「えっと……柳《やなぎ》さん……？」

おずおずと、戸惑い気味に夕奈《ゆうな》が話しかけてきた。

瞳佳《とうか》はしばらく答えず、振り向きもせずにただ歩いて、できるだけ人のいない場所に三人を連れ込んだ。

そこでようやく、瞳佳《とうか》は振り返る。

そして、すっかり萎縮している様子の三人に向けて、決然とした表情で、言った。

「あのね、わたしは、みんなのこと、ちゃんと友達だと思ってるからね」

「……」

ぽかん、とした三つの表情が、瞳佳《とうか》を見た。

「ものすごく短かったけど、倫子《のりこ》ちゃんのこともだよ。きっかけはあんなだったし、こんなことになっちゃったけど、そのぶんだけ、他の友達よりたくさん倫子《のりこ》ちゃんのことを考えたと思う。みんなのこともだよ」

「……！」

瞳佳《とうか》は言った。本心だった。三人が息を呑《の》んだ。

「だから、あの子たちが誰《だれ》か知らないけど、あんなこと言われるのは許せない」

ぎゅ、と眉根《まゆね》を寄せて、拳《こぶし》を握った。

「あんなのに負けないで」

「…………」

瞳佳《とうか》はみんなをじっと見つめる。

「よければ、あの人たちのこと、教えて？」

言葉を重ねる。

「倫子《のりこ》ちゃんに――みんなに何をしたのか、話して？」

「…………」

瞳佳《とうか》の前の、三人の視線と、沈黙。しかしそれが、やがてだんだんとすすり泣きに変わるまで、それほどの時間はかからなかった。

五章　始まりは終わりの中

五章　始まりは終わりの中

I

雑木林の廃物置き場に持ち込まれた発電機とポンプが、騒音を立てながら、池に溜《た》まった汚水をばしゃばしゃと抜いてゆく。

池の中に閉じ込められていた悪臭が、うっすらと雑木林じゅうに広がっている。油じみた汚水の池は、かさを減らして今やその大半が油じみたヘドロの池となり、その中を何人かの警察官が膝下《ひざした》まで沈みながら歩き回って、網や火バサミやゴミ袋などを手にして、汚泥《おでい》をかき分けて中を探っている。

汚泥《おでい》の中にあるのはほとんどがゴミだ。主に空き缶が目立つゴミが、泥の中から次々と掘り出され、池のほとりに積み上げられている。

警察の捜査だった。

この池に沈んでいたのが見つかった、一人の少女の死体について、その死に関する手がかりがないかを探すために、まだ湿気《しっけ》た残暑が辛《つら》い中、このうんざりするような作業が行われているのだ。

報告や確認のための声かけが飛び交う中、作業は延々と続けられている。

ほぼ成果らしいものが上がらないまま、時間がただ進んでいた。

だが、

「お……？」

そのうちに、不意に笊《ざる》で泥をさらっていた警官の一人が、空き缶ではない物の手応《てごた》えを泥の中に感じて、ゴム手袋をした手で足元の泥を掘った。摑《つか》んだ物を泥の上に置き、さらに泥を探ると、泥の中から次々と、同じ物が掘り出された。

そして、ひとしきり掘り出し、泥の上に並んだそれらを見て。

警官は、つぶやいた。

「…………どういうことだ、こりゃあ？」

ものの数分のうちに、泥の中から五、六個が掘り出され、並べられた物。

それは、一つならまだしも、こんな場所の池の中から複数個が固まって出てくるのは明らかに不自然な――――どれもが似た趣味をしたカバーがついたままになっている、若い女性のものと思われるスマートフォン。

…………

†

その日、夕奈《ゆうな》たち三人が、教室に戻って来ることはなかった。

「逃げるのは負けたことにならないよ。逃げる力が残ってるってことだから」

瞳佳《とうか》はあの後、泣き出した三人を、そんなどこかで聞いたような台詞《せりふ》で言い聞かせながらスクールカウンセラー室に連れて行き、カウンセラーである空子《そらこ》に預けた。

それで良かったのかは正直なところ確信できていなかったが、少なくともそれ以上の伝手《つて》は知らなかったし、思い浮かばなかった。担任や教科担任には連絡がいったようで、三人が授業に現れなかったことについては、特に問題にはされなかった。

クラスメイトも、倫子《のりこ》と親しかった三人がいなくなったことについては概《おおむ》ねそれぞれ納得のゆく想像をしていたし、そこまで強いて気にするほどの関心も彼女らに対して持ってはいなかった。

真央《まお》には、休み時間中に隙《すき》をみて簡単に話した。

「そうか」

瞳佳《とうか》の説明を聞いて、どこか遠くを睨《にら》むような目をした真央《まお》は、そのあと昼休みの終わり頃《ごろ》になってから「放課後にスクールカウンセラー室で今後の方針を話し合うことになった」と伝えてきた。

そして──────


「えっと、来たよ」

「来たか」


そう広くもないスクールカウンセラー室。

昨日《きのう》のことについて聞きたいと、担任の先生に呼び出された瞳佳《とうか》が、少し遅れて部屋にやって来た時には、真央《まお》と本来の部屋の主である空子《そらこ》、それから芙美《ふみ》と那琴《なこと》と、さらにはまた呼び出されたらしい由加志《ゆかし》までもがいて、部屋はすっかり満員御礼《おんれい》状態になっていた。

部屋はカウンセリングにガイドラインでもあるのか、それとも単に空子《そらこ》の趣味なのか、前に行った空子《そらこ》のクリニックに雰囲気がよく似ている。正方形をしたモダンで小振りなテーブルが真ん中に置かれていて、部屋の隅にベッドとカーテン。それからデスクワーク用の机と背の高い戸棚。壁にささやかな祭壇《さいだん》が作りつけられているところまで、例のクリニックの雰囲気を引き継いでそのままスケールダウンさせたような印象だ。

「わ」

だが、部屋の様子に瞳佳《とうか》は驚く。

人数だけなら、夕奈《ゆうな》たち三人を連れて来た時とそれほど変わらないはずだったが、しかし混雑具合が明らかに違って見えた。

隅に人数分のバッグなどが集積され、椅子は足りない上に、そもそも隅に追いやられて机についている空子《そらこ》しかまともに椅子に座っていない。真ん中のテーブルに、昨日《きのう》見た地図や他のプリントアウトがいくつも広げられていて、真央《まお》と芙美《ふみ》と由加志《ゆかし》がそれを囲んで顔を突き合わせていて、那琴《なこと》がベッドを椅子代わりにして座っている。

みんな、それぞれ多かれ少なかれ、難しいか、曇った表情をしている。

曇った表情の筆頭は、空子《そらこ》。そして難しい表情の筆頭は、いつもとあまり変わらないとも言えるが、真央《まお》。ただ由加志《ゆかし》だけは曇った顔の理由が違うようで、「おれ不登校なのに、よりによって学校に呼びつけないで欲しいんだけど……」と、端々で真央《まお》に向けて抗議とも愚痴ともつかない文句を言っている。なのに律儀《りちぎ》に来ているのは何故《なぜ》だろうと不思議に思ったが、彼が時々那琴《なこと》の方をちらちらと見ているのに気がついて、ちょっとだけ腑《ふ》に落ちた。

「あ、そうだ」

ともかく、瞳佳《とうか》はそれだけ見て取ったところで、自分のバッグを開けた。

「あの、ごめん……借りてた時計、止まっちゃったんだけど……」

恐る恐る出して、真央《まお》に差し出す。真央《まお》から借りた、護符が組み込まれているという腕時計だった。昨日《きのう》の夜に寮の部屋に帰って、止まっていることに気づいた。

二百二十万円。

気づいた時には血の気が引いた。

押しつけられたようなものなので、そうなったら断固抵抗するつもりだが、弁償しろと言われたらどうしようと内心でびくびくしている。だが、それを見た真央《まお》は二百二十万円を無造作《むぞうさ》に受け取ると、目の前にぶら下げて、止まった文字盤を眺め、そしてやはり無造作《むぞうさ》にテーブルに置いて言った。

「止まってるな。仕事したか」

その言葉の意味が分からなかった。

「……仕事って？」

「昨日《きのう》の廃物置き場だな。ちょうどそこにいたあたりの時間で止まってる」

「！」

二百二十万円の時計が止まったことに動揺して、時間など見ていなかった。見てみると確かにその通りだ。

「精密機械は心霊現象の影響で狂いやすい。研究者は磁場の影響じゃないかとか何とか言ってるが、実際のとこはどうだかな」

真央《まお》は言う。

「とにかく、あそこでは精密機械が止まる『何か』があったんだろう。それでお前があの場で人事不省《じんじふせい》にもならず、帰った後も何もなく、悪夢も見なかったなら、この護符がちゃんと仕事したということだ。だから安心しろ。こいつは機械そのものも、だいぶ心霊現象に強い。普通のデジカメが一発で原因不明の故障で再起不能になるような所でも、こいつは電池を入れ替えるとかしたらだいたい直る」

「そうなんだ……」

瞳佳《とうか》は胸を撫《な》で下《お》ろした。そして、確かにあの場所には明らかに強く『嫌な感じ』がしていたことと、今までの経験上、そういった場所に行った時にはそれなりの確率で何がしか不調があったことを思い出した。

とはいえ、不調どころではないことがあったのだが。

ありありと思い出す、スマートフォンを握った、あの腕。

沈んだ倫子《のりこ》の死体の、腕。水面から腕を生やした、あの灰色の澱《よど》み。

「……ねえ、あの『池』って、何だったの？」

「さあな」

瞳佳《とうか》は訊《き》く。真央《まお》の答えはにべもない。

「ただ、基本的に水は霊的エネルギーを溜《た》めたり通したりする作用があるらしい。風水なんかをはじめとして昔からそう言われているし、事実、水辺の心霊スポットは腐るほどある」

真央《まお》はテーブルに広げられた例の地図の『池』があった場所を指でなぞる。

「ところで、これが何か判《わか》るか？」

「え？」

言われて、瞳佳《とうか》は地図を見た。

皺《しわ》の寄った地図の上。真央《まお》の指差すのは、赤い丸がつけられた部分。

瞳佳《とうか》の行ったあの『池』のある場所だが、廃物置き場もろとも把握されていないのか、地図には何も書かれていない。ただ、そこに向けて地図の上方から地形に沿って複数の青い線が集まるように引かれていて、そのうちの一本を真央《まお》の指は指している。

「何の線？」

「水路────というよりドブだな」

真央《まお》は答えた。

「ドブ？」

「生活排水を川に垂れ流す、昔ながらの側溝《そっこう》だ。この辺りは辺鄙《へんぴ》で、下水道が未整備の場所がある。そんな場所は生活排水も昔のやり方のまま側溝《そっこう》に流してしまうんだが、調べてみたらその排水があの池に溜《た》まっていた。どうも本当は川に流れるはずの排水路があの辺りのどこかで詰まって、いつの間にかあの汚水の池を形成したらしい。地図にないはずだ」

そう言って真央《まお》は、指差した線を上流へ遡《さかのぼ》ってなぞってゆく。

「そしてその『昔のやり方』を採用しているのは、この学校の一部も含まれる」

線をなぞった指は、やがて見覚えのある場所にたどり着く。

それを目で追って、やがて瞳佳《とうか》は、軽く息を呑《の》む。

「例えば、北棟のトイレの洗面台の排水とかな」

「……！」

地図には、『銀鈴学院高等学校《ぎんれい》』の文字。

その記載された敷地《しきち》の端に、青い線が到達していた。

「さっきも言った通り、水路は霊的エネルギーの通り道になり得る。北棟とあの『池』とは一応地理的なつながりがあったわけだ」

真央《まお》は地図から指を離し、その指を口元にやる。

「多分、あの『池』そのものか、あの廃物置き場のどこかか、そうでなければあそこにある何かが《キャビネット》なんだろう。確かめようにも、もうあそこは遺体発見現場だ。ほとぼりが冷めるまでは確認のしようもない」

そしてそう言ったところで入り口の戸が急にノックされ、また部屋の中に人が増えた。

「悪い、遅れた」

戸を開けて入って来たのは、文鷹《ふみたか》だった。大柄な文鷹《ふみたか》が入ってきたことで、部屋がまた狭くなる。それから雰囲気が少しだけ重くなったような気がした。意外にも文鷹《ふみたか》が原因だった。普段見る文鷹《ふみたか》は、どちらかというと軽い調子で笑っている姿ばかりだったが、いま入ってきた文《ふみ》鷹《たか》は表情が厳しく、普段との落差という点では難しい表情の筆頭を真央《まお》から奪っていた。

「聞き込みしてきた」

「助かる」

「付属中学出身の女子の何人かから聞き込んできたけどな、やっぱりいじめがあったのは、間違いないっぽい」

そう言った文鷹《ふみたか》の顔には、明らかな『嫌悪《けんお》』が浮かんでいた。

文鷹《ふみたか》の厳しい顔の理由を、その時には瞳佳《とうか》も理解した。どうやらそういうものが嫌いらしい文鷹《ふみたか》は、今まさに自分の口にしている内容が不快で仕方がないという表情で、聞いてきた話をみんなに向けて話した。

「清水倫子《しみずのりこ》が『汚水』ってあだ名で呼ばれてたのは、ほとんど周知だったよ。現役でいじめてる三人は、田辺《たなべ》、石原《いしはら》、安藤《あんどう》、って名前らしい」

「そうか」

真央《まお》は頷《うなず》いた。

「それから小学校の同級生だったって子がいて、その子が一番詳しくて教えてくれた。小学校の頃《ころ》にクラスの女子がこっそり学校に持って来た高価な物を清水《しみず》さんがうっかり落として壊して、先生にもバレて、それがきっかけでいじめが始まったんだそうだ。それからは奴隷《どれい》みたいな扱いで、中学生の時に清水《しみず》って苗字《みょうじ》が綺麗《きれい》すぎて気に入らないとか難癖つけて、無理やり汚水を飲ませたそうだ。それからあだ名が、『汚水』になったって。胸糞悪《むなくそわる》い話だよ」

憤懣《ふんまん》やるかたなし、といった風に言う文鷹《ふみたか》。その内容は、瞳佳《とうか》がスクールカウンセラー室でみんなから聞いた話とほぼ一致していたが、より客観的で詳細だった。

聞いている部屋のみんなの雰囲気もだんだん変わってきた。

主に痛ましさと怒り。文鷹《ふみたか》はそこにさらに付け加える。

「あと、同情してる風なことを言ってたけど、その子も多分いじめに参加してる。オレの勘が正しければ」

「………」

聞くだに地獄のような話だ。

この中では一番直情径行《けいこう》の芙美《ふみ》が、眉《まゆ》を吊《つ》り上《あ》げて、早々に怒りの声を上げた。

「あー、全員引っ叩《ばた》きたい！　苛々《いらいら》する！　やってる方も！　甘んじてる方も！　全員！」

芙美《ふみ》の怒りは激しく分かりやすく、さらに全方位に向かっていた。不登校の由加志《ゆかし》がその怒りを横に聞きながら、落ち込んだ声で言った。

「おれ、それ全然他人事《ひとごと》じゃない……聞いてて凹《へこ》む……」

黙って聞いていた空子《そらこ》が、胸元の十字架に手を当てて、痛ましげに言う。

「死んだ子がいじめられてたって話は、小森《こもり》さんたちが話してくれたけど——でも詳しい内容までは話さなかった。思ってたよりも長期間だし酷《ひど》いわね」

目を閉じて、溜息《ためいき》。

「せめて、その子の魂が安らかであることを……」

「反対」

その途端、ベッドに座っていた那琴《なこと》が、細い手を上げた。

「断固復讐《ふくしゅう》。自分の魂を地獄に落としても復讐《ふくしゅう》するべき」

人形にも似た小作りな顔で、無表情に言う那琴《なこと》。空子《そらこ》がそれを少し悲しそうに見る。

「霧江《きりえ》さん……それは、ずっとずっと苦しむ道よ？」

「知ってる。聞き飽きた。あの死んだ子は私と同じ。神様だか運命だかに押し付けられた試練に負けて折れた人間」

口数の少ない印象だった那琴《なこと》が、これに関しては、はっきりと言う。

「神様はそんな人間の魂は救わない。だったら来世の救済を引き換えにして、現世の復讐《ふくしゅう》を遂げるべき。弱者は『魔女』になるしかない。あの子は運がいい。ここに、確実に魂を引き換えできる『地獄』を持ってる人がいる」

「あー、はいはい」

芙美《ふみ》が面倒くさそうに、那琴《なこと》を中に入れたままベッドのカーテンを閉めた。那琴《なこと》の姿が見えなくなる。閉じ込められた那琴《なこと》はそのまま黙って何も言わなくなる。

「それを決めるのはあの子らでしょ。まあ、あたしも『アレ』はお奨《すす》めしないけどね。確かに確実ではあるんだけど」

カーテンを閉め終えて、ぱんぱんと手を払って言う芙美《ふみ》。

空子《そらこ》も言う。

「気持ちはね、とても解《わか》るの。でもあれは、本当に『地獄』みたいなものよ。神様を信じてる私の言葉は胡散臭《うさんくさ》く聞こえるかもしれないけど、安易に……ううん、安易じゃなくても使うべきじゃない。あれは死んだ人と頼んだ人、両方の魂の安息に、取り返しのつかない傷をつけるものだわ」

その『地獄』とやらに、瞳佳《とうか》は心当たりがあった。あの《ロザリアの柩《ひつぎ》》。瞳佳《とうか》は思わず真《ま》央《お》を見たが、瞳佳《とうか》の視線の先で、真央《まお》は無関心な仏頂面《ぶっちょうづら》をしていた。

瞳佳《とうか》は訊《き》いた。

「……ね、ねえ、あの『箱』、使う話になってるの？」

あれは駄目だろう、と瞳佳《とうか》は思わざるを得ない。自分で見て経験したからこそ、言える。いくら倫子《のりこ》が死んだとはいえ、そしていじめがあったとはいえ、あんな呪《のろ》いの道具としか思えないものを使うのは、子供の喧嘩《けんか》に核爆弾を持ち込むような、恐ろしさと危機感とを感じざるを得なかった。

だが真央《まお》は、こともなげに答えた。

「そう望まれればな」

「な、何で？　今まで使わなかったじゃない。危ないって分かってるんでしょ？」

「今までは必要のない相談だったからな。というか本当ならもう依頼は終わってるんだ。清水倫子を見つけたからな。それで依頼は完了のはずなんだ」

「あっ……」

はっ、となった。言われて気がついた。確かにその通りだ。夕奈《ゆうな》たちの相談内容は「倫子《のりこ》を探して欲しい」というもので、確かに倫子《のりこ》は見つかった。ただ嫌な言い方だが、死体になっていたというだけだ。

「い、言われてみれば……」

「もう俺《おれ》の仕事は終わってる。清水倫子《しみずのりこ》が生きていれば、全部そこで終わった話のはずだったんだよ。これは」

そう真央《まお》。

「残念ながら死んでいたから、こうしてその先のことを調べて話し合う羽目になってる。学校内で人が死ぬような『何か』があった。次があるかもしれない。その懸念《けねん》は可能なら解明して取り除く必要があるだろう。そしてそれとは別に、もし『死んだ清水倫子《しみずのりこ》と話がしたい。いじめた奴《やつ》らを恨んで死んだかどうかを知りたい』と、改めて金を持ってきて依頼されたら、俺《おれ》は躊躇《ためら》いなく《柩《ひつぎ》》を出すだろう。そもそも『交霊術』というのはそういうものだ。しかもあれは、そういうのにとても向いている」

真央《まお》はそして、瞳佳《とうか》に向き直って、一つ問いかけた。

「おまえ、今回の依頼人の一人だよな」

「う、うん……一応……」

「聞いておく。もういちど清水倫子と話をしたいか？」

「……!!」

あの《柩《ひつぎ》》を見ていたがゆえの、決して動かないだろうと思っていた、怖《おそ》れと躊躇《ためら》いと拒否感が、その問い一つで完全に揺らいだ。

「最後に一言、言葉を交わしたいか？　死の真相を本人に聞きたいか？　最後に心残りがないか聞きたいか？」

強く瞳佳《とうか》の目を見て、問いかける真央《まお》。

「きっかけのチェーンメールはいじめ目的で回された。それを恨んで死んだかどうか聞きたいか？　もし復讐《ふくしゅう》できるなら、それを望むかどうか、最後に尋ねたいか？」

「うう……」

「それができるのが交霊術だ」

真央《まお》は言う。

「そのために交霊術は生み出されたからだ。そして、それを仕事としている以上、依頼されれば俺《おれ》は道具と技術を提供する。あの《ロザリアの柩《ひつぎ》》という《キャビネット》は、霊力電池としては極めつけに強力だ。そこにあるだけで、周囲の心霊を見境なく励起《れいき》する。あれを使って『交霊会』を開いて、きちんと誘導すれば、数日以内に異状死した死者の霊となれば、ほぼ確実に喚《よ》び出せるだろう。

ただしあれは言ってみれば極小の地獄だ。霊的放射性物質と言ってもいい。もし喚《よ》び出した死者が恨みや無念をもっていれば、反応して、より強力な励起《れいき》が起こる。危険な心霊現象が起こって怪我人《けがにん》や、最悪死人が出る確率が高い。

しかも、あの《柩《ひつぎ》》には、意思がある。そういうものを、呼んで、増幅して、喰《く》う。死んだ清水倫子《しみずのりこ》が恨みを持って死んでいれば、お前が思うように危険がある。さらに『交霊会』の参加者が死者や他の参加者に対して何かの悪感情を持っていたりしても、それが増幅されて、交霊の結果をさらに危険なものにする。

交霊術は、言ってみれば死者の霊を喚《よ》び出す高度な『こっくりさん』みたいなものだ。ただの『こっくりさん』にも危険な側面があるように、交霊術にはもっと高度で致命的な危険がある。そのリスクを全部呑《の》み込《こ》んで、それでも清水倫子《しみずのりこ》の霊を喚《よ》び出したいか？　最後の言葉を聞きたいか？　あるいは犠牲を承知で、恨みを晴らさせてやりたいか？」

そう言って真央《まお》は、瞳佳《とうか》の答えを待つ。瞳佳《とうか》は、激しく逡巡《しゅんじゅん》する。

「…………！」

ほんの一日。倫子《のりこ》は、たった一日の友達だった。

言ってしまえばそれだけの関係。しかしそれであっても、顔を合わせ言葉を交わした友達の非業《ひごう》の死の、その真相と思いを知れるかもしれない、そして最後にもういちど言葉を交わせるかもしれないという誘惑は、強烈だった。

ほとんど話すことができなかった友達。しかし一度は彼女のために真剣に考えたことがある友達。助けられなかった友達。だからこそ、ほとんど話ができる機会がなかったことに、悔いが残る友達。

だが――

「………それを頼む資格があるのは……わたしじゃないと思う」

瞳佳《とうか》はようやく、そう結論を口にした。

「だから、わたしは頼まない。でも、もういちど倫子《のりこ》ちゃんと話したいか、話したくないかで言ったら…………話したい」

「そうか」

真央《まお》は頷《うなず》く。

「まさにその思いが、誘惑が、交霊術を生んで、《キャビネット》を生んだ」

「……」

「だから俺《おれ》は、交霊術師として、それを願われたら断ることはできない」

真央《まお》は言う。瞳佳《とうか》はうつむく。

いちど関わり合いになって、死なれただけの瞳佳《とうか》でさえ、こうなのだ。これが親友であったり、家族だったりすれば、どれだけ狂おしく望むだろう？　そしてそれほどまでに狂おしく望まれた時。自分にその手段があるとしたら、果たして断ることができるのだろうか？

「宗教者やスピリチュアリストなら、神霊世界に由来する何らかの倫理や規範があって、依頼人の意識や目的によっては、依頼を断ったり諭したりすることもあるだろう」

「……」

「だが俺《おれ》は宗教者でもスピリチュアリストでもない。ただ純粋に、交霊術の道具とノウハウを持っている、ただそれだけの機械みたいなものだ。しかも旧《ふる》い規範ではなく科学と合理主義の中で生まれた、近代交霊術の結晶である道具と技術の後継だ。だから俺《おれ》にとっては、ただ依頼人の『死んだ人間と対話したい』という願いと、引き換えに支払われる金だけが、あの《枢《ひつぎ》》

を使う理由の全てだ。

近代心霊主義の世界では、守護霊である《コントロール》に対して、その言葉を仲介する霊《れい》媒《ばい》のことを《インストルメント》と呼ぶ。《支配霊》に対する《道具》の意味だ。霊媒《れいばい》は霊の意志を反映する道具に過ぎない。俺《おれ》は霊媒《れいばい》としての才能はない。だがそれでも、《道具《インストルメント》》ではあろうと思っている」

そう、真央《まお》は言い切った。

「…………」

瞳佳《とうか》には、もうそれに対する言葉がなかった。

ようやく瞳佳《とうか》は、この守屋真央《もりやまお》という人間について少しだけ理解の一端に触れた気がした。

守屋真央《もりやまお》は詐欺師《さぎし》ではなかった。それどころか誠実で真摯《しんし》な部類だろう。ただ彼は、明らかに合理と非合理のはざまに立っていて、そしてその両方に対して過剰に真摯《しんし》であるために、話す言葉に理解不能の二面性が混じるのだ。

規範を持たないという、自分に課している規範。

心霊という非合理を取り扱う基準にしている、金銭という合理。

死者と言葉を交わしたいという理解できる願いを叶《かな》えるための、理解不能の道具と手段。

彼は普通、理解されない。そして、理解するつもりのない、あるいは理解の必要がない人間だけが、二面性を神秘のベールで覆ってくれる『占い師』という、こうして見ると実に有効な建前だけを見て、無責任に彼を持《も》て囃《はや》す。

彼を理解することは、困難だ。むしろ理解するべきではない。

彼はどちら側にも立っていて、それゆえどちら側にも立っていない。そもそも、何がこのような人格を生んだのか、全く分からない。矛と盾の間にいながら、そのどちらにも真摯《しんし》であろうとしている歪《ゆが》んだ真摯《しんし》さを持っている。

真央《まお》は――――死者に、縛られている。

だが、

「あの三人にも伝えておいてくれ」

「……えっと、何て？」

瞳佳《とうか》は、ふと思った。

「もういちど、清水倫子《しみずのりこ》と話したいか？　と。ただし危険があると」

「……うん……わかった」

そう答えながら、心の中で、思っていた。せめて――――理解不能ではあっても、その真摯《しんし》さくらいは、信じてもいいのではないかと。尊重してもいいのではないかと。

なぜなら。

その在り方は、少しだけ。

ほんの少しだけ、瞳佳《とうか》自身に似ていた。

Ⅱ

夜、百合谷《ゆりだに》市の警察署。

夕奈《ゆうな》は、愛梨花《ありか》と千璃《せんり》の二人と、それぞれの付き添いの親と共に、顔を合わせた。

スクールカウンセラーの空子《そらこ》がはからいをして、学校を早退していた三人。夕方も遅い時間になって、警察に呼ばれたのだ。

夕奈《ゆうな》たちに確認して欲しいことがあるのだという。

いま夕奈《ゆうな》たちにとって、警察は、倫子《のりこ》の死という事実と直結している。

だから付き添いの親と一緒に集まったみんなは、どことなく青い顔をしていた。倫子《のりこ》の両親も来ていた。会釈《えしゃく》するが、話はしない。

そんな一同は揃《そろ》ったところで、部屋に案内された。

そして係員が、小型の段ボール箱に入った物を持って来た。

箱から机に並べられてゆく、ビニール袋に入れられた、何か。最初は何かと思っていた夕奈《ゆうな》たちだったが、それが五個を超えて、十個に達しようとした辺りで、三人ともがそれが何であるかに気がついて、思わず息を呑《の》んだ。

「あっ……」

「これ……」

「……！」

それぞれ一つずつビニール袋に入れられたそれは、汚れたスマートフォンだった。汚れ、変色し、溝や隙間《すきま》に泥が詰まって、液晶画面に水が入った痕があって完全に壊れていると思われる、カバーがかかったままのスマートフォン。

「倫子《のりこ》さんが見つかった池の中から出てきまして」

立ち会いの、中年の警察官が言う。

「心当たりがないかと思って、ご足労いただいた次第で」

その問いに、夕奈《ゆうな》たちは顔を見合わせて、そしてしばし間を置いた後で、夕奈《ゆうな》が言った。

「これ……倫子《のりこ》のです」

見覚えがあった。

「倫子のスマホです…………全部」

驚きの声が上がった。声を上げたのは、あろうことか倫子《のりこ》の両親だった。

「えっ」

「なんだと?」

完全に初耳といった様子の驚きと、それから警察官を問い詰める倫子《のりこ》の両親の声。それを背に聞きながら、夕奈《ゆうな》は並べられたスマートフォンの残骸《ざんがい》を、愛梨花《ありか》と千璃《せんり》と共に、強張《こわば》った表情で見つめていた。

†

清水倫子《しみずのりこ》という少女が、家にも学校にも居場所がない少女であることは、唯一の友達関係である夕奈《ゆうな》たちは、よく知っていた。

家は開業医で裕福だ。だが、両親ともに倫子《のりこ》に関心がない。両親にとってトップレベルの大学に進学した優秀な兄の方は自慢の息子《むすこ》だが、兄ほどには優秀でない倫子《のりこ》は、いてもいなくてもいい存在なのだった。

運が悪く、間が悪く、運動神経も悪い倫子《のりこ》は、学校でもお荷物だ。一緒に何かをすると確実に足を引っ張られるので誰《だれ》もが忌避《きひ》する。強烈な人見知りで引っ込み思案なので、友達関係を作るのも難しい。元々の性格のせいでこうなっているのか、それともお荷物であることがその性格を形作ったのかは判《わか》らないが、ともかく倫子《のりこ》は誰《だれ》にも必要とされていないと本人は思っていたし、友達である夕奈《ゆうな》たちから見ても、残念ながらそれを否定してあげられるだけの材料がなかった。

彼女はいい子だ。いい子なのだ。だがとにかく人から嫌われる。

失敗する。足を引っ張る。迷惑をかける。そしてそれが許されるだけの、愛嬌《あいきょう》も社交性も持ち合わせていない。

夕奈《ゆうな》たちのように極度に自己評価が低い人間でないと、彼女のことは理解できないし、許容できない。付属中学から高校に上がり、一応環境が変わったばかりの現在、彼女を積極的にいじめる人間として残ったのは例の三人くらいのものだったが、過去にいじめる側に加わった人間や、それを当然のこととして許容した人間など、いつ何かのきっかけでいじめを再開してもおかしくない潜在的な人間は、相当な数にのぼっていたはずだった。

池の底から出て来た、いくつものスマートフォン。

それは、そんな潜在的で消極的な悪意の充満を背景に、あの三人がエスカレートさせた、いじめの結果だった。

瞳佳《とうか》にも、真央《まお》にも、それから警察にも言わなかったが、あの廃物置き場は、まさに倫子《のりこ》のいじめが最もえげつなく頻繁《ひんぱん》に行われた現場だった。だから、倫子《のりこ》がいるかもしれない場所が分かったとの真央《まお》からの連絡を受けて向かった先が、そこだと気づいた時、夕奈《ゆうな》は比喩《ひゆ》ではなく本当に鳥肌が立った。

小学生の頃《ころ》から知られていた、子供の秘密の遊び場。

大人《おとな》の目の届かない、だから何をやっても判らない場所。

あの廃材置き場に倫子《のりこ》が呼び出され、どこにも助けを求められない状態にされてからいじめられるのが、小学生の頃《ころ》からの倫子《のりこ》の常だった。最初はクラスの女子がほとんど参加。そこから人が増えたり減ったり入れ替わったりしながら、小学校卒業まで。少しずつ人が減り、最初の主犯もいなくなり、しかし陰湿さや悪質さは濃縮するように上がってゆく。そして、最終的にあの三人に主犯の座が移った頃《ころ》、倫子《のりこ》は「倫子《のりこ》のくせに清水《しみず》なんて苗字《みょうじ》はキレイすぎる」と責められて、あの池の水を飲むように強制され、飲んで、あだ名が『汚水』になった。

そして、その三人が始めた遊び。

あの池に倫子のスマートフォンを投げ込む遊び。

中学生の頃《ころ》に、そんな『遊び』をあの三人が始めたことを、夕奈《ゆうな》たちは知っていた。最初は防水でないスマートフォンを手洗い場で水をかけたり、トイレに捨てたりといういじめ。やがてそれがエスカレートして、池に投げ込んで倫子《のりこ》に取りに行かせ、見つからなくてそれきりになること数度を経て、俯《うつむ》いて取りに行くこともしなくなった倫子《のりこ》を無理やり行かせることにも飽きて、後はただ興が乗ったり気に障《さわ》った時にスマートフォンを取り上げて、池に投げ込むという惰性のイベントになった。

それが、あれだ。

どれくらいの数、池に投げ込まれたのか把握していなかったが、確かに思い返すとあれくらいにはなるだろう。いじめられていると親に訴えても怒られるだけなので、不注意で失《な》くしたと親には言って、そのたびに罵倒《ばとう》されながらも無造作《むぞうさ》に買い直しのお金が出てきた。そしてまた捨てられる。倫子《のりこ》の家が裕福だったのが、良かったのか悪かったのか、こうなるともう夕奈《ゆうな》にはよく判《わか》らない。

倫子《のりこ》は、周囲から何年も何年もかけて、一人の権利も意思もある人間であるという事実を削り取られてきた。

倫子《のりこ》には何をしてもいい。そんな認識が、十年近くかけて作り上げられてきた。

あのたくさんのスマートフォンは、倫子《のりこ》のいじめの歴史、そのものだ。

少なくとも夕奈《ゆうな》は、並べられたあれを見て、そう解釈した。

「…………」

夕奈《ゆうな》は、警察署の待合室のソファーの上で、自分のスマートフォンを見ていた。

蜘蛛《くも》の巣《す》のように画面に罅《ひび》が入ったスマートフォン。これは倫子《のりこ》のスマートフォンと全く同じ罅《ひび》だったが、あれも実は倫子《のりこ》の不注意で割ったのではない。あの三人がわざと床に落として割ったのだ。

倫子《のりこ》のスマートフォン。

池で見つかった倫子《のりこ》の死体が、最期《さいご》に摑《つか》んでいたスマートフォン。

そして、その罅割《ひびわ》れがコピーでもされたかのように割れた自分のスマートフォン。最初はただ怖かった。気味が悪かった。だが、あの池から引き上げられたいくつものスマートフォンを見せられて、あの池で死体が見つかったことも踏まえて、改めて倫子《のりこ》の死と向き合うと、このコピーされた罅《ひび》も、あの夜に倫子《のりこ》が現れたことも、もしかすると何か倫子《のりこ》が自分たちに伝えたいことがあるのではないかと、そんな風に思い始めていた。

何か言いたいことがあるの？

何かして欲しいことがあるの？

自問するように問いかけた。心の中の、倫子《のりこ》へ向けて。

見つめて問いかける。倫子《のりこ》と繋《つな》がっている気がする、倫子《のりこ》のものと同じ罅《ひび》の入った自分のスマートフォンに向けて。倫子《のりこ》の意思が秘められている気がする罅《ひび》を見つめて、夕奈《ゆうな》は心の中で問いかける。

夕奈《ゆうな》は知っている。倫子《のりこ》がどれだけ友達思いだったかを。

いじめられている倫子《のりこ》が、そのいじめについて友達である夕奈《ゆうな》たちに、どれだけ気を遣っていたかを。

倫子《のりこ》は人と話すなど、日常のあらゆる面で夕奈《ゆうな》の後ろに隠れ、頼って、依存していた。だがしかし、ただ一つ、いじめのことだけは、決して夕奈《ゆうな》に頼らなかった。

倫子《のりこ》は、自分が原因で自分がいじめられていることを自覚していた。

自覚して、それを、誰《だれ》のせいにもしなかった。

誰《だれ》のせいにもせず、ただ一人で耐えていた。誰《だれ》にも助けを求めなかった。むしろそれを申し訳ないとさえ思っていたようで、自分が原因のいじめが夕奈《ゆうな》たちに飛び火して迷惑をかけることを、恐れていたようだった。

助けを求めても、夕奈《ゆうな》たちは無力だということを知っていたというのもあるだろう。

それでも友達でありながら、ただいじめを傍観し続けた夕奈《ゆうな》たちを、倫子《のりこ》は当たり前のこととして許し、むしろ決して夕奈《ゆうな》たちにいじめの矛先が向かないように積極的に無抵抗のサンドバッグとして振る舞っていた。

何度か夕奈《ゆうな》たちに波及しかけた経験から、知っている。防波堤として、囮《おとり》として、必死に引き受けていた倫子《のりこ》を。友達思いの倫子《のりこ》を。

誰《だれ》にも頼れなかった倫子《のりこ》。

親も、ひいては大人《おとな》も、そして友達も頼りにできなかった倫子《のりこ》。

倫子《のりこ》の占い好き、おまじない好きは、ずっと思っていたが、多分それくらいしか倫子《のりこ》が頼れるものがなかったからだ。周りの人間はもちろん、自分でさえ頼りにならない倫子《のりこ》は、もうオカルトくらいしか縋《すが》れるものがなかったのだ。

倫子《のりこ》。

可哀想《かわいそう》な倫子《のりこ》。

もし何かを最後に伝えたかったのなら、知りたい。

最後にできることがあるなら、そうしてあげたい。

夕奈《ゆうな》は自分のスマートフォンの画面の罅《ひび》を見つめながら、倫子《のりこ》のことを思って、そんな風に願った。そんな風に願いながら、スマートフォンを握る手に、ぎゅっ、と半ば無意識に、強く力を入れた。

その時だった。

ぽっ、と手の中のスマートフォンの画面が、不意に灯《とも》った。

そして一瞬遅れて、ぶぅーん、とマナーモードの振動が一度だけ手のひらを震わせた。メッセージだった。罅割《ひびわ》れて見づらくなった画面に、それが表示される。

「っ!!」

それを一読して、夕奈《ゆうな》は鳥肌が立った。メッセージは知らないＩＤから来ていた。だがそのＩＤの主は、夕奈《ゆうな》もよく知る人間だった。

『汚水のスマホからこっそり連絡先抜いてたんだけど、合ってる〜?』

メッセージは、そうあった。

そして、衝撃を受ける夕奈《ゆうな》の手の中に、間をおかずに再度、メッセージは着信した。

『汚水が死んじゃったらストレス解消のおもちゃがいなくなるから、わたしら困ってるんだよね～。だからあんたたちで代わりしてくれない？　友達なんでしょ？　友達の尻拭《しりぬぐ》いくらいはしてくれるよね？　まあ断っても無駄だけどね』

文面からさえありありと伝わる、その侮《あなど》り。そしてその侮《あなど》りが、決して夕奈《ゆうな》たちにとって間違いではないという、非情にして厳然とした事実。

『明日《あした》からよろしくね～』

それは、あの三人に間違いなかった。

このメッセージを送って来たのが三人のうちの誰《だれ》なのかは判《わか》らないが、間違いなく共謀《きょうぼう》しているはずなので、誰《だれ》であるにせよ同じことだった。

「…………‼」

読んでいて心臓をつかまれた。そのあまりにも無造作《むぞうさ》で、軽く、酷《ひど》い悪意に。その文面は倫《のり》子《こ》を完全に人間と思っていなかった。そして倫子《のりこ》の友達である夕奈《ゆうな》たちも、当然のように同じく人間とは思っていなかった。

いじめていると自覚していて、何とも思っていない。

死んだことさえ、何とも思っていない。

小学校の頃《ころ》から、何年も何年も、延々と濃縮された悪意の体現。何人もの人間が参加して離れて、その果てに残った三人の、あまりにも彼女たちにとって当たり前になってしまった、非人間的な人間関係。

それが当事者を失って。

しかし消えずに、夕奈《ゆうな》たちに向けられた。

きっかけも想像がついた。カースト底辺にいる人間の、敏感な感覚。

きっとあの時に目をつけられたのだ。学校の廊下で話しかけられ、倫子《のりこ》の死を嗤《わら》われたあの時。瞳佳《とうか》に庇《かば》われて、場を逃れたが、それがきっかけに違いなかった。逆らうことなど許されない存在であった倫子《のりこ》の友達という、底辺の人間に逆らわれたと彼女たちに認識されて、その癇《かん》に障《さわ》ったのだ。

それでターゲットになった。

多分、いつかそうなるのは時間の問題であったにせよ。

「…………‼」

スマートフォンを持った手が震えた。顔から血の気が引いた。

顔を上げると、隣に座っていた愛梨花《ありか》と千璃《せんり》も、蒼白《そうはく》な顔をして、自分のスマートフォンを凝視していた。

画面には、同じメッセージが表示されていた。

一斉に送信したに違いなかった。二人が顔を上げた。目が合った。

「や、やだ……どうしよう……」

千璃《せんり》が絶望の表情でつぶやいた。そしてそんな千璃《せんり》にも、言葉もない愛梨花《ありか》にも、同じ当事者の夕奈《ゆうな》は、何も慰めになるようなことは言いようがなかった。

Ⅲ

「ほんとに、いいの？」

「……うん」

翌朝、瞳佳《とうか》のした意思確認に、はっきりと夕奈《ゆうな》は頷《うなず》いた。

その後ろで同じく頷《うなず》く、愛梨花《ありか》と千璃《せんり》。夕奈《ゆうな》と千璃《せんり》とは違い、愛梨花《ありか》の方にはいくらか迷いがあるように見えたが、瞳佳《とうか》が念を押して確認しても、撤回することはしなかった。

「危険だよ？　死んだ人を呼び出すんだから」

「うん」

夕奈《ゆうな》は、再度頷《うなず》く。

「それでも、倫子《のりこ》と話をしたい。何か私たちに伝えたいなら知りたいし、もし倫子《のりこ》が復讐《ふくしゅう》したいなら——私、させてあげたい」

「そう……」

瞳佳《とうか》は、仕方なさそうに頷《うなず》いた。

†

その日の放課後。

つい先日も礼拝を行《おこ》なったばかりの、併設の礼拝堂を擁し、職員室にもカウンセラー室にも祭壇《さいだん》があるような学校の中とはとても思えない種類の準備が、学校の一角で、今まさに粛々《しゅくしゅく》と進められていた。

例のサークルの名前で複数の教室が借り上げられ、片隅の小校舎の入り口には『サークル使用中』の張り紙。そして外部から荷物が搬入され、搬入してきた二人の成人の男女が、その搬入物である大量のビロードの暗幕で教室の内側を覆い、外の光が入らないようにした得体《えたい》の知れない空間をセッティングしている。

部屋の中央には、黒くて丈の長いビロードのクロスがかけられた、正方形のテーブル。

その周りを囲んで、艶《つや》やかに黒く塗られた木製の椅子が、五つ並べられる。

テーブルにカードか水晶玉でも置けば、そのまま占い師の小屋だ。

さもなくば怪しい黒魔術の儀式の場。しかもそれを設営している男女は、こう言っては何だが、見るからにまともな人間ではなかった。


……男女は二人とも、ゴシック風の盛装に身を包んでいた。

どちらも見るからにスタイルが良く、目を見張るような美形だった。古い絵画から抜け出して来たように、その服装が違和感のない二人だったが、しかしだからこそ、こうして現実に存在しているのを見ると単なる仮装以上に異様さが際立《きわだ》った。


「初めまして。私は結城《ゆうき》ナギと申します。こちらは妹」

「結城《ゆうき》ミオと申します」

二人は瞳佳《とうか》と顔を合わせた時に、仮面のような笑顔と機械のような慇懃《いんぎん》な礼で、そのように自己紹介した。

「えっ、あ……は、初めまして……」

「私どもは真央《まお》さまの交霊会のスタイリストをしております。私はヘアスタイリスト。妹の方は服飾です。よろしくお見知り置きをお願い致します」

「あ、はい……」

思わず異様さに気圧《けお》されて、通り一遍の返答しかできなかった瞳佳《とうか》。そんな瞳佳《とうか》に対してナギと名乗ったその男は笑みを深くして、さらに続けてこう言った。

「そして――私どもは、『棺《ひつぎ》かつぎ』として、真央《まお》さまにお仕えしております」

「ひ、棺《ひつぎ》……？　かつぎ……？」

混乱。

そうしたところで真央《まお》が、いかにもうんざりした様子で口を挟んだ。

「そいつらの言うことを真《ま》に受けるな。一応大道具のスタッフだ」

「え？　そ……そうなんだ？」

「あと、兄妹《きようだい》そろって少し頭がおかしいだけだ」

「…………」

そんな真央《まお》の悪態にも、瞳佳《とうか》のさらなる困惑にも、二人は気にした様子はなく、笑みを張り付けた顔で一礼して離れると、そのまま教室の設営を開始した。

「……」

そうして今。進んでゆく設営を、瞳佳《とうか》はどことなく複雑な表情で、眺めていた。

しばしどうすればいいかも判《わか》らず、何を言っていいのかも判《わか》らず、ただ作業を眺めた後、作業を監督している真央《まお》に、意を決して尋ねた。

「ねえ……キリスト教系の学校で、こういうの、いいの？」

明らかに宗教的に見て不謹慎《ふきんしん》なものだ。そしてこれは見かけだけではない。

さらに言えば、普通の学校でさえ『コックリさん』が禁止される場合があるのに、これはそれをさらに本格的にした『交霊術』だ。

「本当にミッション系なら、問題になることもあるだろうな」

あっさりと、真央《まお》は答えた。

「やっぱり……？　大丈夫《だいじょうぶ》なの？」

「大丈夫《だいじょうぶ》だ」

だが真央《まお》は、同時に請け負う。

「ちゃんと許可も取った」

「許可おりるんだ……」

「実はな、この学校は表面的にはプロテスタント系なんだが、厳密にはちょっと違う。銀鈴《ぎんれい》学院高校の創立者はアメリカ出身のディー夫人とかいう人なんだが、キリスト教徒には間違いないんだが、実際には心霊主義者だったらしい。俺《おれ》のやる『交霊会』は、この学校の創立理念からすると実は全く問題視されない」

「ええ……!?」

言われて。思わず周囲を見回した。

ミッション系の高校であるという、その厳格な印象ばかりで見ていた学校の景色《けしき》。それが違うと言われた、戸惑い。

「し、心霊主義……？」

「別にそれ自体はおかしいものじゃない。心霊主義は、死後の魂の存続、死後の世界、輪廻転《りんねてん》生《しょう》とかを信じる立場のことだ。聖書にだって幽霊は出るしな。ただ心霊主義者というと、その中でも霊媒《れいばい》なんかを通じて死者と交流する試みを支持する者を言う。ただ少なくとも中世のカトリックの考えでは、占いや霊媒《れいばい》は、悪魔に通じるものとして、忌避《きひ》の対象だ」

どちらかというと、瞳佳《とうか》が『キリスト教系』という言葉に対して抱いていた印象はそっち寄りだった。わけが分からない。

そうして瞳佳《とうか》が、少し考え込んでいると。

「……それよりも、お前、よかったのか？」

真央《まお》が不意に、そう尋ねた。

「え……何が？」

「交霊会に《霊媒《ミーディアム》》として参加する件。危険があるのは分かってるんだろ？　こっちとしては助かるが、何で会って数日の相手に対してそこまで体を張るんだ？」

「あ……うん……」

真央《まお》は言う。

その問いに、瞳佳《とうか》は曖昧《あいまい》な表情をして、人差し指で頰《ほお》を掻《か》く。

瞳佳《とうか》は昨日《きのう》のうちに意思確認をされて、もしみんなが『交霊会』をするなら、霊媒《れいばい》として参加すると承諾した。その理由を問われたわけだが、これまでにされたこともない、答えたこともない質問なので、いざ言葉にしようとすると、少し迷った。

「えーと、必要なんだよね？　だったら、やらないと」

真央《まお》の眉《まゆ》が、わずかに寄った。

「……必須じゃない。確実性に雲泥《うんでい》の差《さ》が出るだけだ」

「それは必要って言ってもいいと思うよ」

不可解そうな真央《まお》に、瞳佳《とうか》は微笑《ほほえ》んでみせる。

「わたし、決めてるの。霊感で人の役に立つことがあったら何でもやろう、って」

「なんでだ？」

「わたし、この『人を巻き込む霊感』のせいで、たくさんの人に迷惑かけてきてるから、そうしないと釣り合いが取れないと思ってて。だから今ちょっとだけ、夕奈《ゆうな》ちゃんたちの役に立てるのが、嬉《うれ》しい自分がいる」

「……」

真央《まお》の表情は納得とは程遠かった。

「それでも当事者というには遠い気がするけどな」

「そうかも」

「ただのお人好《ひとよ》しにしたって、お前もその目で見ただろう、あの《柩《ひつぎ》》の危険とは釣り合うのか？　身内や深い友達ならともかく、心にも体にも、最悪、命の危険もあるかもしれないのに、やるのか？」

「……」

そこまで言われて、瞳佳《とうか》は困った笑いを浮かべる。

そして、その表情のまま、少しだけ迷って。それから今までは隠していたことを、その迷いの後、口にした。

「……人が死んだから」

「は？」

「わたしの『巻き込む霊感』で、人が死んだから」

「……」

真央《まお》の目が、厳しく細められた。

「だから――」

瞳佳《とうか》は困ったような笑いのまま、真央《まお》を見た。

だからせめてもの罪滅ぼしに、できるだけこんな時には、人を助けないといけない。

瞳佳《とうか》は――死者に縛られていた。

Ⅳ

クラスが違うので、授業のある間には、あの三人と出くわすことはなかった。

ただ、近くをすれ違う程度のニアミスはあって、視線を感じた。明らかに夕奈《ゆうな》たちに狙いを定めている視線。くすくすと楽しそうに、侮《あなど》り笑う悪意の笑い。

そして、

「……いるね」

授業が終わり、放課後。夕奈《ゆうな》たちは教室近くの廊下の窓から、あの三人の姿を見た。三人は窓から見える正面玄関、下駄箱《げたばこ》が並んでいる場所の前に、談笑しながら陣取り、通る帰りの生徒たちに時々目を配っていた。

それが夕奈《ゆうな》たちを待ち構えているのは、当の夕奈《ゆうな》たちの目から見れば明らかだった。間違いなくあの三人は、帰宅する夕奈《ゆうな》たちをあの場所で待ち構えて捕まえ、そのまま待ち合わせた友達同士が一緒に帰る体を装《よそお》って、どこか人目のつかない所へと連れて行くとか、そんな腹積もりでいるに違いなかった。

そして事実、下駄箱《げたばこ》を見張られているので、普通に帰るつもりならば、見つからずに帰るのはほぼ不可能だ。今日《きょう》も何もなければ、今頃《いまごろ》は捕まっているか、下駄箱《げたばこ》の近くで立ち往生していたに違いない。倫子《のりこ》はもちろん、実際のところ夕奈《ゆうな》たちのような人間にとっては、学校は極小の地獄だ。人間関係の構築が苦痛な人間を、その人間関係もろともに小さな箱の中に入れれば、それは自動的に苦痛を発生させる箱に他ならない。乱暴に言ってしまうと、それは地獄と言って差し支えないのだ。

夕奈《ゆうな》たちの視線の先で、あの三人が、地獄の門番のように帰り道を塞《ふさ》いでいる。

今はまだ用事があるので帰る必要はないが、帰る時にはどうしようか、すでに今から暗澹《あんたん》たる気持ちだ。

用事の間に、諦《あきら》めて帰ってくれるといいのだが。

でもそうなると、次の日にはかきたてられた悪意をさらに溜《た》めて、事態を悪化させて待ち構えてくるに違いないのだ。


「あ、ここにいた」

「………」

そんな暗い雰囲気で廊下の窓際《まどぎわ》にいた夕奈《ゆうな》たちに、待ち人からの声がかかった。

瞳佳《とうか》だ。連絡役として呼びに来てくれることになっていた瞳佳《とうか》の声を聞いて、夕奈《ゆうな》たちは窓から振り返った。

「柳《やなぎ》さん……」

「お待たせ。もうすぐ準備できるから、呼んで来てって」

笑顔を見せて、瞳佳《とうか》はそう言う。ただ、その笑顔がどことなく作ったもののように見えるのは、夕奈《ゆうな》の気のせいばかりとは言えないだろう。

これから──真央《まお》による『交霊会』が行われるのだ。

悲惨な謎《なぞ》の死を遂げた倫子《のりこ》の霊を呼び出す。突然断ち切られた倫子《のりこ》と、最後の言葉を交わすために。

これが真央《まお》の本職だという。そう、瞳佳《とうか》を介して教えられた。

これは秘密だと。他の人に話してはいけないと。真央《まお》にお金を払って『占い』を依頼した人からの情報がほとんど出てこない理由が、意図しなかった形で、初めて判《わか》った。

「じゃあ、行こう」

「……うん」

そして瞳佳《とうか》の先導で、夕奈《ゆうな》たちは向かった。

向かう先は『北棟』だった。倫子《のりこ》が消え、死んだ、全てのきっかけの場所。

全ての悲劇の始まりといえる、あの女子トイレと壁一つで隣り合った小教室が、倫子《のりこ》を呼ぶための場所として真央《まお》が決めた会場だった。夕奈《ゆうな》たちが瞳佳《とうか》を先導したあの時とは逆に、瞳佳《とうか》に先導された夕奈《ゆうな》たちが、北棟に向かって歩く。

そして北棟に続く、渡り廊下へ。

北棟の入り口へ。入り口の、金属製の重いドアには『サークル使用中』のプレートが、マグネットで貼《は》り付けられて掲げられていた。

ぎい、とそのドアを開けて中へ。あの廊下が姿を現わす。

あの時、暗闇《くらやみ》と不安と恐怖の満ちていたあの廊下が。ただ、ここに現われた廊下は手が加えられていて、あの時とは様相が変わっていた。

「――来たな」

真央《まお》が、そこに待っていた。
廊下は、窓の全てに黒いカーテンがかけられ、雰囲気の違う黒の通路。そこに学校の制服ではなくヴィクトリア朝時代の物語の登場人物のような揃《そろ》いのベストとズボンを身につけた真央《まお》が、大時代な真鍮《しんちゅう》のカンテラを片手に提げて待っていた。
入り口のドアを開けたことで発生した風で、窓を覆って延々と並ぶ黒のカーテンが、吹き抜けるように奥へと順に揺れてゆく。その中に一人立った真央《まお》は、服装だけでなく髪も普段とは違って整えられていて、いつもはボサボサの髪にほぼ隠れていて茫洋《ぼうよう》とした印象しかなかった目が、射るような鋭さで夕奈《ゆうな》たちに向けられていた。

「……!!」

その猛禽《もうきん》が佇《たたず》むような雰囲気に、息を呑《の》む。
思わず先に立つ瞳佳《とうか》を見たが、瞳佳《とうか》もこの格好は見ていなかったのか、ほとんど夕奈《ゆうな》たちと同じように言葉を失っていた。
そんな一同を前に、真央《まお》はしばし、無言。

そしてその後、カンテラを提げていない方の手を、すっ、と上げて、真横を指差す。

「ここだ」

そうして、そう言って手を下ろすと、夕奈《ゆうな》たちから視線を外し、真央《まお》はそのまま横手へ歩き出す。そうして今しがた自分が指差した、今は戸が開け放たれて、代わりにここにも長いカーテンがかけられた教室の入り口に入って、消える。

「……」

「い、行こっか」

しばし言葉もなく固まったみんなに、瞳佳《とうか》が声をかける。

その声に、はっ、と我に返って動き出した夕奈《ゆうな》たちは、みんなを気にしながら先に行く瞳佳《とうか》に続いて、廊下を進み、カーテンをくぐって小教室の中に足を踏み入れた。

そこは、廊下よりも念入りに、窓はおろか壁までもがビロードの暗幕に覆われた部屋。

中央に、やはり黒いビロードのクロスが足元まで長くかけられた、正方形のテーブル。

テーブルの周囲に、黒く塗られた五つの椅子。

その傍《そば》で待つ、カンテラを提げた真央《まお》。

黒く、狭く、暗幕に覆われて空気が澱《よど》み、圧迫感さえ感じる部屋だった。

しかし————入った瞬間に、なぜだろうか鳥肌が、立った。放課後、夕刻とはいえ残暑の強く残る、冷房のつけられていない小教室。本来なら熱気が蒸し蒸ししているだろう、空気が滞留するくらい黒い暗幕に厚く囲まれた空間が、何故《なぜ》なのか底冷えがするほどの冷気に満たされていたのだ。

「…………！」

全員が、言葉もなく立ち尽くした。

うだる残暑から、図らずも逃れることができたはずの冷気。しかしこの冷え冷えとした空気はひどく怖気《おぞけ》をかきたてられる種類の不快な冷気だった。

その悪寒《おかん》に立ち尽くしていると、背後の入り口から巫女《みこ》姿の芙美《ふみ》と、魔女姿の那琴《なこと》が入って来て、夕奈《ゆうな》たちの退路を塞《ふさ》いだ。何故《なぜ》だかそう感じてしまった。二人はそれぞれ、榊《さかき》の枝が浸された水桶《みずおけ》と、額縁に似た鏡を抱えていて、そのままカーテンの裏に隠されてしまっている入り口の戸を閉めて、さらに同じく隠れてしまっている壁のスイッチをばちんと下ろして、部屋の明かりを落としてしまった。

「っ！」

瞬間、目の前が見えなくなるほどの暗闇《くらやみ》が落ちて、不安に心臓が鷲掴《わしづか》みにされた。

思わず悲鳴を上げそうになる。その悲鳴が上がるか押し殺すかの瀬戸際《せとぎわ》で、かちん、と音がして、蛍光灯の代わりにカンテラの明かりが灯《とも》された。

カンテラの光は血のように赤い赤色灯で、部屋は暗室のように赤暗く照らし出される。それでも一応は明かりが点《つ》いたことで、悲鳴もパニックも辛《かろ》うじて抑えられたが、しかしカンテラの赤く鈍い光はじりじりと煎《い》るような不安感を伴っていて、肌から心臓、そして心の中までもが不安で炙《あぶ》り照らされているかのような、そんな不気味な感覚がした。

「さて————四人とも、携帯をテーブルに置いて、席についてくれ」

そんな中、真央《まお》の声が、錯覚だろうか、有無を言わさぬ響きで聞こえた。

のろのろと四人が従い、クロスの下はガラスらしいテーブルにスマートフォンを置いて、全員が椅子に座った。五つの椅子に四人。しかし一つ空いた瞳佳《とうか》の隣の椅子に真央《まお》は座らず、空席にしたまま、みんなが座っている周りを、ゆっくりと巡るように歩き始めた。

「それでは始めよう」

そして言う。

言いながら歩く。

「これから始めるのは————清水倫子《しみずのりこ》の霊をここに呼び出す『交霊会』だ」

こつ、こつ、という真央《まお》のゆっくりとした足音が、言葉と共に、暗い部屋の中に響き、周囲を巡る。

「今、ここには霊を呼び出すための特別な道具と設備が持ち込まれている」

こつ、こつ、と。

「そして、清水倫子《しみずのりこ》の霊を呼び出すために俺《おれ》が組み上げた手順をここにいる全員で実行し、この柳瞳佳《やなぎとうか》を霊媒《れいばい》にして仲介させ、清水倫子《しみずのりこ》の霊との対話を試みる」

きい、きい、というカンテラの金具の立てる微《かす》かな音が、その足音に伴って、暗い中で椅子に座る自分たちの周囲をゆっくりと巡る。それに従って、カンテラに収まった光源が、揺れながら移動し、赤い光とそれが作る五つの椅子の影が幻燈《げんとう》のように暗幕で囲まれた部屋の中を揺らぎながら廻《まわ》る。

赤い光と黒い影の中で、真央《まお》の声が朗々と響く。

幻燈《げんとう》、あるいは陰鬱《いんうつ》で奇怪な万華鏡《まんげきょう》の中に閉じ込められたかのようで、意識がどこかに運ばれて行きそうだ。

「手順を説明する」

真央《まお》は言って、部屋の隅で控えていた魔女から鏡を受け取り、無人の五つ目の椅子の上に立てかけて置いた。

「お前たちには、これから、この鏡の存在を意識したまま目を閉じて、お前たちの人数と同じだけの数をゆっくりと数えてもらう」

「……！」

それを聞いた途端、全員の空気が緊張した。みんな、何だかそのやり方に、少しどころではなく覚えがあったからだ。

「気づいたか？　お前たちのやった『おまじない』と、同じことを、ここでしてもらう。鏡を見ながら数を数えるというやり方は、最初聞いた時からおまじないというよりも、明らかに降霊術の技法だとは思っていた。深夜に合わせ鏡をすると、何番目に映る顔が自分の死んだ時の顔になるとか、深夜に水を張って覗《のぞ》き込《こ》むと未来の結婚相手の顔が映るといった、その種のまじないや占いと根が同じだ。死霊《しりよう》を喚《よ》び出して未来を聞く『死霊占い《しりよう》』のやり方だ。さらにこの未来の結婚相手を映す占いは、かつて遊郭《ゆうかく》の遊女が身請けを願いながら、密《ひそ》かにやっていたまじないにまで遡《さかのぼ》れるらしい。だいたい『数を数える』というのも、古来から呪文の一種だった。だからここでも、お前たちに数えてもらう。清水倫子《しみずのりこ》が姿を消し、死んだ、それと縁の深い方法で。ゆっくりと、お前たちの人数と同じだけ、数えろ」

「……」

「ただし、数えるのは『四』じゃない、『五』だ」

「！」

「清水倫子《しみずのりこ》のぶんを数えろ。ここには清水倫子《しみずのりこ》がいる」

「…………!!」

「そして数え終わったら、鏡を見るんだ。お前たちの意識はこの儀式によって誘導されて、霊《れい》媒《ばい》として置いた柳瞳佳《やなぎとうか》を介してそこに現れるだろう」

真央《まお》は言う。

「では」

そして、命じる。

「目を閉じろ」

言葉に従って目を閉じる。緊張が高まる。

微《かす》かに赤い光が透けて見える瞼《まぶた》の裏の暗闇《くらやみ》の中、みんなの顔は見えないが、緊張の面持ちを確かに肌に感じる。緊張と戸惑いが広がっている。そんな中で、真央《まお》が歩み巡っていた足を止めて、躊躇《ためら》いを許さず、容赦《ようしや》なく、最後の背中を押す。


「では――数えろ」

「……い……いーち……」

それは、潜めて、押し殺し、かすかに震えた、不揃《ふぞろ》いな声だった。

ひどく不揃《ふぞろ》いな声は、暗い空間に、不安に響いて、消えていった。


「に、にーい」

二つ目の声は、最初よりも揃《そろ》っていた。

不安に囚《とら》われつつあった四人の声が、少しだけ纏《まと》まった。

「さーん」

三つ目の声は、揃《そろ》った。閉鎖空間に、揃《そろ》った声が響いた。

自分たちの声が暗闇《くらやみ》を一杯にする。自分たちの声を耳で聞き肌に感じながら、暗がりに椅子に鎮座しているはずの鏡を、じっと意識する。

「しーぃ」

四つ目。自分たちの声が、自分たちの意思が、一体になる。

円を描くように並んでいる、自分たちの声。

そして――――

「ご……」

ぞく、

と、その瞬間に、気づいた。

誰《だれ》もが気づいた。数えた数の、五つ目に自分の声が乗り、そして数え終わるよりも前の、ほんの刹那《せつな》の間に。

明らかに一人、気配が増えたことに。

意識を向けていた、鏡を立てかけた椅子。その空っぽだった空間に、明らかに今までは存在しなかった気配がいることに。

「…………………………!!」

瞼《まぶた》の暗闇《くらやみ》に、沈黙が落ちた。

恐ろしく張り詰めた、沈黙が落ちた。

息をしただけで破裂してしまいそうな沈黙の中、ふと、足元から漂い上がるような悪臭が鼻の粘膜に触れた。記憶にある臭《にお》いだった。それはあの『池』に溜《た》まっていた、汚水と汚泥《おでい》の悪臭に間違いなかった。

「…………!!」

沈黙。誰《だれ》も、一言も発しなかった。

誰《だれ》も目を開けていない。何故《なぜ》だかそれが分かった。

自分が目を開けられないように、誰《だれ》もが目を開けられないのが分かった。

ただ、目を閉じた暗闇《くらやみ》の中で、身を固く縮こまらせて、空っぽの椅子に座っている気配を全身の肌で重くはっきりと感じていた。


そこに、い、い、いる。


気配を感じる。存在を感じる。

みんなの気配もだ。空っぽの椅子の上の気配に意識を向けている、みんなの気配も。

暗闇《くらやみ》と緊張の中で鋭敏になった感覚が、手に取るように伝えてくる、みんなの気配、みんなの躊躇《ためら》い、みんなの怖《おそ》れ、そしてみんなの覚悟。やがて誰《だれ》ともなく、相談もなく、夕奈《ゆうな》たちはそうなるという確信と共に、ぱっ、と同時に目を開けた。

そして――――


「倫《のり》……」

「あいつらを殺して!!」

「あの三人を殺してッ!!」

倫子《のりこ》に呼びかけようとした夕奈《ゆうな》の声は、愛梨花《ありか》と千璃《せんり》の絶叫に塗り潰《つぶ》された。

顔を引きつらせ、目を血走らせた二人の必死の叫びに、えっ、と驚いて目を見開いた夕奈《ゆうな》の視線の先に、意識をなくした様子の瞳佳《とうか》と隣の空っぽの椅子があって——


ピリリリリリリリリッ!!


赤と黒の世界の中で、四つの携帯が一斉に自分のものではない着信音を鳴らした。

一斉に点《とも》った画面に『清水倫子《しみずのりこ》』の名前。そしてそれによって明るく照らされたテーブルの上の、そのさらに上に、天井の上の暗闇《くらやみ》からスマートフォンを握った白い腕が逆さに垂れ下がっているのが照らし出されて——瞬間、ぱきっ、とカンテラの中身が毀《こわ》れる音がした。

赤い光が、ぷつん、と消えた。

六章　終わりは始まりの中

六章　終わりは始まりの中

I

正面玄関の下駄箱《げたばこ》が並んでいる場所の前で、三人の女子生徒が、立ち話をしながら仲良く笑い合っている姿があった。

談笑しながら、時折、そこから見える下駄箱《げたばこ》に目をやっている。それは下校の際に、待ち合わせている友達が来るまでのあいだ時間を潰《つぶ》しているといった様子で、似たような様子の生徒は他にも周辺にちらほらと見られ、三人もそんな放課後の学校の、よくある景色《けしき》の一部に過ぎなかった。

平凡でこれといった目立つ特徴はない、ごく普通の女子生徒三人。

ごく普通に、和気藹々《わきあいあい》と、そして少しだけ退屈そうに、少女たちは遅い待ち人が来ていないかと下駄箱《げたばこ》を見やりながら、言葉を交わしている。

「……遅いし」

「小森《こもり》たち来ないねー」

「まさか逃げたんじゃないよね」

それは今まさに待っている『友達』——つまり『嬲《なぶ》って遊ぶための玩具《おもちゃ》』についてだ。

「あいつらに待たされてると思うと、なんかムカついてこない？」

「だよね。私らも暇じゃないのに」

「汚水みたいに死んじゃうくらいやっちゃう？」

「うわっ、ひどーい。ていうか、うちらが殺したわけじゃないし？　あいつが勝手に死んだんだし？　ていうか汚水が死んじゃうまでに何年も掛かったんだから、あいつらが死んじゃう前にうちら大学生でお別れだよ」

「それもそっか」

一斉に笑う少女たち。そこに悪意はない。ただ、娯楽があるだけだ。

絶対に逆らえない、逆らう力もないと決まりきっている相手を嬲《なぶ》るのは、脚をむしり取った虫けらがよたよたと逃げようとするのを見て、滑稽《こっけい》さを笑うのと変わらない。それは確かに善や人間性の欠如ではあったが、実のところ悪意でさえない、悪意にも満たない、ただの弱肉強食に過ぎなかった。

何年も何年もかけて、作り上げられ、確認され続けた、ただの事実。

それは少女たちにとってだけではなく、倫子《のりこ》や夕奈《ゆうな》たちにとっても、厳然と決まりきっている非情な事実。

ただ、わずかでも人間性や、正義感や、常識や、教養といったものの、いずれか一つでもあれば、全面的に享受《きょうじゅ》するのを躊躇《ちゅうちょ》するであろう種類の事実だった。それは——他の人間を奴隷《どれい》として、家畜として、いや、それ以下の存在として見ることができる人間だけが享受《きょうじゅ》できる、おぞましいまでの強者《きょうしゃ》と弱者の事実だった。

「遅い」

「遅いー」

「これはただじゃ済ませられないよねー」

そして。この三人の少女たちは、それができる人間だった。

冷血。だがどれだけ体内を巡る血が冷たかろうが、外からは見えない。

また、彼女たちは決して特別狂った人間でも、目立って邪悪な人間でもない。だが延々と続いて積み上げられたクラスぐるみのいじめによって、それが許される空気の中で人間性の箍《たが》を外されて、何年もの間に何十人もの人間から自然と選抜されてゆく中で最後まで残った、ある意味では選《え》りすぐりの三人だった。

最低の立場の者を楽しみのために痛めつけることが、当たり前になった人間。

彼女ら自体は、全体的に見れば強者《きょうしゃ》ではなく、むしろ弱者に近い側の人間だ。

だが、だからこそ、その日常の鬱憤《うっぷん》や閉塞《へいそく》を向けることのできる、より明白な弱者を必要としていた。それが何年にもわたって実際に与えられていて、当たり前であったがために、彼女らは次の倫子を欲しがっていたのだ。

そして。

「そうだねー。メール送ってやろうよ」

「呼び出す?」

「……遅すぎ」

目的の夕奈《ゆうな》たちの姿が見えないまま、一時間あまりが経《た》っていた。

いつまでも出てこない夕奈《ゆうな》たちを待つことに完全に退屈した三人は、やがてそんなことを言い出して、みんなてんでに自分のスマートフォンを取り出した。

「なんて送る?」

「みんな好きに書いて送ればいいんじゃない?」

「送りまくろうよ。全員で」

「いいね」

スマートフォンを手に持ったまま、三人はそんな風に笑って相談をまとめる。そして実際にそれを始めようとしたその時、いきなり全員同時に通知音と振動があって、スマートフォンの画面にメッセージ着信の通知が出た。

「えっ」

『こっちにきて』

そう一言。

プレビューにそう一言だけ表示して、驚いている間に、通知は消えた。

画面から通知の表示が消え、代わりに画面には、未読を示す赤いバッジの数字が、メッセージアプリのアイコンの隅に増えていた。それを見ながら、三人は凍ったように黙って動きを止めて、アプリを開いてそれ以上の内容を確認することもなしに、ただ未読の数字だけを見つめていた。

「…………」

硬直。

沈黙。

やがて、三人のうちから戸惑ったような声が上がり、そしてばらばらに顔を上げて、互いに顔を見合わせた。

「…………えっ？」

困惑。

混乱。

そして――

「な、なんで!?　なんで汚水からメッセージくるの!?」

恐慌《きょうこう》。

「あいつ死んだんじゃないの!?」

たったいま通知に表示されていたメッセージの差出人の名前を、全員がそれぞれその目で見ていた。その表示は紛れもない清水倫子のもので――死んだはずの人間の名前が、そこには表示されていたのだった。

何か異常なことが起こっていた。心臓が摑《つか》まれるような感覚。冷たい鳥肌が、ぞぞぞ、と肌を這《は》い上《あ》がってゆく感覚。これなに？　どういうこと？　異様な空気に包まれた。そして三人が立ち尽くしていた、ひどく長く感じていたほんの短い時間の後、全員が視線のようなものを感じて、まるで示し合わせでもしていたとしか思えないくらいに、ぱっ、と一斉に顔を上げて、ほとんど同時に同じ方向を見た。

下駄箱《げたばこ》の向こうに、倫子が立っていた。

「————っ!!」

声にはならなかった。壁のように並んでいる下駄箱《げたばこ》を挟んだ、暗がりの向こう側。その下駄《げた》箱《ばこ》に挟まれて、暗くて狭い通路状になった向こうに、真っ白な顔をした倫子が立っていて、体を半分だけ覗《のぞ》かせるようにして、じっ、とこちらを見つめていた。

目が合っていた。

表情の抜け落ちた貌《かお》に、洞穴のような目がついていた。何も映していない濁った目。だらりと下げられた手には画面に罅《ひび》の入ったスマートフォンが握られていて、そのスマートフォンには見覚えがあった。見覚えのある罅《ひび》だった。

自分たちが割った罅だ。

ひゅっ、
と誰《だれ》かの喉《のど》から、息を呑《の》む音がした。

あるいはもしかすると、自分の喉《のど》から。それを聞いた直後、その倫子は、すっ、足音も立てずに、引っ込むようにして、下駄箱《げたばこ》の陰に消えた。

「…………」

後には、
しん、
と。

何もいない空間。

「…………」

空っぽになった薄暗い空間。その空間を見つめたまま、しばしのあいだ誰《だれ》もが無言で、そこに立ち尽くしたままでいた。

呼吸も忘れるくらいの、異常な沈黙がその場に落ちている。

周囲に何人もいるはずの他の生徒の声が、何故《なぜ》だかひどく、遠く聞こえる。

だが。

「……なに？」

やがて、その沈黙の中で、上がる声があった。

「なに？　あいつ、化けて出るつもり？　汚水の分際で？」

上がったのは怒りの声だった。決して逆らうことなど許されない絶対的な格下の存在に反抗されたという、根の深い怒りが三人の間に吐き出された。

「あいつ、死んだくらいで私らに逆らっていいと思ってんの⁉」

怒り。

「それとも誰《だれ》かのイタズラ？　やるとしたら小森《こもり》あたり？　どっちにしたって、自分の立場をよーく分からせてやらないとダメだよね！」

怒りは瞬《また》く間《ま》に伝染し、三人全員の総意になった。異様な空気は、あったかもしれない僅《わず》かな躊躇《ちゆうちよ》とともに、異常な怒りに塗りつぶされて、三人は顔を見合わせて頷《うなず》き合い、『倫子《のりこ》』の消えていった下駄箱《げたばこ》の陰に向かって駆け出した。

「！」

殺到するように下駄箱《げたばこ》の間を抜けて、その先を見た。

視線の先、通路の向こうで、さっきの『倫子《のりこ》』らしき人影が、すっ、と曲がり角の向こうに逃げるように消えた。

「あそこ！」

「追いかけよう！」

三人は、怒れる塊になって追いかける。底辺の立場のくせに。私たちを舐《な》めている。立場を分からせてやらないと。三人は、完全にそんな一心に駆り立てられて、弱者に弱者であることを思い知らせるため、その影を追って走った。

たとえ幽霊であろうが、倫子《のりこ》である限り怖くなどなかった。

しょせんは倫子《のりこ》だった。死んで化けて出たところで、ゴミはゴミでしかない。

それが三人の認識だった。恨んで化けて出て来られるいわれもないとさえ思っていた。別に自分たちが手を下したわけではない。馬鹿げた言いがかりだ。そんなことも分からない倫子《のりこ》はやはり馬鹿なのだと。そしてよしんば恨まれていたとしても、倫子《のりこ》には死後も逆らう権利など一切ないと、強がりでもなく罪悪感もなく、三人は完全に本気でそう思っていた。

だから追いかけた。分からせてやるために。

ねじ伏せるために。たとえ本当に幽霊だったとしても、自分たちが脅《おど》しつければ『倫子《のりこ》』は黙るという完全な自信が、全員にあった。だから追う。角を曲がった『倫子《のりこ》』を追いかけてゆくと、その先の通路を曲がって消える。苛立《いらだ》ちながらそれをさらに追う。学校の奥へと、また影は逃げて行く。

そして――――

「……」

少しだけ息の上がった三人が、やがてたどり着いたのは、校舎の奥も奥、普段はほとんど使われない、北棟へ続いている渡り廊下の入り口だった。

深部に行くにつれてだんだんと、そしていつの間にか全く、人気《ひとけ》がなくなった廊下。その突き当たりに、渡り廊下へ出るための、灰色ペンキが塗られている金属製のドアが、ぴったりと閉じて存在していた。

誰《だれ》もいない。ドアだけがある。

だが確かに追いかけて来た。この先に間違いない。

――――がちゃん、

と音を立てて、三人は重いドアに手をかけて、開けた。空気が大きく動いて、外の空気と光が入ってきて、やはり人気《ひとけ》のない渡り廊下が、姿を現した。

いや。渡り廊下は、完全な無人ではなかった。

廊下の向こう側。北棟の入り口の階段に――――ぽつん、ぽつん、と女子生徒が二人、背を丸めるようにして座って、スマートフォンをいじっていた。

「…………」

どちらも倫子《のりこ》ではなかった。

それから、ちゃんと生きた人間のようだった。

開け放たれている北棟のドアの前の、三段だけある短い階段の左右の端に、一人ずつ座っている。

ほどなく気づく。

その女子生徒たちは、倫子《のりこ》の友達だった。

二人、

ぽつん、

と。

「ねえ、あいつら……」

「うん」

倫子の代わり候補。名前は津村《つむら》愛梨花《ありか》と、島田《しまだ》千璃《せんり》。

三人は、近づいて行く。そして、彼女の目の前にこれ見よがしに立ち塞《ふさ》がるようにして立つと、威圧的に見下ろしながら、刺々《とげとげ》しい言葉を放った。

「ちょっと。今のって、あんたたち？」

「……」

詰問《きつもん》だった。

何が、とは言わない。ここに倫子《のりこ》の友達である愛梨花《ありか》と千璃《せんり》がいるというだけで疑うには充分だったし、わざわざ言葉を尽くすような労力を、倫子《のりこ》の同類ごときにかけてやる意志も理由も三人にはなかった。

「………」

愛梨花《ありか》と千璃《せんり》は答えなかった。それどころか、何の反応もしなかった。

ただ座って下を向いて、スマートフォンを見つめている。画面をスクロールさせていると思《おぼ》しき指だけが、黙々と動いている。

無視された。

途端、かっ、と頭に血が上った。

倫子《のりこ》の同類ごときに反抗的な態度を取られたと思って、ここに来るまでの件についても、まとめて怒りが噴出した。そして腹立ちのままに一歩踏み出す。そしてきっと、ここにいたのが倫子《のりこ》であっても同じようにしたであろういつものやり方で、思い切り千璃《せんり》の方の腕を、乱暴につかんだ。

「無視すんな！」

怒鳴った。つかんだ腕に入った力に、千璃《せんり》の体が傾《かし》いだ。

千璃《せんり》の手元が見えた。その直後、ぱっ、と弾《はじ》かれたようにつかんでいた手を離し、身を引く少女。

「…………‼」

反射だった。飛《と》び退《の》くようにして、千璃《せんり》から一歩引いていた。

そのとき、千璃《せんり》の手元に見えてしまったモノのせいだった。

赤。

そこに見えたのは、赤い色だった。

一瞬だけ見えたそれは、スマートフォン本体のものでも、画面のものでもなかった。

本体の色は灰色で、そして画面に見えたのはメッセージングアプリ。スマートフォン持ちの女子高校生ならばほぼ百パーセント一目見た瞬間に判《わか》るであろう、これ以上ないくらい馴染《なじ》みの画面で、当然すぐにそれと判《わか》った。

そしてそのアプリのデザインには、赤など含まれてはいない。

「…………」

ごくりと、息を呑《の》む気配がした。

体勢を崩した千璃《せんり》は、自分をつかんでいた手が離れると、何事もなかったかのように緩慢《かんまん》な動作で無言で元の姿勢に戻った。そして元のようにメッセージングアプリの画面に目を落として、やはり元のように親指でスマートフォンの画面をなぞり始め、黙々と、延々と、ずっと画面に目を落としたまま、アプリをスクロールさせていた。

「…………」

三人は見ていた。画面は割れていた。

蜘蛛《くも》の巣《す》のように、画面に罅《ひび》が入っていた。

ただ、その画面に入った蜘蛛《くも》の巣《す》は、白くなかった。

蜘蛛《くも》の巣《す》は赤かった。そしてその赤い蜘蛛《くも》の巣《す》の上を、千璃《せんり》の指は、何度も何度も往復していた。

指の肉が、削れていた。

赤は血だった。千璃《せんり》は皮膚《ひふ》が引っかかって傷になるほど激しく割れた画面の表面を、幾度も幾度も執拗《しつよう》になぞって、自らの指を罅割《ひびわ》れたガラスで磨《す》りおろしていたのだ。いや、指を磨《す》りおろすほど、メッセージングアプリを見続けていた。メッセージの履歴を、遡《さかのぼ》って、遡《さかのぼ》って、遡《さかのぼ》って、取り憑《つ》かれたように見続けて、そのたびに指が、画面の罅《ひび》割れにぐじぐじと磨《す》りおろされて、肉が削れて血が滲《し》み出し、その肉と血が微細な画面の罅《ひび》割れの中に入り込んで、本当は白いはずの蜘蛛《くも》の巣《す》を赤黒い色に変えてしまっていた。

じゅりっ、じゅりっ、じゅりっ、

指が、ぬめりと濡《ぬ》れた画面の上を往復していた。

鋭く微細に割れたガラスに、指の皮が、指紋が引っかかり、僅かな切り傷になった部分がさらに引っかかって、皮が削れ、剝《は》がれて、めくれて、そのめくれた皮がさらに罅《ひび》割れの間に挟まって、指の動きに引っ張られて、みちみちとほそ切れに肉から剝《は》がれていった。徐々に、微細に、指の皮がなくなり、中の肉が露出してゆく。そうして柔《やわ》い肉と過敏な神経が剝《む》き出《だ》しになり、空気に触れてさえ痛みを感じるであろう断面が、さらに割れたガラスに押し付けられて強く擦《こす》り上げられ、剝《む》き出《だ》しになった肉が、ぞりぞりとガラスに引っかかってこそぎ落とされていった。

肉が削れ、さらに中の神経が、毛細血管が削り出される。

削り取られた毛細血管を含む肉の断面から、じくじくと血が滲《にじ》み出した。

削れた肉と神経と血管と、染《し》み出した血が、罅割《ひびわ》れの隙間《すきま》に詰まって、それが画面の明かりによって赤黒く裏から照らし上げられていた。それを肉が剝《む》き出《だ》しになった指の腹が、さらに擦《こす》ってゆく。何度も何度も。擦《こす》り、削れ、そのたびに滲《にじ》み出す血が、べっとり画面に塗りつけられて、それもまた肉が剝《む》き出《だ》しの指が擦《こす》って、血は画面の外へと追いやられ、スマートフォンを握った手がだんだんと血にまみれていった。

じゅりっ、じゅりっ、じゅりっ、

血まみれの手が、指が、血まみれのスマートフォンを操作していた。

ぶちぶちと指の肉と神経と血管を罅割《ひびわ》れたガラスに削られながら、それをさらに自ら繰り返して、メッセージを読んでいた。開いた目は瞬《まばた》きもせず、メッセージの流れる画面を見つめている。罅割《ひびわ》れと血でひどく見辛《みづら》い画面に流れてゆくメッセージを、じっとガラス玉のように見つめている。

そして、それは千璃《せんり》だけではない。

段の逆側に座っている愛梨花《ありか》も、同じだった。

血まみれの手で、スマートフォンのメッセージを読んでいた。

無表情に罅《ひび》の入った画面を見下ろしながら、自分の指を削り続けていた。

じゅりっ、じゅりっ、じゅりっ、

異常な光景。

「…………………………!!」

そんな光景を前に、三人が固まっていた。

彼女らには、千璃《せんり》が延々と見ているメッセージの内容が見えていた。

『死ね』

『死ね』

『死ね』

『死ね』

『死ね』……

アプリの画面には、ただ一言、それだけのメッセージが並んでいた。何十も、あるいは何百も、何千も、彼女らのスマートフォンの画面の中には、延々とスクロールの続く限り同じメッセージが果ての果てまで並んでいた。

「……ね、ねえ、やばいよ、こいつら」

やがて、誰《だれ》かが引きつったような声で言った。

「もう、こいつらはほっといて、先行こう？」

「そ、そうだね……」

「………」

三人は頷《うなず》き合うと、心なしか身を縮めて体を横に向け、両側の少女たちから少しでも身を離すようにして、短い階段を登った。愛梨花《ありか》と千璃《せんり》は、そんなすぐそばを通り抜けられても、俯《うつむ》いて座ったまま何の反応も見せなかった。三人は階段を跨《また》ぐようにして二人の間を通り、開いているドアから、北棟に入った。

あの二人は、今は放置して、逃げた『倫子《のりこ》』の方を探す。

普段はあまり使われない、授業の選択によっては一度も入ったことのない生徒も少なくないらしい、北棟。

だが、三人はそんな北棟の中を、よく知っている部類だった。理由は簡単だ。だが授業で来ているわけではない。この北棟は人目につきにくいのだ。倫子《のりこ》を呼び出して遊ぶ場所としてはまさにうってつけだったのだ。

特にトイレは、まず人が来ない絶好の場所だった。

何度、持ち物や本人をあそこで水浸しにしてやったか分からない。

だからこそ、『倫子《のりこ》』を追ってここまで来たことに、三人は疑問を感じなかった。言ってみれば、ここは気《き》の利いた馴染《なじ》みの場所なのだ。
だが――

「…………………!?」


北棟に足を踏み入れた途端、三人は目を疑った。

そこは三人が知る北棟の姿ではなかった。入った瞬間に連想したのは、外国の葬送。

どういうわけか北棟の廊下の窓の全てには黒く長いカーテンが、一つ一つ、延々と奥までかけられて並んでいる。それが三人が入って来た入り口のドアから流れ込む空気によって、ゆらゆらと奥へと向けて揺らめいている。

「は……?」

「なにこれ……?」

奇妙に装飾された廊下に、思わず立ち尽くす三人。

その時、背後で何かが動く気配がした。

「!!」

ばっ、と振り返ると、入り口の外に、つい今しがたまで動いていなかった愛梨花《ありか》と千璃《せんり》が立ち上がって、じっ、とこちらを見つめていた。顔には表情がなく、だらりと下げた血まみれの手にはスマートフォンを握ったまま。幽鬼のような異様な姿と雰囲気で、入り口を塞《ふさ》ぐように並んで立っていた。

そして、

ぎい――――がしゃん！

と音を立てて、二人は入り口のドアを閉めた。

ドアに煽《あお》られた風が黒い廊下に強く吹き込んで、並んだ黒いカーテンが、ばたばたと奥まではためいていった。

Ⅱ

愛梨花《ありか》と千璃《せんり》には、自覚があった。

自覚をもってそうしていた。そう、自覚的に、わざと、そう意識して、倫子をいじめからの盾にしていたのだ。

愛梨花《ありか》と千璃《せんり》はある種の共犯だった。二人はお互いに、同じ友達であっても夕奈《ゆうな》に対しては持っていない一つのシンパシーがあった。それは、自分たちは本当に本当のコミュニケーション能力欠如者であるということ。同じような立場ではあっても、かろうじて人と話せる勇気を持っている夕奈《ゆうな》とは違って、愛梨花《ありか》と千璃《せんり》は本当の本当にコミュニケーション能力によって立場が決まる学校というカーストの、底辺の存在だった。

二人は、二人とも、自分の存在が大半の人間を苛立《いらだ》たせるということを自覚していた。愛梨花《ありか》は自分の陰鬱《いんうつ》な容貌《ようぼう》と性格を。千璃《せんり》は自分のオタク趣味と会話能力の低さを。そして二人はそれらのせいで、いつ自分たちが周りからのいじめのターゲットになっても全くおかしくないのだという、はっきりとした自覚があった。

そしてそれを非常に恐怖していた。だが二人は幸いだった。

二人は底辺であっても最低ではなかった。倫子《のりこ》という存在がいたからだ。

絶望的なまでに物事の手際《てぎわ》が悪く、運も悪く、それを跳ね返すだけの愛嬌《あいきょう》も持ち合わせていない倫子《のりこ》は、放っておいても周囲からの虐待の的になった。それこそ、愛梨花《ありか》と千璃《せんり》の存在が隠れるくらいに。それに気づいた二人は、積極的に倫子《のりこ》の陰に隠れた。

夕奈《ゆうな》の前でそんな話はしなかったが、愛梨花《ありか》と千璃《せんり》の間では、倫子《のりこ》が盾であることは共通の見解だった。正の人間関係では夕奈《ゆうな》を盾にし、負の人間関係では倫子《のりこ》を盾にする。そうすることで二人は平穏を得ていた。そうはっきりと言葉にしたことはないが、そういうつもりであることは、互いにはっきりと分かっていた。

倫子《のりこ》の自己評価の徹底的な低さは、好都合だった。

本来ならば友達として慰め否定すべきであろう倫子《のりこ》の自己卑下《ひげ》を、二人は常に、同情する振りをしながら遠回しに肯定した。

いや、本当に同情はしていたのだ。

同情はしていたし、謝ったし、感謝していた。だが倫子《のりこ》が、いじめられるのはどこまでも自分のせいで、それを夕奈《ゆうな》や愛梨花《ありか》や千璃《せんり》にまで波及させたくないという考えを、感謝の形で支持し、肯定し続けた。

優しい倫子《のりこ》の、歪《いびつ》な優しさをさらに歪《ゆが》めて、利用した。

悪目立ちする倫子《のりこ》の近くにいれば、ただ大人《おとな》しいだけの二人は目立たずに済んだし、本来ならば愛梨花《ありか》や千璃《せんり》が被るはずだった憎悪《ぞうお》や反感を、それが可能な時は、もっと目立つ倫子《のりこ》へと被《かぶ》せて、その陰に身を潜めた。

実は倫子《のりこ》の罪状の一部は、二人が被《かぶ》せた冤罪《えんざい》だ。

それを知っているのは、愛梨花《ありか》と千璃《せんり》の二人だけ。

清水倫子《しみずのりこ》という少女は、普通ならばあり得ないくらいの大勢から、普通ならばあり得ないくらいの悪意を向けられた、巨大なスケープゴートだった。そして、そんなものを作り上げた一端が自分たちであることを、二人は自覚していた。

倫子《のりこ》を徹底的に盾にする。

自分たちの周りの、全てのいじめにつながる芽を倫子《のりこ》に集め、その一方でそんな倫子《のりこ》を慰めて支え、そのまま高校卒業まで逃げ切る。それが倫子《のりこ》に出会った二人が、いつしか描いていた生存戦略だった。

だが――それが突然崩れた。

倫子《のりこ》が死んでしまった。盾がなくなり、盾に集めて濃縮されてしまった一番の悪意が、倫子《のりこ》の『友達』である自分たちに向いた。

血の気が引いた。目論見《もくろみ》が、最悪の形で狂った。

倫子《のりこ》を盾にし続けた二人は、よく知っていた。あんなものに、自分たちが耐えられるわけがなかった。

だから、二人は叫んだのだ。

あの時、自分たちの盾が最後に一度だけ還《かえ》ってくると分かった時、叫んだのだ。あの三人を殺していいと。ありったけの、恐怖と、悪意と、卑劣と、希望を込めて、哀れな優しい私たちの盾に最後の仕事をしてくれと、赤い光の中で願ったのだ。

その瞬間。

二人は、テーブルの上で自分の携帯が鳴る音を聞いた。

泥沼のように真っ暗な虚空《こくう》から逆さに垂れ下がった真っ白な倫子《のりこ》の腕を見た。

電球が割れる小さな音がして、ぷっつりと明かりがなくなり、真っ暗になって何もかも見えなくなった。そして――

がしゃん!!


と目の前で、ひときわ大きな、ガラスが割れる音がした。ひっ、と身が縮んだ。それは目の前にあったガラスのテーブルが砕けた音に間違いなかった。

理由は分からない。何も見えない。

何も分からない。何もできない。

ただ立ちすくむ。暗闇《くらやみ》の中で。

しん、と張り詰めたように、何もかもが緊張の中で静まり返る。


「…………………!!」


肺が破れそうなほど、息を殺した。

心臓が破れそうなほど、気配を殺した。

だが、それは突然破られる。あの音が、この静寂を突然叩《たた》き割《わ》ったのだ。

ピリリリリリリリリッ!!

倫子《のりこ》の、着信音。

その耳障《みみざわ》りな三重奏。それと同時に灯《とも》る、三つのスマートフォンの画面。

床に落ちた三つのスマートフォンが、着信を知らせる画面を灯《とも》して、みんなの目の前を、部屋の中心を照らし出した。そこには先ほど聞いた音と、床に投げ出されたスマートフォンが示した通り、形を失ったテーブルがあって——かけてあったビロードのクロスが。壊れた中身とともに潰《つぶ》れていたテーブルにかけられた長いクロスが。ず、と音もなく、おもむろに、ゆっくりと——立ち上がった。

「…………!!」

息を呑《の》んだ。異常に。恐怖に。それは不気味な淡い明かりの中で、人間の背丈に、人間の輪郭になった。それから布がねじれるように、輪郭に張り付くようにして、脚を、腰を、胴を、肩を、頭部の形を、徐々に徐々にあらわにしてゆく。やがてその人体の形成は、指の形まで判《わか》るほどにまで至って、それがみるみるうちに、顔面にまで及ぶ。

そして、その時、見た。

ビロードの張り付いた、黒いデスマスクにも似た、貌《かお》を。

そこには、ぽっかりと無表情に口を開けた、よく知った顔があった。


倫子だった。

恐怖で硬直した。そして目の前に立ったそれから、あの『池』と同じ臭《にお》いをした呼気のようなものを嗅《か》いだ瞬間、愛梨花《ありか》と千璃《せんり》は、声を聞いた。

「──────清水倫子《しみずのりこ》に訊《き》く」


真央《まお》の声だった。

暗闇《くらやみ》の中で姿の見えない真央《まお》の声は、続けて言った。

「望みは何だ？」

瞬間、目の前の『倫子《のりこ》』が、ぐるり、と二人の方を見た。

そしてビロードに包まれた顔が、瞬《またた》く間《ま》に二人へと近づいてきて――ひっ、と息が止まった瞬間、ぷっつりと目の前が暗くなって、そこから愛梨花《ありか》と千璃《せんり》は、意識も記憶もなくなった。

Ⅲ

がしゃん！　と閉じられる入り口のドア。

「ちょっ……！」

それを見て驚き、三人は慌ててドアに取り付いたが、がちゃがちゃとノブを回しても、ドアは動かなかった。どういうわけか、ドアに鍵《かぎ》がかかっている。このドアは内にも外にも鍵穴《かぎあな》があって、鍵《かぎ》を持たずに中から開けることはできない作りになっていた。

「ちょ、ちょっと、なにしてんのよ！」

「どういうつもり!?」

「おい！」

どんどんどん！　とドアを叩《たた》きながら怒鳴ったが、外からは何の反応もなかった。

閉じ込められた。何故《なぜ》だか急に、この廊下の空気が、ひどく息苦しいものになったような気がした。

ドアを開けさせることを諦《あきら》めて、振り返る。

黒い通路が延びていて、ぉぉん、と金属のドアを叩《たた》いた音の余韻《よいん》が、空気と鼓膜を、幽《かす》かに震わせていた。

通路は薄暗い。背後のドアに嵌《は》まった粗い磨《す》りガラスや、カーテンの隙間《すきま》などから入って来る外の光が、辛《かろ》うじて薄明るいと呼べる程度の明るさを廊下に広げている。余韻《よいん》が消えていきつつある空気はひどく静かで、無音が耳の奥に触った。

そして。

ピ、、、リリリリリリリリッ、、、!!

突然、そんな静寂を破って、どこからか甲高《かんだか》い着信音が響き渡った。

「っ!!」

「ひっ……!!」

「……!!」

聞こえた音は遠く、それほど大きな音ではなかった。しかしその無機質な電子音は、この緊張が混じった静寂の中では、思わず心臓が飛び上がって息が止まるほど、大きくはっきりと鮮烈に聞こえた。

ピリリリリリリリリッ!!

全員が息を呑《の》む戸惑いの中、再び音が鳴る。

この場にいる誰《だれ》のスマートフォンのものでもなかった。みんなが顔を見合わせ、そして廊下を見やった。

音は、廊下の向こうのどこかから聞こえてきていた。葬《とむら》いのように黒い布のかけられた、この通路の中に満ちる空気を着信音が震わせ、そんな黒い通路を見つめたまま、全員がしばし立ち尽くした。

「…………」

着信音の聞こえてくる、静寂の黒い通路。

これはどういうことだろう。沈黙の中、思った。

手の込んだ嫌がらせだろうか。そう思った。身に覚えはある。倫子《のりこ》の代わりをさせてやると伝えた夕奈《ゆうな》たちが、必死に何か企《たくら》んでいるのだろう。ここに誘い込んで、こうして閉じ込め、何か手の込んだ反抗をしようとしているのではないかと、そう考えた。

無駄な抵抗だ。

そう、鼻で笑おうと思った。

だが、誰《だれ》もできなかった。決して笑い飛ばせない異常な経緯《けいい》が、状況が、雰囲気が、ここにはあったのだ。

ピリリリリリリリリッ‼

着信音が、響く。

ずっと鳴っている。まるで、ここにいる誰《だれ》かが出るのを待っているかのようにだ。しばし立ち尽くしてその音を聞いていたが、やがて緊張の中、顔を見合わせた後、みんな足を前に踏み出した。いずれにせよ後ろのドアは閉められてしまったのだ。一体何があるのか確かめるにしても、ここを出るにしても、とりあえず先に進むしかなかった。

ひた、

と踏み出すと、無言と静寂の中に、三人分の上履きのゴムが床を踏む音が響いた。
ひた、ひた、と恐る恐る、廊下を前に進む。その静寂を、得体《えたい》の知れないあの着信音が、無機質に、規則的に切り裂く。

ピリリリリリリリッ!!

着信音は、廊下を進むごとに、だんだんと大きくなってゆく。
薄暗く静かな中、窓にかかった黒いカーテンを、並んでいる小教室の入り口の戸を、通り過ぎてゆくたびに、大きく、はっきりとしてゆく着信音。

ピリリリリリリリッ!!

ひた、ひた、

ピリリリリリリリッ!!

ひた、ひた、

鳴り続ける着信音と、息が詰まりそうな、身を寄せ合った歩み。

そして、ひどく長く感じるその息苦しい歩みの果てに、ようやく奥のトイレのある辺りまで間近に近づいたその時だった。緊張した視線が、トイレの一つ手前にある小教室の入り口の戸に至った時、全員が気づいた。今までは全て閉まっていた小教室の戸が、それ一つだけ、開け放たれていた。

そして。

ピ、、、リリリリリリリリ、、、、、、ッ、、!!

着信音は。

そ、の中か、ら聞こ、え、て、い、た。

「…………………………」

みんなの目が、釘付《くぎづ》けになった。

歩みを忘れる。息を忘れる。ぽっかりと一つだけ開いた教室の戸の、その中にわだかまる暗《くら》闇《やみ》から、鳴り響く着信音を聞きながら、薄暗がりの廊下に立ちすくむ。

着信音は鳴り続ける。止まる様子はない。

ただ、延々と、延々と、呼び出しを続けている。

誰《だれ》かを呼んでいる。

ここにいる誰《だれ》かを。

誰《だれ》かが電話を取るまで。誰《だれ》かが止めるまで。

「…………」

息を呑《の》む。心臓が、肺が、苦しい。だが、しばし立ちすくんだ後、やがて誰《だれ》ともなく、忘れていた歩みを再開した。そうするしかなかった。戻ったところで、開かないドアがあるだけなのだ。そして確かめる以外に、この精神を削るような着信音を消す方法はなかった。

ひた、ひた、ひた、とみんなで固まって、教室の入り口に近づいてゆく。やがて見えてくる教室の中は、何故《なぜ》か真っ黒だった。ずっと見ている廊下の窓と同じように、窓はもちろん壁じゅうが黒い布で覆われている。入り口だけがテントの入り口のように開かれている。そしてそこから見える教室の中は、廊下など問題にならないくらい暗い。

暗闇《くらやみ》だ。

奥までは見通せない。ただ廊下の薄明かりだけが、やっとのことで中に届いている。

そして、ぽつん、と中に、一つだけ何か、小さな光源があった。その二つの明かりが、廊下から中を覗《のぞ》き込《こ》む視線へと、部屋の中央あたりだけをかろうじて照らして、その様子を露《あら》わにしていた。

部屋には、得体《えたい》の知れないものがあった。

一抱えほどある古い木製の箱が、低い台に置かれて鎮座していた。

古いアンティークのような箱。暗い部屋の中央に置かれている。そしてわずかな明かりの中よく見ると、その箱と台座の周囲には、大量のガラスの破片が散乱していた。

箱を置いてある台のようなものは、元は背の低い正方形のガラスケースだったらしい。

それが破壊され、中身の箱が露出している。

意味の分からない光景。だが一つだけ分かることがあった。その《箱》を見た瞬間、何故《なぜ》だか不明だが、背筋に氷柱を差し込まれたような、強烈な悪寒《おかん》と忌避《きひ》感が、全身と全霊を駆け抜けたのだ。

「…………………………………………‼」


意味不明。その感覚は言葉にはできず、ゆえに誰《だれ》も言葉にはしなかった。

だがその時、全員が同じものを感じているのだと、何故《なぜ》だか誰《だれ》もが、自明のこととして確信していた。

冷や汗が吹き出る。

教室の前で足が止まる。

誰《だれ》もが何も口にしない中、全身の肌に、ひどく冷たい空気を感じる。

そんな中、

ピリリリリリリリリリッ‼


着信音が、なおも続けて響いた。

そして、それは、紛《まが》うことなくその部屋の中央から鳴り響いていた。

廊下の薄明かり以外の、部屋の中の小さな光源が、それだった。その《箱》の手前に、一台のスマートフォンが放り出すように置かれていて、明るく着信画面を灯《とも》したまま、無機質に電子音を鳴らしていた。

「…………」

見覚えがあった。

画面が罅割《ひびわ》れた、スマートフォン。

倫子のスマートフォン。それを見た瞬間に、三人のうちの一人が怒りの声を上げて、部屋の中に踏み込んだ。

「――――ふざけんなっ!!」

一番衝動的で、唐突な性格の子だった。

止める間もなかった。

「わけわかんないことしやがって!! こんなんで私らがビビるとでも思ってんの!? 言いたいことがあるんならハッキリ言ってみろよ!! だいたい勝手に死んだ奴《やつ》のことなんか知らねえんだよ!!」

彼女は叫びながら教室に踏み込むと、部屋の真ん中で着信音を鳴らす倫子《のりこ》のスマートフォンを拾い上げて、大きく頭上に振り上げて、思いきり床に叩《たた》きつけた。ばしーん!! という音がして、破片を飛び散らせて、スマートフォンが大きく跳ねた。硬い床を跳ねて、転がって、滑る。回りながら入り口にいる二人の足元を背後に抜けていって、廊下の壁にぶつかる音を立てて跳ね返り、そこでようやく止まった。

「…………!!」

入り口で固まる二人と、肩で息をする一人の目が、転がるスマートフォンを見た。
倫子《のりこ》のスマートフォンは画面が大きく割れて欠損し、ぽっかりと暗がりの中で、その中身を晒《さら》していた。そしてスマートフォンは、ぶぶ、と最期《さいご》の痙攣《けいれん》のように一度振動してから、完全に沈黙した。しばしそこに大きな沈黙が落ちた。そして自分の心臓の音ばかりが聞こえるそんな沈黙の後、肩で息をしていた彼女が、やがて勝ち誇ったように、後ろで叫んだ。

「見た!?　ざまあ――――」

唐突に。
そこで。
声が途切れた。

「――――」

しん、と背後が、急に静寂に包まれた。

「……えっ？」

壊れたスマートフォンを見ていた、残された二人が、教室を振り返る。そこに立っていたはずの彼女がいなかった。そして代わりに、そこに置かれていた一抱えほどの『箱』から、人間一人分の、手と足が突き出していた。

「…………」

見知ったアクセサリーが手首にあった。

見知った上履きと靴下が足の先を覆っていた。

彼女の手だった。

彼女の足だった。

閉まっていたはずの《箱》の蓋《ふた》がいつの間にか開いていた。そして、決して大きいとは言えないその《箱》の中に、彼女の胴体が完全に飲み込まれて、その開口部から手と足だけが真《ま》っ直《す》ぐに外へと突き出していた。

間違っても、胴体が全て収まるような大きさの箱ではない。

そしてほとんど密着するように四本並んだ手足は、そんな形状になるためにはどんな風にすればそうなるのか、想像もつかなかった。

いや、想像はできるのだ。本当は。

想像したくなかったのだ。背骨を、肩の骨を、首の骨を、頭蓋骨《ずがいこつ》をばらばらに砕き、内臓と筋肉を潰《つぶ》しながらねじ曲げて、無理矢理に箱の中に押し込めばできるとは分かるのだが、そうなった彼女を想像したくなかったのだ。

「あ……」

生きているわけがなかった。

目を見開いて、呆然《ぼうぜん》と、その現実感のない光景を、見つめた。

箱から突き出した足が、命の残滓《ざんし》を訴えるように、微《かす》かに痙攣《けいれん》した。それは、たったいま見た倫子《のりこ》のスマートフォンと同じような末期《まつご》の痙攣《けいれん》で——その生々しい痙攣《けいれん》を見た瞬間、この非現実的な光景と、まだ生きていた彼女とが、生々しい現実として頭の中で繋《つな》がって、唐突に全てを理解した。

死んだ。

友人が死んだ。箱に引き込まれて。

パニックと、塊のような嘔吐《おうと》感が、胸の底からせり上がった。

何が何だか分からなかった。ただ異常な現実と恐怖だけが、この暗い校舎の中には明白に存在していた。

そんな目の前で、突き出た手足が、ずる、と《箱》の中に、捕食動物が獲物を呑《の》み込《こ》むようにして引き込まれる。ずち、と重たく湿った音。血と肉の音。重い肉が引きずられ、轢《ひ》き潰《つぶ》されて、血が押し出されてあふれる、そんな音。

「………………!!」

声にならない。息ができない。

瞬《まばた》きもできない。そして足も固まって動かない。

全身硬直し、呼吸も固まったまま、ただ目の前の異常な光景を目を見開いて見つめる。彼女の手足が引き込まれて消えた《箱》の口から、血液が溢《あふ》れて、つーっ、と表面を伝う。

……そして。そんな中、気づいた。

自分たちの立っている廊下の空気に、何かの悪臭が流れ込んできていることに。

ひどい悪臭。だが、ひどく覚えのある悪臭。それはよく知る『池』の臭《にお》い。あの『池』に湛《たた》えられた汚水が漂わせ、そしてあの『池』に突き落としたりした倫子《のりこ》の全身が放っていたあの悪臭が、異様に冷えきった空気の中、不気味に生暖かい空気として足元を這《は》うようにして流れてきて、鼻の粘膜に触れた。

「…………!?」

それは横合いから、流れてきていた。

自分たちが立つ廊下の奥側から、流れてきていた。

そこにある、女子トイレの入り口から、流れてきていた。倫子《のりこ》を、倫子《のりこ》の持ち物を幾度も水浸しにし、幾度も嫌がらせで泥や砂やインクまみれにされた倫子《のりこ》が自分や持ち物を洗っていた洗面台から、その悪臭は流れてきていた。

そして、顔も動かせない緊張の中、視線だけを向けて、そちらを見た時。

その目が、捉《とら》えた。

足跡。

女子トイレの入り口から、廊下の床に、足跡があった。

灰色の泥水の足跡が、点々と。それは、全身泥水にまみれた誰かがぼたぼたと雫《しずく》を降らせて女子トイレから歩み出てきた、その痕跡《こんせき》を、はっきりと残していた。

悪臭を放つ、灰色の泥水。
あの『池』の色の泥水にまみれた、足跡。
そして――――気づいた。気づいてしまった。

足跡は、点々と自分たちの背後に続いて。
そして、逆側には抜けていなかった。

瞬間。

「…………………………………………っ!!」

ぞっ、
と背筋が凍った。
背後にいる。気づいてしまった。この足音の主は、いま自分たちの背後にいる。
恐怖に全身が凍りつく。全身が固まって、後ろが振り向けない。潰《つぶ》れたような肺で喘《あえ》ぐように浅い息をしながら、ただ自分の背中の向こうに、怯《おび》えきった意識を、全身の感覚を、必死になって向ける、探る。

途端、

……かちゃ、

と微《かす》かな音を、背後に聞いた。

それは背後に落ちている、壊れたスマートフォンを拾い上げる音だった。

「…………………!!」

心臓が鷲掴《わしづか》みにされる。肺が苦しい。過敏になった全身の感覚と意識が、少ない音と気配を増幅するようにして、たったそれだけの音の、全容を伝えてくる。

背後に、いる。

画面が欠損するまで壊れた倫子《のりこ》のスマートフォンを、ゆっくりと拾い上げて。

ゆっくりと立ち上がって、こちらを向く。背中に視線を感じた。だがそれはまともな人間が凝視するような視線ではなく、その知性と眼球が壊れているかのように拡散した、焦点がばらばらに狂った異常な視線だった。

「…………………………‼」

怖い。

怖い。

何か異常なモノがいる。

すぐ後ろに、何か狂ったモノが立っている。

背後から、あの悪臭が漂ってくる。気配もない、体温もない、しかし明らかにこちらを視ている視線を向け、悪臭を放っている存在が、後ろに立っている。

かちかちと、激しく歯が震えて鳴った。

全身が固まって震える。眼球が、必死に後ろを見ようと、そして見まいとして、見開いたまま、きりきりと痙攣《けいれん》するように動く。だんだん背後からの悪臭が強くなり、目がそちらを見ようとする。だが、恐怖がそれを押しとどめる。心の中でけたたましく悲鳴を上げるように、恐怖が、本能が、それを見ることを、拒否する。

だが、

ひた、

と視界の端に、影が映った。

悪臭が強くなった。二人の背後に、二人の間の真ん中に、視界の端に影が見えるくらい近くに、悪臭を放つ何かが近づいて、立った。

人影に見えた。やはりそうだった。

分かっていた。分かっていたのだ。

倫子に違いないと。

死んだ倫子《のりこ》に違いないと、分かっていた。分かりきっていたのだ。

はあ。と『池』の水の臭《にお》いがする吐息を、顔のすぐ近くで、感じた。

まるで二人を覗《のぞ》き込《こ》もうとするように。視界の端にまで近づいたそれに、引っ張られるようにして、目が、首が、顔が、ぎぎ、と錆《さ》びたような動きで、背後を振り向いた。

顔面が欠損した人間がいた。

否、それは人間の形をしていたが人間ではなかった。そこには蠟《ろう》のような肌をした、顔面がスマートフォンの画面のように割れて大きく欠損し、その欠損の中に真っ黒な影と、唇を失ったことで剝き出《むだ》しになった歯を覗《のぞ》かせて、他には髪の毛もなければ何の造作《ぞうさく》もないという、戯画化した人間のような異様なモノが、壊れたスマートフォンを持って立っていた。

「ひっ――――‼」

肺が大きく息を吸い込み、恐怖の絶叫を上げようとした瞬間、どん！　と二人はそれに激しく突き飛ばされて、教室の中に倒れ込んだ。かつて倫子《のりこ》に幾度となくそうしたように。そして倒れ、床に着いた腕が痛みと冷たくざらついた床の感触を感じた瞬間に、びしゃっ、と大きな音を立てて入り口の戸が閉められて、そして全てが完全な暗闇《くらやみ》に閉ざされた。

絶叫。

――――――――

Ⅳ

……………

瞳佳《とうか》は、夢とも現《うつつ》とも知れない場所にいた。

現実感のない、薄明るい、小さな礼拝堂だった。瞳佳《とうか》はそこで片手に自分のスマートフォンを持って、信徒席の中央を通る通路に立ち、台座と小さな《柩《ひつぎ》》が据えられた壇上を、どこかぼんやりとした目と頭で見上げていた。

壇上には光芒《こうぼう》が降り注いでいる。背後の頭上から、まるで映画館の映写の光のように。瞳佳《とうか》の背中側にある、礼拝堂の入り口の上部の壁に、十字架の形にくり抜かれた窓があって、そこから壇上まで光が射《さ》しているのだ。

そして、その光の中に、瞳佳《とうか》は映像を見ていた。

倫子《のりこ》の映像だ。それは倫子《のりこ》の受けてきたいじめの記録。光の中で淡い映像として、陰湿で凄《せい》惨《さん》な、肉体的、精神的、そして物質的な、いじめの光景が、延々と延々と、ループしているわけでもないのにいつまでもいつまでも終わらずに再生されていた。

それは現実にある映写ではなかった。映像はどこか淡く、そして音声は耳ではなく、どこか遠く頭の中に聞こえている。また、再生されているのは映像と音声だけでなく、倫子《のりこ》の感情と思いまでもが、同じように頭の中に、ぼんやりと再生されていた。

苦痛と、悲しみ、それから恐怖。

諦《あきら》め、絶望、そしてまた、苦痛。

倫子《のりこ》の肉体も、精神も、壊れかけている。

割れたスマートフォンの画面に顔が映る。その顔もまた、割れている。

「…………」

手の中で、自分のスマートフォンが、ぶーん、と振動した。

目を落とすと、通知画面にメッセージが浮かんでいる。

『死ね』

通知画面は、ふっ、と消える。

黒い液晶画面に自分の顔が映る。自分の顔には、目も鼻も口もない。

「…………」

これは夢だろうか。瞳佳《とうか》は思った。

心が痛い。ぼんやりと、生きているだけで、心が痛む。

視線を上げる。自分の頬《ほお》を涙が伝う感覚があった。いじめの映像は続いている。ただ、今まではいなかった一人の女の子が、壇上の《柩《ひつぎ》》の傍《かたわ》らに立っていた。

小学生くらいの少女。

黒髪に白い肌。小学校の制服らしい、シャツとスカートを身につけている。

そのシャツとスカートは、引き裂かれたような大きな破れ目があり、中のシャツと肌とが露出していた。真央《まお》の家で見かけた、あの幽霊の女の子だった。

「…………」

女の子は《柩《ひつぎ》》を傍《かたわ》らに、何も言わず、瞳佳《とうか》に向けて片手を差し出した。

表情はなかった。しかし今この瞬間も重い心の痛みに苛《さいな》まれている瞳佳《とうか》は、女の子と、その傍《かたわ》らにある《柩《ひつぎ》》の存在に、強い憧憬《しょうけい》のようなものを感じた。

心が楽になる気がした。

あそこに行けば。女の子の手を取れば。

瞳佳《とうか》は、足を前に踏み出す。差し出された女の子の手に向けて、救いを求めるように自らの手を伸ばして、前へ向けて歩き始める。

手を取るために。

連れて行ってもらうために。

あの《柩《ひつぎ》》へと導いてもらうために。

この心の痛みから救われる、《柩《ひつぎ》》の中へと導いてもらうため──

女の子の手を取った瞬間、胎《はら》の中を燃える手でかき回されたような苦痛と、頭蓋《ずがい》の中に無数の釘《くぎ》を刺し込まれたような激痛が、体内の感覚という感覚を轢《ひ》き潰《つぶ》して、悲鳴をあげて意識が覚醒《かくせい》した。


「…………!!」

はっ、と目を開けると、瞳佳《とうか》は椅子に座っていた。

目を開けた瞬間に見えたのは、眩《まぶ》しい光。そしてすぐに蛍光灯の明るさに慣れ始めた瞳佳《とうか》の視野に入ったのは、教室を仕切るようにかけられた暗幕が開いているその向こう側に見える、粉々に割れたガラスケースと、そこに鎮座するあの《柩《ひつぎ》》だった。

ああ。と悪夢から覚めた瞬間に似た、額に浮いた汗と、激しい心臓の鼓動を感じながら、瞳《とう》佳《か》はだんだんと思い出す。

今どこにいて、今までどうしていたかを。この部屋に入ってきた時はもちろん、交霊で数字を数え、数え終わった瞬間にぶっつりと意識を失ってしまったその後のことも、うっすらとだが、瞳佳《とうか》は認識していた。

まず、夕奈《ゆうな》たちとこの部屋に入った時、見えたテーブルに対して、悪寒《おかん》を感じたこと。

そして席について、嫌な予感を感じながら真央《まお》の説明を聞いている最中《さなか》、部屋の隅にあの女の子の姿があるのを見て、ビロードのクロスがかけられたテーブルの中にあの『柩《ひつぎ》』が隠してあることを確信したこと。

交霊で数を数え始め、数え終わった瞬間、ぶつん、とスイッチを切られたように体と意識の自由がきかなくなったこと。

そして、夢を見せられている間に、クロスの下の《柩《ひつぎ》》から亡霊が立ち上がって――異常な現象が起き始めた直後、教室の一部をカーテンで区切って、交霊の舞台からは隠し部屋のようになったこちら側に、真央《まお》や芙美《ふみ》によって、椅子ごと避難させられたこと。

それから――


「……大丈夫《だいじょうぶ》?」

「………………っ‼」


ぐったりと重い身体《からだ》で深く椅子に座ったまま、身動きも億劫《おっくう》な瞳佳《とうか》が、視線を向けて溜息《ためいき》のような声をかけたのは、瞳佳《とうか》の座る椅子の横手の床にぺたんと座り込んで、引きつった表情で震えている夕奈《ゆうな》だった。

夕奈《ゆうな》は、交霊の結果として怪現象が始まった時、瞬時に異常をきたした他の二人とは違って正気を保っていたので、瞳佳《とうか》と一緒にここに庇《かば》われた。

ここは隠し部屋であり避難所だった。部屋を仕切るカーテンの内側には、縄と紙垂《しで》で作った結界が渡してあり、そして何かのまじないと思われる十字に組み合わせた木の枝がいくつかぶら下げられていた。

ただし――――無事に避難できたのと引き換えに、夕奈《ゆうな》はここであった異常な出来事の一部始終をその目で見ることになった。あのテーブルの下から現れた『倫子《のりこ》』と思われる亡霊に覗《のぞ》き込まれた後、明らかに正気を失ってスマートフォンを手に部屋を飛び出していった愛梨花《ありか》と千璃《せんり》の姿。そして『倫子《のりこ》』も出ていった後、しばらくして部屋にやって来た例の三人が次々『柩《ひつぎ》』に引きずり込まれて喰《く》われ、その後しばらくして、三人を《柩《ひつぎ》》に喰《く》わせた『倫子《のりこ》』と思われる異形《いぎょう》の亡霊が自身も《柩《ひつぎ》》の中に消えるまで、延々と部屋の中をうろつき続けた一部始終。

その一部始終を、瞳佳《とうか》も『映像』として見ていた。

ようやくカーテンが開かれたのは、つい今しがたのことだ。

だがカーテンが開かれて、教室の明かりがつけられても、夕奈《ゆうな》は床にへたり込んだまま、震えて身動きもしなかった。

そんな夕奈《ゆうな》に、瞳佳《とうか》が話しかける。

瞳佳《とうか》に話しかけられてようやく、夕奈《ゆうな》が引きつった表情のまま、少しだけ顔を上げて、瞳佳《とうか》を見て口を開いた。

「……よかった、目、覚ましたんだね」

「うん……」

そして最初に言ったのは、瞳佳《とうか》を気遣う言葉だった。

「わたしは大丈夫《だいじょうぶ》……一応……」

「ねえ……今の、何？　愛梨花《ありか》は、千璃《せんり》は、どうなっちゃったの？　倫子《のりこ》は？」

ほとんど身動きができないながらも、瞳佳《とうか》が自分の無事を伝えると、夕奈《ゆうな》はようやく自分の疑問を、途切れ途切れに口にした。

その問いに答えたのは、真央《まお》の声だった。

「いなくなった二人は、いま鹿島《かしま》と霧江《きりえ》に様子を見にやらせてる。二人には観音崎《かんのんざき》先生も呼ぶように言ってある。そのうち何か連絡が来ると思う」

真央《まお》は腰の後ろで手を組んだ姿勢で、夕奈《ゆうな》の後ろに立っていた。人をやり、自分は責任者として部屋に残っている。そして部屋に残された瞳佳《とうか》と夕奈《ゆうな》の様子を見ながら、また何か異常が残っていないか、ここから《柩《ひつぎ》》を見張るようにしていた。

そして真央《まお》は、夕奈《ゆうな》の問いに、さらに答える。

「それから清水倫子《しみずのりこ》については――あの二人が口にした『願い』が『交霊会』を歪《ゆが》めたせ

いで、悪霊《あくりよう》と化したものと考えていい」

「!!」

その答えに絶句する夕奈《ゆうな》。

「清水倫子《しみずのりこ》の霊と交信するはずだった『交霊会』は、あの二人が清水倫子《しみずのりこ》の霊に殺しを願ったせいで『呪詛調伏《じゆそちようぶく》』の場に変わってしまった。おまえの見た『あれ』は間違いなく清水倫子《しみずのりこ》本人の霊だ。あの《キャビネット》によって励起《れいき》され、柳《やなぎ》という《霊媒《ミーディアム》》を介して物質化した清水倫子《しみずのりこ》本人の亡霊だ。

柳《やなぎ》は『物理霊媒《れいばい》』の中でもさらに特殊な『物質化霊媒《れいばい》』だ。霊を一時的に物質化させることができるレアな霊能力だ。有名なのは霊媒《れいばい》フローレンス・クックと支配霊ケイティ・キング。大抵の物質化霊媒《れいばい》は比較的安全なやり方として自分の《支配霊《コントロール》》を物質化させるんだが、それがない柳《やなぎ》が物質化させる霊はおそらく無節操だ。柳《やなぎ》と一緒にいると幽霊を見るというのは、その能力で物質化した霊を見たんだろう。物質化した霊は誰にでも見えるからな。今回は誘導して清水倫子《しみずのりこ》の霊を物質化させた。あの二人がいじめグループの死を願わなければ、多分ああはならなかった。といっても、清水《しみず》があの二人と同じように、いじめグループの死を願いながら死んだんじゃなければ、だが」

真央《まお》は説明する。衝撃的で決定的な説明。しかし、それを聞いていた瞳佳《とうか》は最後の言葉に対して、首を横に振った。

「……倫子《のりこ》ちゃんは、そんなこと望んでなかったよ」

瞳佳《とうか》は言った。

「さっき、夢で見たよ。倫子《のりこ》ちゃんは、いじめに苦しんでたし、悲しんでたし、絶望してたけど、それより自分が原因のいじめが、夕奈《ゆうな》ちゃんたちにいじめが飛び火することの方が怖いと思ってたよ。クラス中からいじめられてた倫子《のりこ》ちゃんと友達になってくれた、夕奈《ゆうな》ちゃんたちをものすごく大事に思ってた。だから『友情リレー』で友達がいなくなるっていうのが本当に怖くて嫌で、あんなリレーを切る『おまじない』なんかに手を出したんだよ」

「……!!」

瞳佳《とうか》はずっと見ていた。倫子《のりこ》の想《おも》いの再生を。犬のような忠誠を。だから言わずにはいられなかった。伝えずにはいられなかった。

「倫子《のりこ》ちゃんは、みんなを守るために、悪霊《あくりょう》になったの。愛梨花《ありか》ちゃんと千璃《せんり》ちゃんの願いに応《こた》えて、夕奈《ゆうな》ちゃんたちを守るために。夕奈《ゆうな》ちゃんたちに嫌われないように」

衝撃を受けた様子で言葉のない夕奈《ゆうな》に、瞳佳《とうか》は伝えた。

「夕奈《ゆうな》ちゃんたちのために、あの《箱》の力を借りて、あの三人を道連れにして《箱》の中に消えたんだよ。一度あの《箱》に囚《とら》われたら、魂は二度と抜け出せないのに。あの《箱》の中身は、地獄なのに」

瞳佳《とうか》は部屋の中に佇《たたず》む、《ロザリアの柩《ひつぎ》》に目をやる。今までは、ただただ恐ろしくて忌《い》まわしかったあの《柩《ひつぎ》》が、今はどうしようもなく、無性に哀《かな》しくて、そして切ないものに見えた。

倫子《のりこ》の魂は、《柩《ひつぎ》》の中に消えた。

おそらくは、二度と解放されない。

自分をいじめていた、あの三人と共に。

その他の無数の哀れな魂と、無数の呪詛《じゅそ》と共に、永遠に箱の中。

「一部のスピリチュアリストの考えでは、『地獄』とは未発達で歪《ゆが》んだ心の霊が集団化した幽界の一部であるそうだ」

真央《まお》は言った。

「なら、この《キャビネット》こそは間違いなく極小の『地獄』と言える。清水《しみず》の魂は、あの二人の願いで地獄に落ちた。そしてあの二人も、完全には無事では済まないだろう。なにしろ三人を呪殺したんだ。あの二人の言葉と願いが『交霊会』を『呪《のろ》い』に変えた。『人を呪《のろ》わば穴二つ』というように、呪《のろ》いというものは必ず墓穴が二つ掘られる。人を呪《のろ》ったことへの報いがある。ある流派の言葉で言うなら『返《かや》りの風』が吹く」

「…………」

「でもな、今は祈ろう」

そして真央《まお》はそこまで言うと、重い沈黙の中、目を閉じた。

「清水倫子《しみずのりこ》が自分の魂を地獄に落としてでも願ったことが、叶《かな》うように、報われるように、今は祈ろう」

敬虔《けいけん》に言う。救済を信じていない、無表情さで。

瞳佳《とうか》も知っていた。倫子《のりこ》の想《おも》いは、あの二人があの『願い』を口にしたその時点で、すでにほぼ報われていないということに。彼女らは、自分が倫子《のりこ》の好意を受ける人間とは信じていなかった。ならば呪《のろ》われるしかない。倫子《のりこ》の想《おも》いは、外から見る限りでは、最初から報われてさえいなかった。

「……」

そして、夕奈《ゆうな》も。

それに気づいていた。気づいたはずだった。

「倫子《のりこ》……」

茫然《ぼうぜん》とした呟《つぶや》きが、夕奈《ゆうな》の口から漏れた。

それがほどなく慟哭《どうこく》に変わるのを、真央《まお》は無表情に、そして瞳佳《とうか》は痛ましい表情で、ただ無為に聞いていた。

終章　霊感少女は箱の中

終章　霊感少女は箱の中

とある、幼い少女の遺骸《いがい》を納めるために造られたという小さな木製の《柩《ひつぎ》》がある。

古い物だがまっさらで汚れはない。蓋《ふた》は合わせ目が黒ずんだ樹脂のようなもので接着されていて、見る限りにおいて開くことはできない。重さからすると、中には何も入っていない。アンティークとしては落ち着いていて、その用途の哀《かな》しささえ目を逸《そ》らせば、愛らしささえ感じる佇《たたず》まいをしている。

持ち出されていた棺《ひつぎ》は、その仕事を終え、元の保管場所へと帰ってきていた。

黒い墓石を思わせるビルに運び込まれた棺《ひつぎ》は、ゴシック風の盛装をして薄笑いを貼《は》り付けた奇妙な一組の男女の手によって、表面の埃《ほこり》とガラスの砕片を払って清められた後に、元あったガラスケースに仕舞い込まれた。

台座に聖書のページが打ち付けられたガラスケースは、そのままキャスターを転がして運ばれ、控えの間から暗闇《くらやみ》に満たされた部屋に運び込まれる。

そして棺《ひつぎ》は、再び闇《やみ》の中に納められる。

重厚な両開きのドアが、重々しく閉じられる。

……数日が経《た》った。

†

「やー、転校そうそう事件あったりしたけど、そろそろ学校には慣れてきた？」
「……うん。多分。みんなのおかげさまだね」
「よしよし」

学級委員であるみひろの言葉に、そう頷《うなず》いて返す瞳佳《とうか》。その答えにみひろは腰に両手を当てて、満足そうに頷《うなず》く。
瞳佳《とうか》の主観では激動だったが、しかし表面的に外から見る限りでは、瞳佳《とうか》の新しい学校生活のスタートは、いきなりクラスで『事件』こそあったものの順調なものだった。瞳佳《とうか》自身はクラス内で特に問題は起こしていないし、人間関係も平穏そのもの。今のところまだ付き合いは広く浅くだが、瞳佳《とうか》の社交努力に、みひろのフォローもある上、クラスメイトも概《おおむ》ね仲良くしてくれていた。授業のレベルに関してはちょっとだけ要努力。

オカルト方面が好きな人だと認識されてしまっているが、それはもう仕方がない。

むしろ驚くくらい、その手の話にアレルギーがある人が少なくて、助かっている。

そんな感じで、瞳佳《とうか》は普通にクラスに受け入れられつつある。

瞳佳《とうか》の新生活は順調そのものだ。


……その『事件』に、瞳佳《とうか》が裏で深く関わっているということを知るクラスメイトは、当事者を除いてはほぼ皆無と言ってよかった。


そしてその実態も。クラスで一番おとなしい女の子の行方《ゆくえ》不明と死。こうして話をしているクラスの子たちの誰《だれ》も知らない。その裏にあった、事件の原因になった、悪意に満ちた『おまじない』の存在と、凄惨《せいさん》な形の解決をもたらした交霊術のことを。

あの『交霊会』の日。三人の少女が行方《ゆくえ》不明になり、そして二人の少女が錯乱状態でうずくまっていた渡り廊下からカウンセラー室に運ばれ、そこから病院に運ばれた。これらは同じ事件だったが、無関係な別々のこととして認識されて、結果として事態は大きく矮小化《わいしょうか》されて理解された。

死んでしまった少女の友達二人が、心を病んだ。

そして同じ日に、別のクラスの少女三人が、家に帰らなかった。

関連づける者はいなかった。仲の良かった友達を喪《うしな》った二人が、心を病んで学校を何日か休んだのは無理もないこととして受け止められた。そして三人の少女が学校から家に帰らず、姿を消した事実は、倫子《のりこ》の失踪《しっそう》と死よりもやや大きくそれぞれの教室で騒がれたものの、みんな家族が娘の行いに対してひどく否定的か無関心という家庭環境で、それぞれの家族から共謀した家出に違いないと放置同然の扱いをされて、世間的には倫子《のりこ》の死よりもはるかに小さなものになりそうだと、顔の広い文鷹《ふみたか》が聞き込んできた。

多分、失踪《しっそう》として本当の騒ぎになるのは、しばらく経《た》ってからだろう。

こうなるまでは敵愾心《てきがいしん》さえあった三人だが、あまり良くない家庭環境と状況を知らされてしまうと、なんだか少し気の毒に思わざるを得ない。特に、瞳佳《とうか》は彼女たちがおそらく二度と帰らないだろうことを知っている。心が重い。とはいえ、彼女たちが倫子《のりこ》にしたことを我がことのように知っているので、同情もできない。

瞳佳《とうか》としては複雑な思いが残る結末だった。

今は療養のために学校を休んでいる愛梨花《ありか》と千璃《せんり》が、心に大きなダメージを負っているものの、近く登校を再開できそうだと夕奈《ゆうな》に聞かされているのが、数少ない救いと言える良い知《い》らせだった。

ただ、残った傷は深い。

三人ともあれから、着信に怯えて暮らしている。

「……結局、今回は何がこの事件を起こしたわけ？」

後日、事件をまとめる報告会のようなものが、カウンセラー室に集まって行われた。

真央《まお》。芙美《ふみ》。那琴《なこと》。文鷹《ふみたか》。そして空子《そらこ》。そんな『ロザリア・サークル』のメンバーに瞳佳《とうか》を加え、被害者や当事者がその後どうなったか、そして今回の事件がどのような流れであったのか、テーブルの周りに立ったみんなの発言や説明を持ち寄ってまとめられた後、その穴だらけのまとめに対して芙美《ふみ》が漏らした疑問がそれだった。

「ある程度の推定しかできないな。俺《おれ》も疑問に思うしかない部分もいくつかある」

真央《まお》もいくらかは不満そうに、たった今までまとめを書き込んでいたノートをボールペンでトントンと叩《たた》きながら言う。だがそれを仕方のないことだとも思っているようで、是が非でも追及しようという意思は感じられなかった。

「結局事件の発端《ほったん》になった《キャビネット》が何かも特定できなかった。判《わか》らなかったことだらけだ。といっても、《ミーディアム》の仕事はそういうものだからな」

そう、真央《まお》は言う。

「結局、人間は超常の現象の一端も知らない。《ミーディアム》でさえ、その一端に触れているだけだ。依頼人が求めてるなら理解できる解釈は用意する。仕事だからな。でも俺《おれ》たちだけなら必要ないだろう。俺《おれ》たちは霊的なもののあやふやさを受け入れるだけのただの道具だ。ただあるがままを記録すればいい」

「それはそうだけど」

口を尖《とが》らせる芙美《ふみ》。

「気持ち悪いじゃない」

「まあ、事件の危険性を考えると、判《わか》っておくに越したことはないのは確かだけどな」

真央《まお》も一応は頷《うなず》いた。

「とりあえず一番判《わか》らないのは、清水倫子《しみずのりこ》を殺した『おまじない』についてだ。清水《しみず》を死に至らしめた『存在』は何だ？　何で『おまじない』は失敗した？　写真に映った女は何だ？　そもそも何でこんなことが起こった？　あんなものに力を与えた《キャビネット》も特定できていない。一番危険なこれが判《わか》らず対策も打てないとなると、そのうち次の清水倫子が発生するかもしれない」

真央《まお》が眉根《まゆね》を寄せて言う。部屋のみんなが深刻そうに頷《うなず》いたが、その中で一人那琴《なこと》が、この部屋での定位置なのかちょこんとベッドに座って、口を挟んで言った。

「……あの《柩《ひつぎ》》は霊的な爆弾みたいなもの。何もかも更地にする。更地で手がかりなんか探しても無駄」

抑揚の乏しい声で、那琴《なこと》は斬《き》って捨てた。

「でもそれでいい。何もなくなって、ただ復讐《ふくしゅう》だけが為《な》った。その結末はいいと思う。次のことなんか考えなくていい。もしまた何かあって、真央《まお》の目に届いたなら、また更地にしてやればいい。どこまでも地獄を拡《ひろ》げたらいい」

「あんたさ……そうやって自分の不満をそこら中に撒《ま》き散《ち》らそうとするのやめなさいよ。全然まったく力がないわけじゃないぶん、タチが悪いんだから」

芙美《ふみ》が腕組みして、眉《まゆ》をひそめて言う。

「守屋《もりや》もこんな危険人物はさっさと追い出しなさいよ。あの危ない『爆弾』をちゃんと管理しようってのがこの『サークル』なのに、何でテロリストを置いとくのよ」

「管理の方も頼んでないぞ俺《おれ》は」

真央《まお》はどちらの言い分も一蹴《いっしゅう》した。

「だいたい、お前らどっちも元々は《柩《ひつぎ》》目当てに集まってきた人間だろ。意見が違うなら、そっちで勝手に勝負でも何でもしてろ。俺《おれ》には関係ない」

「そのうちね」

「……いずれ決着はつける」

悪びれもせずに言う二人。この二人が何で『サークル』のメンバーとして真央《まお》と一緒にいるのか分からなかったのだが、それが何となく瞳佳《とうか》にも知れた。

「お前らの言ってることは《ただの道具《インストルメント》》の考えることじゃない」

そっけなく真央《まお》。

「俺《おれ》はただ情報だけは集めておいて、いざそうすべき時に《インストルメント》としてあるべき行動をしたいだけだ。お前らが勝手な理想を言い合うのは勝手にすればいいが、いちいち俺《おれ》に振るな。俺《おれ》は力の正しい使い方とやらに興味はないんだ。この件については先生にも言っておきます」

「……」

急に矛先を向けられた空子《そらこ》は、困ったような顔をした。だがそれだけで何も答えないその態度を見ると、真央《まお》の言葉を承服したようには見えなかった。

真央《まお》はそれぞれの様子を見て、溜息《ためいき》をつく。

そして、

「……とりあえず、しばらくは注意して様子見。何か関係する事実はないか、各自それとなく周りを注意して見ておいてくれ」

「ああ。わかった」

「わかったわ」

「……」

真央《まお》の言葉に、文鷹《ふみたか》と、今度は素直に芙美《ふみ》が答えて、那琴《なこと》も頷《うなず》いた。

「じゃあ、今回も協力感謝。解散」

「おう。またな」

「……」

そうして真央《まお》がひとつ手を叩《たた》くと、文鷹《ふみたか》が言って、そして芙美《ふみ》と那琴《なこと》が一度睨《にら》み合《あ》い、小さな声で嫌味を言い合いながら部屋を出ていった。

それを見送った後、もう一度ため息をつく真央《まお》。

思ったよりも厄介そうだった『サークル』の人間関係を見て、その主催者である真央《まお》に、瞳《とう》佳《か》は少しばかり同情した。

瞳佳《とうか》は、部屋を出て行かなかった。

そしてしばし真央《まお》を見て、一度口ごもった。

「……どうした？」

「えーとね……言いたいことがあって」

不審そうにした真央《まお》に、瞳佳《とうか》はやはり口ごもりながら、言う。そして一度切り出したことで勢いをつけて、ずっと隠していたことを、真央《まお》に告白した。

「あのね、実は——わたし、隠してたんだけど、みんなで撮った心霊写真に映った六人目の子、誰だか知ってるの」

「……何？」

騒ぎの後で仏頂面《ぶっちょうづら》だった真央《まお》の表情が、真顔になった。

「あの子、わたしの友達なの」

そんな真央《まお》に、瞳佳《とうか》は言った。真央《まお》の目が、徐々に鋭く細められた。

「どういうことだ？　説明しろ」

「うん。名前は橋見《はしみ》麻耶《まや》。前の学校の、幼稚園の頃《ころ》からの友達」

瞳佳《とうか》は言う。

そしてスマートフォンを取り出して、アイコンに触れてアプリを開き、その画面を真央《まお》に差し出して見せた。

「――――もう死んじゃった友達」

そうして見せたメッセージングアプリには、麻耶《まや》から送られてきたメッセージが表示されて並んでいた。瞳佳からの返信は一切ないまま、ただ向こうから送られてきたメッセージの文章だけが、ずらり、と一方的に並んでいた。

『新しい学校はどう？』

『瞳佳《とうか》ちゃんの新しい友達、会ってみたいな。友達はできそう？』

スクロールして真央《まお》に見せる、転校初日のメッセージ。

そして、

『また変なことに巻き込まれたね』

『人がいいのが瞳佳《とうか》のいいところだと思うけど、気をつけないとまた退学とかになっちゃうよ？』

『モリヤマオって人は、大丈夫《だいじょうぶ》なの？』

『やっぱり、またトラブルになってるんじゃない？』

『気をつけてね』


事件が始まってからの、こちらからは一切何も教えていないのに、まるで相談でもしていたかのように瞳佳《とうか》に忠告などをする、一方的なメッセージ。

それが、護符の腕時計を借りてから、一度途切れて。


『また、だね』

あの『池』で護符が止まってしまった後に、再開する。
それから――

『ひどいひどいひどい!!　ひどいよ！　瞳佳《とうか》ちゃんの新しい友達と会いたかったのに!!　せっかく一人つれて行ったのに！　もう少しでこっちまで連れて来れたのに！　連れて行っちゃうってどういうこと!?　あれってなに!?　あのひどい箱はなに!!　ノリコちゃん返してよ!!　ひどいひどい!!　ひどいひどいひどいひどいひどいひどいひどいひどいひどいひどいひどいひどいひどひどいどいどいひどいひどいひどいひどいひどいひどいひどいひどい……』

一番新しい、『交霊会』の後に来たメッセージ。

厳しい顔をして無言でメッセージを読む真央《まお》に、瞳佳《とうか》は告白する。

「……麻耶《まや》ちゃんは、わたしの霊感に巻き込まれて死んじゃった、わたしの友達。ずっと毎日メッセージ送りあってた」

「…………」

「前の高校に入ってしばらくして、高校でできた同じクラスの友達三人と、遊びに行くことになったの。別のクラスになった麻耶《まや》ちゃんも、わたしの新しい友達と会いたいって言って、合わせて五人で。その行った先がよくないところだった。そこでみんな巻き込まれた。わたしだけが助かって、みんな湖の中に引き込まれた。みんなが浮かんできたのは四日後。麻耶《まや》ちゃんだけは見つからなくて、まだ見つかってない」

瞳佳《とうか》は静かに告白する。告解《こっかい》のようだった。だがカトリックの告解《こっかい》である『ゆるしの秘蹟《ひせき》』

とは違って、瞳佳《とうか》は赦《ゆる》しは求めていなかった。

「ずっと黙ってたけど、あの写真に写ったのは、その麻耶《まや》ちゃん」

瞳佳《とうか》は、うつむく。

「麻耶《まや》ちゃんは、友達の友達とも知り合いになりたがる子だった。あのとき麻耶《まや》ちゃんが夕奈《ゆうな》ちゃんたちに会いにきて——他の人に見られちゃいけないはずの『おまじない』が六人になっちゃったせいで、『おまじない』が失敗して倫子《のりこ》ちゃんは死んだんだと思う。だから、倫《のり》子《こ》ちゃんが死んだのはわたしのせい。麻耶《まや》ちゃんが死んだのも、わたしのせい」

うつむいて、言う。

淡々と喋《しゃべ》っていた。意識して、そう見えるように。

俯《うつむ》いた目には涙が浮かんでいたが、感情を決壊させるつもりはなかった。

瞳佳《とうか》にはそれをする資格はなかった。泣いて楽になる資格はないのだ。強く抑えて話すにつれて、目の奥に、こめかみの奥に、ぎりぎりと力がこもる。圧縮された自責が、太いネジのようになって、脳にねじ込まれているかのように、重く強い頭痛となって、ぎりぎりと頭の中を絞るように侵す。

「だから……わたし……！」

「柳《やなぎ》さん」

ずっと気配を抑えて側《そば》で話を聞いていた空子《そらこ》が、ふと立ち上がって瞳佳《とうか》に近づいた。

そしてうつむけた瞳佳《とうか》の顔に、すっ、と手を伸ばして、静かな動作で、こめかみの辺りに優しく手のひらを当てた。途端、触れられた部分に、空子《そらこ》の体温以上の温かい熱を感じた。そしてそれを感じると同時に、目の奥にある脳に凝っていた強い痛みが、熱に溶かされて分解するように、ふっ、と軽くなって、頭痛が楽になった。

「……!? せ、先生……？」

「柳《やなぎ》さん。あなたの苦しみは簡単にはなくならないものだと思うし、それを消してしまえるような奇跡の言葉も私は持っていないけれど」

思わず涙の浮いたままの目を上げた瞳佳《とうか》に、空子《そらこ》は気遣わしげな目に優しげな微笑《ほほえ》みを浮かべて、言った。

「でも、少しだけ楽になるように、特別におまじないをかけてあげたわ。みんなには内緒にしてね。特に、神様にはね」

「…………」

いたずらっぽく小さく笑って、口に人差し指を当てる空子《そらこ》。何があったのか完全には理解できずに瞳佳《とうか》が驚いていると、じっと厳しい目で瞳佳《とうか》のスマートフォンを見ていた真央《まお》が、やがて画面をスリープにして表裏を矯《た》めつ眇《すが》めつすると、断定的に言った。

「……これか。《キャビネット》は」

「え？」

瞳佳《とうか》と空子《そらこ》は、思わずそちらを見る。真央《まお》は元の仏頂面《ぶっちょうづら》で、顔を上げると、瞳佳《とうか》のスマートフォンをひらひらと振って見せて、二人に言った。

「スマートフォンだ」

「え」

驚いて見る瞳佳《とうか》。

「基本的に《キャビネット》というものは認識が作る。その中に霊的な力を溜《た》め込《こ》んでいるという認識、イメージ。だから人工の《キャビネット》は最も分かり易《やす》い形として、霊能力者自身が物理的な外殻であるカーテンや箱の中に入って、自分ごと霊力を閉じ込めて霊力電池にするイメージを作る。逆に言うと意識的にも無意識的にも『霊的なものが集積している』と認識していて、実際にその容量を持つものは全て《キャビネット》になり得るはずだ」

驚く瞳佳《とうか》に、本人のスマートフォンを指し示し、説明する真央《まお》。そして言う。

「多分、死者のメッセージが詰まったスマートフォンなら充分その役を果たす」

「あ……」

「だいぶ繋《つな》がった。あの『おまじない』が、交霊会で霊を呼び出す手法に近いと言ったことがあるよな？　明かりがないか薄暗いシーンで、一定の儀式的行動をして、集団で普通ではない変性した意識を作り出して、それを一点に重ね合わせることで霊を呼び出すというのが、大体の交霊の手順になる。交霊会では呼び出した霊を撮影することがよく行われたが、そこまで含めて、あの『おまじない』のやり方は交霊会そっくりだ。あれは額面通りのチェーンメールを切るおまじないじゃなく、実態は霊を呼んで心霊写真を撮る儀式の方が正しいと思う。で、そんな『交霊会もどき』に、柳《やなぎ》という《物質化霊媒《れいばい》》が、このスマートフォンを《キャビネット》にして参加した。そして定まった《コントロール》を持たない霊媒《れいばい》であるおまえの能力が、『おまじない』の中にあった『友達』というキーワードに反応した、最も近い霊を顕在化させた。それによって清水倫子《しみずのりこ》は神隠しに遭って命を落とし、そこから水源や残留意思や心理的つながりをたどって、連鎖的に心霊現象が引き起こされた。それによって清水倫子《しみずのりこ》は亡霊となって友人のところに現れた」

真央《まお》は一度閉じていたノートを開き、話しながら、そこに話した推論に沿って几帳面《きちょうめん》に線と注釈を入れていった。

「後は――――その友人たちによって清水倫子《しみずのりこ》との交霊を依頼されて、今に至る」

そして、〆の線を引き、顔を上げる。

「これが今回の依頼の全体像の推論になる。何か異論や意見はあるか？」

瞳佳《とうか》はテーブルの上のノートと、その隣に置かれた自分のスマートフォンを見て、うつむいたまま言った。

「やっぱり、全部、わたしのせいだよね」

「……」

それを聞いた真央《まお》は、ボールペンを開いたノートの上に置いて、テーブルにかがめていた上半身を起こし、腕組みして瞳佳《とうか》を見下ろした。

「わたしがいなかったら、みんな死なずに……」

「そこまでにしとけ。それ以上考える必要はない」

真央《まお》は言った。だが瞳佳《とうか》は、通り一遍の慰めに納得する気はなかった。自分の存在の責任を自分で否定できなかった。

「でも……！」

そして、黙って唇を引き結ぶ、瞳佳《とうか》。

瞳佳《とうか》は自分を縛る死者から逃れられなかった。自分が死なせてしまった死者の棺《ひつぎ》の中に、いずれ自分も入る以外に、どうやって償えばいいのか判《わか》らないでいた。

瞳佳《とうか》は、箱の中にいた。

棺《ひつぎ》という名の、箱の中に。

死なせてしまった友人が収まった、棺《ひつぎ》を見た時に。

瞳佳《とうか》の心は——ずっと、その中に囚われてしまっているのだ。

「柳《やなぎ》」

真央《まお》が、声をかけた。

「そうだ。全てはおまえのせいだ。だからこそ、言っておく。だからこそ、それ以上は考える必要はない」

「……!?」

その言葉は、瞳佳《とうか》の今まで聞いてきた慰めとも、今まで向けられてきた非難とも、違うものだった。

空子《そらこ》が、

「守屋《もりや》くん」

と少し咎《とが》めるように真央《まお》の名前を呼ぶ。だが真央《まお》は、瞳佳《とうか》に近寄るとその額に熱を測る時のように手を当てて、顔を上げさせると、覗《のぞ》き込《こ》むように瞳佳《とうか》の目を見た。

「いいか、柳《やなぎ》。霊媒《れいばい》は《道具》にすぎない。《インストルメント》だ」

そして、真央《まお》は言った。

「霊媒《れいばい》は霊と人との世界を仲立ちするだけの、ただの道具だ。結果は全て霊と人とが望んだものので、霊媒《れいばい》は何も望んでいない。ここにある、ペンとして生まれたペンや、ノートとして生まれたノートや、あるいはナイフや拳銃《けんじゅう》として生まれた物がどう使われるかを使用者に委《ゆだ》ねるしかないように、霊媒として生まれた者はその用途を霊と人とに委《ゆだ》ねるしかない」

「……」

今まで霊感があるという人間とは何人も話をしたことがあるが、その誰《だれ》からも聞いたことがない、どこか虚無的な物言いと内容に、瞳佳《とうか》は驚いた。

「霊媒《れいばい》もそうだ。霊媒《れいばい》もそういう風に生まれた、ただの多少特別な道具だ」

「え……」

「そして特別な道具は、たいてい擦り切れるまで使われる。俺《おれ》の知る限り、隠しようもないほど強い霊能力を持って生まれて、心霊に深く長く関わった者は、そのかなりの割合が人生を三つの形で終える。一つは貧困のうちに。もう一つはアルコール中毒の中で。三つ目は、貧困とアルコール中毒の中で。よく使われた道具が汚れ、錆《さ》びていくように、長く知られた霊媒《れいばい》であり続けた人間は、その人生そのものを擦り切れさせて生涯を終える。霊媒《れいばい》とは生まれながらの墓守《はかもり》だ。普通の人間なら忘れてゆくことができる死人を、霊媒《れいばい》は死ぬまで背負い続ける運命にある、墓場の門だ」

「…………！」

「そして俺《おれ》も、墓守《はかもり》だ。最初にあの《ロザリアの柩《ひつぎ》》が家に送りつけられた時、ひどく惹《ひ》きつけられた。しばらく家に置いておくよう親に頼んだのは、俺《おれ》だ」

「それは……」

「多分、少しだけの霊感を持っていた俺《おれ》が、《柩《ひつぎ》》と現世との仲立ちの道具として使われるために《柩《ひつぎ》》に選ばれた。その結果は前に言ったと思う。俺《おれ》の家族は全員、あの《柩《ひつぎ》》の中に消えた」

その真央《まお》の告白の、自分にも通じる痛ましさに、瞳佳《とうか》は眉《まゆ》を下げた。

「あの《柩《ひつぎ》》を使う前後に、いつも妹の夢を見るんだ」

少し目を伏せる真央《まお》。

「俺《おれ》が《柩《ひつぎ》》と向き合い続けないと、俺《おれ》がたまたま持っていた取るに足らない霊感のせいで死んだ、妹は、親父《おやじ》は、おふくろは、無駄に死んだことになると俺《おれ》は思ってる。自分の霊感からだけじゃなくて、家族の死からも逃げたことになる。そう思うから、俺《おれ》はこの『仕事』をしている」

どこか歪《ゆが》んだ異常な論理。だが瞳佳《とうか》には、これ以上なく腑《ふ》に落ちた。

「……そっか」

「《道具》として、擦り切れて終わるまで《道具》として生きる。霊と人とに望まれるまま自分の力を使って、死なせた人間の存在を全部背負って、それに押し潰《つぶ》されるまで。それしか報いる手段がない」

真央《まお》は、瞳佳《とうか》の額から手を離し、瞳佳《とうか》に向き直る。

「おまえは、ど、ど、どうだ？」

そして、真央《まお》は瞳佳《とうか》に尋ねた。

空子《そらこ》が、心配そうに声をかけてきた。

「柳《やなぎ》さん……」

「……いいんです。先生」

瞳佳《とうか》は謝絶する。そして瞳佳《とうか》は、真央《まお》を真《ま》っ直《す》ぐに見上げて、答えた。

「わたしも、か、か、そう」

真央《まお》が頷《うなず》いた。

お互い、途中から何となく勘付いていた。

空子《そらこ》が、溜息《ためいき》をつく。真央《まお》と瞳佳《とうか》は、少しだけ似ていた。

二人は――――出られない箱の中にいた。

真央《まお》が、片手を差し出した。

瞳佳《とうか》は、その手を握り返す。

そしてその二つの手を、破れた制服を着た小学生の女の子の手が、その影に地獄を引きずらせながら、そっ、と静かに、触れたのだった。

…………………

†

金に糸目をつけずに占いや霊媒《れいばい》を利用する一部の業界の人間によく知られた存在だった『ロザリア交霊会《サークル》』に、一人の霊媒《れいばい》が加わった。

銀鈴《ぎんれい》学院高校の制服を着た、年若い少女の霊媒《れいばい》。

十九世紀の英米で流行した古いスタイルで交霊会を催すこの『サークル』において、少女はカーテンよって仕切られた《キャビネット》の中にいる。これまでも高い成功率を噂《うわさ》されていたが、これまで以上に確実に死者と会うことができるのだという。

真偽を語る者はほぼいない。

だが、依頼人は、引きも切らない。

あとがき

まずは、この本を手に取っていただいた貴方《あなた》に御礼申し上げます。

そして、この本に携わった全ての皆様に御礼申し上げます。特に、担当編集者の和田《わだ》様、イラストのふゆの春秋《はるあき》様には特別の感謝を。


さて——

初めましての方もいるでしょうか？　どうも、甲田学人《こうだがくと》です。

本作は学園モノとなります。あるいは、少なくとも筆者的にはそのつもりのモノです。

私が子供の頃《ころ》というのは、本屋にはいかがわしい怪奇心霊書籍が、テレビにはいかがわしい怪奇心霊番組が、今では考えられないほど大真面目《おおまじめ》に語られながら全盛を誇っていた時期でして、その是非は置いておいて、少なくとも私は、それらで語られる幽霊話や怪奇譚《たん》や都市伝説が大好きでした。私という人間を、ひいては私という作家を作り上げたのは、間違いなくそれらであると思います。

さて、本作はメルヘンです。あるいは、少なくとも筆者的にはそのつもりのものです。

幽霊話。怪奇譚《たん》。都市伝説。子供が見聞きしてドキドキしながら人格を形成してゆく不思議な、あるいはいかがわしいとも言ってもいい物語が、本来のメルヘンがほとんどその役目を喪《うしな》いつつある今、新たにメルヘンの役目を継いだものであると宣言しても、何の間違いがありましょうか。本作は、いや、私の作は過去の私のドキドキのお裾《すそ》分《わ》けなのです。

さて――

以前からの読者の皆様。お久し振りです、甲田《こうだ》学人《がくと》です。

いつもの甲田《こうだ》学人《がくと》です。そしてデビュー作以来の学園モノです。学園メルヘンです。メルヘンとは本来共同体のためのものでした。だとすれば同じ学校という共同体の中で語られる怪談こそは正統にメルヘンであると言えるのは以前よりの主張からの延長線上でしょう。

以前からの読者の皆様のかなりの割合が、私をメルヘンさん家《ち》に居座って出て来ない立てこもり犯みたいに思っているのは知ってます。

でも私は間違ってません。出て行きませんからね！

それでは、今作もよろしくお願いします。

２０１６年１１月　甲田《こうだ》学人《がくと》

◉甲田学人著作リスト

「Missing　神隠しの物語」（電撃文庫）
「Missing2　呪いの物語」（同）
「Missing3　首くくりの物語」（同）
「Missing4　首くくりの物語・完結編」（同）
「Missing5　目隠しの物語」（同）
「Missing6　合わせ鏡の物語」（同）
「Missing7　合わせ鏡の物語・完結編」（同）

「**断章のグリムXIII** しあわせな王子・下」（同）
「**断章のグリムXIV** ラプンツェル・上」（同）
「**断章のグリムXV** ラプンツェル・下」（同）
「**断章のグリムXVI** 白雪姫・上」（同）
「**断章のグリムXVII** 白雪姫・下」（同）
「**ノロワレ** 人形呪詛」（同）
「**ノロワレ弐** 外法箱」（同）
「**ノロワレ参** 虫おくり」（同）
「**霊感少女は箱の中**」（同）
「**夜魔** —奇—」（同）
「**夜魔** —怪—」（メディアワークス文庫）
「**時槻風乃と黒い童話の夜**」（同）
「**時槻風乃と黒い童話の夜** 第2集」（同）
「**時槻風乃と黒い童話の夜** 第3集」（同）
「**ノロワレ** 怪奇作家真木夢人と幽霊マンション（上）」（同）
「**ノロワレ** 怪奇作家真木夢人と幽霊マンション（中）」（同）
「**ノロワレ** 怪奇作家真木夢人と幽霊マンション（下）」（同）
「**夜魔**」（単行本 メディアワークス刊）

本書に対するご意見、ご感想をお寄せください。

電撃文庫公式ホームページ 読者アンケートフォーム
http://dengekibunko.jp/
※メニューの「読者アンケート」よりお進みください。

ファンレターあて先
〒 102-8584 東京都千代田区富士見 1-8-19
アスキー・メディアワークス電撃文庫編集部
「甲田学人先生」係
「ふゆの春秋先生」係

本書は書き下ろしです。

電撃文庫

霊感少女《れいかんしょうじょ》は箱《はこ》の中《なか》

甲田学人《こうだがくと》

発行　2017年1月10日　初版発行

発行者　塚田正晃
発行所　株式会社KADOKAWA
〒102-8177　東京都千代田区富士見2-13-3
プロデュース　アスキー・メディアワークス
〒102-8584　東京都千代田区富士見1-8-19
03-5216-8399（編集）
03-3238-1854（営業）
装丁者　荻窪裕司(META＋MANIERA)
印刷・製本　旭印刷株式会社

ISBN978-4-04-892541-9　C0193　Printed in Japan

電撃文庫　http://dengekibunko.jp/
株式会社 KADOKAWA　http://www.kadokawa.co.jp/

電撃文庫創刊に際して

文庫は、我が国にとどまらず、世界の書籍の流れのなかで〝小さな巨人〟としての地位を築いてきた。古今東西の名著を、廉価で手に入りやすい形で提供してきたからこそ、人は文庫を自分の師として、また青春の想い出として、語りついできたのである。

その源を、文化的にはドイツのレクラム文庫に求めるにせよ、規模の上でイギリスのペンギンブックスに求めるにせよ、いま文庫は知識人の層の多様化に従って、ますますその意義を大きくしていると言ってよい。

文庫出版の意味するものは、激動の現代のみならず将来にわたって、大きくなることはあっても、小さくなることはないだろう。

「電撃文庫」は、そのように多様化した対象に応え、歴史に耐えうる作品を収録するのはもちろん、新しい世紀を迎えるにあたって、既成の枠をこえる新鮮で強烈なアイ・オープナーたりたい。

その特異さ故に、この存在は、かつて文庫がはじめて出版世界に登場したときと、同じ戸惑いを読書人に与えるかもしれない。

しかし、〈Changing Times,Changing Publishing〉時代は変わって、出版も変わる。時を重ねるなかで、精神の糧として、心の一隅を占めるものとして、次なる文化の担い手の若者たちに確かな評価を得られると信じて、ここに「電撃文庫」を出版する。

1993年6月10日
角川歴彦

電撃文庫DIGEST　1月の新刊　発売日2017年1月10日

エロマンガ先生⑧ **和泉マサムネの休日** 【著】伏見つかさ　【イラスト】かんざきひろ	『開かずの間』で紗霧と同棲を始めることになったマサムネ。お風呂でドッキリ!?　連夜の同衾!?　仕事に恋に多忙なマサムネに、束の間の休日が訪れる。
なれる!SE15 **疾風怒濤?社内競合** 【著】夏海公司　【イラスト】Ixy	工兵がアサインされた大型案件のパートナーはまさかの次郎丸!?　しかもそれは別ルートから立華&藤崎コンビも受注を狙う社内競合案件だった!　工兵は最大の敵に勝てるのか!?
俺を好きなのはお前だけかよ④ 【著】駱駝　【イラスト】ブリキ	パンジーと親友のサンちゃんを恋人同士にする手伝いを、強制的に頼まれた。ちっ、わーったよ。でもその前に、俺の作戦を聞け。俺が、パンジーに愛の告白をする。
螺旋のエンペロイダー Spin4 【著】上遠野浩平　【イラスト】藤本英利	"牙の痕"——エンペロイダーを巡る戦いの終着地で、自らの孕む可能性と向き合う虚宇介とそら。二人が辿りつく場所とは——上遠野浩平が描く戦いの螺旋の物語、ついに完結。
新フォーチュン・クエストII⑧ **月の光とセオドーラ** 【著】深沢美潮　【イラスト】迎 夏生	次なるエルフの里を目指してアビス海へ向かったパステルたち。そこには見たこともない不思議なモンスターがいっぱいで!?　ドキドキ&ワクワクの海洋冒険!
新作 **勇者のセガレ** 【著】和ヶ原聡司　【イラスト】029	異世界の危機を救うべく、勇者召喚のため現れた美少女金髪魔導機士・ディアナ。所沢の一般家庭に育った俺が勇者なんかに……って俺じゃなくて親父が勇者!?
新作 **霊感少女は箱の中** 【著】甲田学人　【イラスト】ふゆの春秋	心霊事故で銀鈴学院高校に転校してきた柳瞳佳だが、初日から大人しめの少女四人組のおまじないに巻き込まれてしまう。そして少女一人が、忽然と姿を消して——。
新作 **迷宮料理人ナギの冒険** **～地下30階から生還するためのレシピ～** 【著】ゆうきりん　【イラスト】TAKTO	冒険者になりたい料理人の息子・ナギ。親の目を盗んで旅に出ようとしたところいきなり街全体がダンジョンの中に崩落し——!?　仲間とともに迷宮を脱出せよ!
新作 **だれがエルフのお嫁さま?** 【著】上月 司　【イラスト】ゆらん	僕は百年ぶりに生まれた男エルフ。男エルフの子供はとびきり優秀になるらしく、僕を「おとこ」にするため、4人の女の子と一緒に暮らすことになって……。
新作 **《ハローワーク・ギルド》へようこそ!** 【著】小林三六九　【イラスト】和武はざの	平和になった剣と魔法の世界での問題は、『お仕事』事情!?　騎士をやめたい少女、スランプの錬金術師、歌手になりたい聖職者——。そんな彼らの悩みを華麗に解決!
新作 **ドリームハッカーズ** **コミュ障たちの現実チートピア** 【著】出口きぬごし　【イラスト】るろお	生体インプラントによって、神経入力したメッセージをやりとりできる近未来。他人の脳をハッキングできる中学生・犬介は、非リア充から脱しようと——!?
新作 **東京ダンジョンスフィア** 【著】奈坂秋吾　【イラスト】柴乃櫂人	【マンション危険度☆☆☆☆★　攻略進行中　東京都冒険者ギルド】VR技術の暴走で、住人の意識がダンジョンを創造。ギルドの赤峰は異世界を攻略し、創造主となった住人を救う!
新作 **ぼくらはみんなアブノーマル** 【著】佐々山プラス　【イラスト】霜月えいと	この世界はバグってやがる。見た目は幼女のこいつもそうだ。『私の委員会に入って"バグ持ち(アブノーマル)"を救おう!』退学の危機の俺にそんな暇は無いはずだったが……。

デュラララ!! SH
成田良悟
Ryohgo Narita
イラスト:ヤスダスズヒト
Illustration : Suzuhito Yasuda
ダラーズの
終焉から一年半。
池袋は今、新しい風を
迎えようとしていた――。
ダラーズの終焉から一年半。
首無しライダーに憧れて
池袋に上京してきた少年と、
首無しライダーを追いかけて
失踪した姉を持つ
少女が出会い、
非日常は始まる――。
電撃文庫

『狼と香辛料』新シリーズ！
主人公はホロとロレンスの娘ミューリ!!
新説 狼と香辛料
狼と羊皮紙
支倉凍砂
イラスト／文倉十
青年コルは聖職者を志し、ロレンスが営む湯屋を旅立つ。
そんなコルの荷物には、狼の耳と尻尾を持つミューリが潜んでおり!?
『狼』と『羊皮紙』。いつの日にか世界を変える、
二人の旅物語が始まる──。
電撃文庫

世界征服間近だった魔王が、勇者に敗れて辿り着いた先は、異世界"東京"だった!?
六畳一間のアパートを仮の魔王城に、フリーターとして働く魔王の明日はどっちだ!!

安達としまむら

昨日、しまむらと私が
キスをする夢を見た。

体育館の二階。ここが私たちのお決まりの場所だ。
今は授業中。当然、こんなとこで授業なんかやっていない。
ここで、私としまむらは友達になった。

日常を過ごす、女子高生な二人。
その関係が、少しだけ変わる日。

入間人間　イラスト／のん

電撃文庫

空と海に囲まれた町で、
僕と彼女の
恋にまつわる物語が
始まる。
青春ブタ野郎シリーズ
鴨志田 一
イラスト●溝口ケージ
図書館で遭遇した野生のバニーガールは、高校の上級生にして活動休止中の
人気タレント桜島麻衣先輩でした。『さくら荘のペットな彼女』の名コンビが贈る、
フツーな僕らのフシギ系青春ストーリー。
電撃文庫